D1719152

Jimmy Wayne / Travis Thrasher

Paper Angels

Ein Baum voller Wünsche

Eine Weihnachtsgeschichte

Aus dem Amerikanischen
von Julian Müller

BRUNNEN
Verlag GmbH · Giessen

Für Bea und Russell Costner
Ohne euch hätte es mich nie gegeben

Die amerikanische Originalausgabe erschien unter dem Titel „Paper Angles –
A Novel" bei Howard Books in der Verlagsgruppe Simon & Schuster, Inc.,
New York.

© der deutschen Ausgabe Brunnen Verlag Gießen 2014
www.brunnen-verlag.de
Umschlaggestaltung: Daniela Sprenger
Satz: DTP Brunnen
Druck: GGP Media GmbH, Pößneck
ISBN 978-3-7655-0905-6

Prolog

Als Mom beschloss, endgültig mit ihnen zu verschwinden, wusste Tom, dass sie weit weg gehen mussten, sonst würde er sie finden. Das Gute, beziehungsweise das Schlechte, war: Es war Weihnachten und das Essen stand noch auf dem Herd. Wieder eins von den Weihnachtfesten, wo Mom in der winzigen Küche vor dem Ofen schwitzte, Tom und Sara von iPods oder Sportschuhen träumten, die sie doch nicht bekommen würden, und Dad am Flachbildfernseher Basketball sah und sich nach allen Regeln der Kunst volllaufen ließ. Um sich aus dem Staub zu machen, war das der ungünstigste Moment und deswegen auch der beste.

„Tom, ich brauche dich mal", rief Mom.

Er reagierte nicht sofort, schließlich fesselte ihn das Spiel fast genauso wie seinen Vater. Erst als dieser schroff seinen Namen wiederholte, stand Tom auf. Dad ging es nicht darum, dass Mom Hilfe brauchte; er wollte ungestört fernsehen. Und es wäre für sie alle besser, wenn die UNC Tar Heels endlich mehr Körbe werfen würden. Tom lief in die Küche und machte sich darauf gefasst, den Müll rauszubringen oder mit Benny Gassi zu gehen.

„Ich möchte, dass du mir jetzt zuhörst und keine Fragen stellst, hast du mich verstanden?" Moms Stimme war kaum lauter als die Lüftung im Backofen.

„Was ist denn los?"

„Hol deine Schwester und geh zum Auto, hörst du?"

In diesem Augenblick roch er den Braten. Irgendetwas stimmte nicht. Moms Stimme klang anders als sonst. Ihre Lippe war noch immer geschwollen, aber das war nichts Neues. Nur diesen Blick hatte er noch nie gesehen.

„Wo fahren wir hin?"

„Hol Sara und bring sie zum Auto."

Tom nickte. Der Duft von Süßkartoffeln, Schinken, Nudelauf-lauf und frischen Weihnachtsplätzchen ließ ihm das Wasser im Mund zusammenlaufen, aber die Angst jagte den Hunger in die hinterste Ecke seines Magens.

Tom wollte Mom fragen, was los war, aber eigentlich wusste er es schon. Und der Teil von ihm, der Bescheid wusste, flüsterte ihm zu, den Mund zu halten und die Beine zu bewegen.

Sara zu holen war nicht schwer. Solange er Dad nicht die Bier-dose wegnahm oder umschaltete, war eigentlich überhaupt nichts schwer.

Ohne Probleme machte er Sara auf sich aufmerksam. Lautlos versuchte er ihr mit Lippen und Händen verständlich zu machen, zu ihm zu kommen.

„Was soll das werden?", fragte eine tiefe Stimme.

Tom hatte nicht gemerkt, dass ihn sein Vater ansah. Normaler-weise war er nach einem Dreiviertelspiel längst in einem Halbko-ma, das nur noch vom Gang zum Kühlschrank unterbrochen werden konnte.

„Wenn du mit deinen Armen da herumfuchtelst, will Benny spielen. Lass das. Oder du gehst Gassi."

„Ja, Sir."

Sara brauchte keine Extraeinladung, um Tom ins Nebenzim-mer zu folgen. Dads Ton reichte völlig. Sobald sie in der Küche waren, zog Tom sie in Richtung Hinterausgang.

„Wir müssen gehen", sagte er, als sie ins Freie traten.

„Wohin?"

„Weg."

„Wo ist ‚weg'? Ich habe Hunger." Eilig liefen sie zum Auto.

Toms erster Gedanke beim Einsteigen in den muffigen Nissan galt seinem Fahrrad.

Dem Fahrrad, auf das Mom und er so lange gespart hatten. Es hatte ewig gedauert, bis sie die hundertfünfzig Dollar für das gebrauchte Mountainbike zusammenhatten. Neu hätte es über tausend Dollar gekostet. Natürlich hatte es schon bessere Zeiten gesehen, aber ein paar Jahre würde es noch durchhalten.

Aber wohl ohne mich.

Tom überlegte, wie er das Rad retten könnte. Es hatte hier und da Rost und die Farbe blätterte ab, aber er liebte es. Vielleicht konnte er dem Auto hinterherfahren? Oder es passte irgendwie in den fünfzehn Jahre alten Maxima?

Sie warteten zehn Minuten im Auto. Zehn volle Minuten. Tom saß auf dem Beifahrersitz und betrachtete das kleine Haus mit den wild wuchernden Büschen drumherum. Davor stand der schrottreife weiße Pick-up seines Vaters, der zu wenige Sitzplätze für die ganze Familie bot.

„Was ist denn los?", fragte Sara immer wieder.

„Wir warten auf Mom."

„Und wo fahren wir hin?"

„Weit weg."

Mom hatte gesagt – nein, *versprochen* –, dass sie heute ein besonderes Weihnachtsgeschenk bekommen würden. Nur Sara und er. Sie wollte es ihnen heute geben. Und das Ganze wäre ein Geheimnis, also sollten sie Dad nichts davon sagen. *Das ist das Geschenk*, dachte Tom und hatte Angst, dass als Nächstes der Mann mit den glasigen Augen und dem mahlenden Kiefer aus dem Haus treten würde. Er rieb sich die feuchten Hände und versuchte, die Nervosität vor seiner Schwester zu verbergen.

Vielleicht wollte sie ihn eigentlich erst später verlassen. Bestimmt liegt es am Streit, den sie gerade beim Kochen hatten.

Die Tür öffnete sich und Tom hielt die Luft an.

Es war Mom.

Alles, was sie dabeihatte, war ihre Handtasche. *Vielleicht hat sie vorher schon ein paar Sachen eingepackt?* Aber auf dem Rücksitz war nichts zu sehen.

Wie frage ich sie nur wegen des Fahrrads?

Tom konnte am Gesicht und an der Art, wie sie ins Auto stieg, ihre Angst ablesen. Mit der Hand am Zündschlüssel drehte sich Mom zu den beiden um. „Hört mir gut zu, ihr zwei. Wir fahren jetzt weg und kommen auch nicht wieder. Ich erkläre euch später, warum. Aber jetzt müssen wir los. Habt ihr verstanden?"

Sara fing an, Fragen zu stellen, aber nicht Mom brachte sie zum Schweigen, sondern Tom.

Er brauchte keine Erklärung.

Sein Fahrrad konnte er auch vergessen.

Das Auto verließ ohne anzuhalten die Auffahrt.

Tom und Sara hatten das größtmögliche Geschenk bekommen: Freiheit. Die Frage war nur, ob sie morgen noch da war und übermorgen und überübermorgen.

Und ob der Mann im Haus sie aufspüren würde.

Gott muss ein Fan von Countrymusik sein

Die tanzenden Schneeflocken zwischen den Wolkenkratzern erinnerten Kevin Morrell an bessere Zeiten, als er mit seiner Frau durch die Straßen gelaufen war und das neue Jahr, die neue Firma und tausend neue Möglichkeiten begrüßt hatte. Zehn Jahre später stob ihm noch immer der Schnee um die Beine und auch die Stadt versuchte weiterhin auf einen grünen Zweig zu kommen, aber dieses Mal lief Kevin allein herum und wusste: Ihm blieb nur noch diese eine Chance.

Er wünschte, Jenny wäre bei ihm. In ihrer Gegenwart war er irgendwie optimistischer. Sie war auch die Erste gewesen, die ihm geraten hatte, zu kündigen und sein eigener Chef zu werden. So, wie sie ihn angesehen hatte, wusste er, dass er es schaffen konnte.

Diesen Blick konnte er jetzt gut gebrauchen.

Bevor er die Straße überquerte und das Hochhaus betrat, um sich den Urteilsspruch über sein nächstes Jahr abzuholen, blieb Kevin stehen und atmete mehrmals tief durch. Er wollte nicht zeigen, dass er nervös war, aber er spürte es am ganzen Körper. Cool und gelassen wollte er auftreten, als wenn an dieser Besprechung nicht alles hängen würde, als wenn der Jahresvertrag nicht alles oder nichts für seine Firma hieß. Kevin wollte den Eindruck erwecken, alles im Griff zu haben. Aber er starrte an diesem bitterkalten Novembertag kurz vor Thanksgiving in den New Yorker Himmel und wusste: Er hatte nichts mehr im Griff.

✳

Mindestens fünfundzwanzig Geschenke lagen in der Lobby unter dem glitzernden Weihnachtsbaum. Kevin hatte sie nun schon einige Zeit betrachtet und sich gefragt, ob darin tatsächlich Geschenke waren oder ob die verpackten Kartons nur hübsch aussehen sollten. Er tippte auf Letzteres, vor allem weil er einer Firma wie *Silverschone Investments* nicht zutraute, dass die Angestellten Namen zogen, heißen Kakao schlürften und Weihnachtsgeschichten lasen, die es einem warm ums Herz werden ließen.

Warm ums Herz würde mir so ziemlich als Letztes werden, wenn ich an Banker und Kredite denke.

Eigentlich war es ziemlich ungewöhnlich, den Weihnachtsbaum schon vor Thanksgiving aufzustellen. Vielleicht wollte das Dekorationsteam dieses Jahr besonders pünktlich sein. Oder die Firma hielt sowieso nicht bis Weihnachten durch, also wollte man so lange feiern, wie es noch ging.

Reiß dich zusammen, Kev. Sein Rücken wurde feucht. Vielleicht lag es daran, dass man sich wie in einer Zwangsjacke fühlte, wenn man zu lange auf diesen exquisiten Ledersesseln saß. Oder er war Hemd und Sakko nicht mehr gewohnt. So etwas zog er eigentlich nur an, wenn jemand heiratete oder beerdigt wurde.

Bei sich im Büro konnte Kevin Morrell den Kleidungsstil bestimmen und das hieß lockere Bürokleidung, also Business Casual mit einer Betonung auf *casual*. Natürlich wollte er nicht, dass die Leute in Flipflops auf die Arbeit kamen und aussahen, als hätten sie eben noch am Strand gelegen oder wären auf dem Weg in ein Countrykonzert. Aber ein strenger Businesslook war nicht sein Ding.

Um etwas gegen die nervöse Energie zu unternehmen, die ihn schon zum zwölften Mal die Beine überschlagen ließ, holte er sein Smartphone heraus und loggte sich bei Twitter ein. Das war sein heimliches Laster, so ähnlich wie für Jenny Schokolade. Wobei sich ihr Schokoladenkonsum in letzter Zeit verdoppelt, wenn nicht sogar verdreifacht hatte. Nachdem er einige Tweets über Politik, Kultur und die Ausparkdauer aus Parkhäusern gelesen hatte, entschloss sich Kevin, der Welt seine Gedanken der letzten halben Stunde mitzuteilen.

Ich frage mich, was diese Empfangsdame überhaupt macht. Die letzte halbe Stunde hat sie nichts getan, außer finster zu gucken.

Blieben noch fünfzehn Zeichen. Super.

Vielleicht folgt sie dir auf Twitter und schreibt unter dem Namen Tuersteherin_911.

Er löschte die dämliche Textnachricht, bevor er sie abschicken konnte, und steckte das Telefon wieder ein. Dabei fiel ihm der Witz von dem Mann ein, der im Irrenhaus anruft. Er bittet die Schwester am Empfang nachzuschauen, ob jemand in Zimmer 24 ist. Als sie ihm mitteilt, dass das Zimmer leer ist, antwortet er: „Gut, dann bin ich wirklich abgehauen."

Jetzt erzähle ich mir schon selbst Witze. Hoffentlich fängt die Besprechung an, bevor ich hier völlig durchdrehe.

Kevin atmete betont langsam ein und aus, wie er es auch sonst immer tat, wenn er vor einer großen Zuhörerschaft reden oder zu einem schweren Meeting musste.

Endlich ging die Tür auf und Dan kam heraus, schüttelte den Kopf und rollte entnervt die Augen.

„Mensch, tut mir leid, dass du so lange warten musstest."

„Macht doch nichts", antwortete Kevin und lächelte, als hätte er nicht eine Stunde lang nervös Däumchen gedreht.

Dan gab Kevin die Hand und bedeutete ihm zu folgen. Unzählige Male hatten sie sich hier getroffen, aber dieses Mal fühlte es sich anders an, angefangen vom Flug, der langen Wartezeit in der Lobby bis hin zu Dans scheinbarer Eile, mit der er ihn den Gang hinunterführte.

Hör auf, so paranoid zu sein.

„Man hat uns noch ein Meeting reingedrückt, bevor alle zu Thanksgiving verschwunden sind", sagte Dan auf dem Weg zu seinem Büro. „Einfach super."

„Und, alles in Ordnung?"

Dan lachte gequält und setzte sich hinter den Schreibtisch. Kevin nahm davor Platz. Ihm war aufgefallen, wie geschäftig die Leute auf dem Gang waren, jedenfalls emsiger als je zuvor. Dan lehnte seinen massigen Oberkörper in einem Stuhl zurück, der jeden Widerstand längst aufgegeben zu haben schien.

„Wie geht es dir denn?", fragte Dan wie ein Therapeut und in einem Ton, der wohl herauskitzeln sollte, ob Kevin drauf und dran war, aus dem einundfünfzigsten Stock zu springen.

„Ganz gut."

„Bist du gut hergekommen?"

Kevin nickte und rutschte auf seinem Stuhl hin und her. Er wusste bereits, was jetzt kam. Dafür musste man noch nicht einmal Schwarzseher sein. Dans ernstes Gesicht, der Tonfall, der eigenartige Small Talk – alles eindeutige Signale.

„Und wie geht's Jenny?"

„Okay. Sie fühlt sich jeden Tag unwohler, aber das gehört einfach dazu."

„Wann ist noch mal der Geburtstermin?"

„Eigentlich im Februar, aber wir tippen inzwischen eher auf Januar. Wir hoffen es sogar."

Wir hoffen auf so einiges, Dan.

„Verrückt. Und wisst ihr schon, was es wird?"

„Zwei Jungs."

Dan nickte und zog zugleich die Augenbrauen hoch, als wollte er sagen: *Da zieht euch warm an.* Aber das zu sagen war nicht nötig. Kevin wusste es nur zu gut.

„Seid ihr bereit für Zwillinge?"

„Ich weiß nicht, ob man je bereit ist für ein Kind, geschweige denn für Zwillinge."

„Siehst du? Deswegen habe ich nie geheiratet", meinte Dan und schob sich ein Dokument zurecht. „Ich komme kaum mit meinem Hund klar."

Apropos Hund – der Hotdog, den Kevin am Flughafen schnell noch gegessen hatte, schien nun keine kluge und zeitsparende Entscheidung mehr zu sein. Er kläffte irgendwo tief in seinem Bauch.

„Ich weiß nicht, wie ich dir das sagen soll."

Volltreffer.

„So fängt jede schlechte Nachricht an", sagte Kevin.

„Es ist wirklich nichts Persönliches, okay?"

Für mich schon.

Kevin nickte und hielt den Mund. Er wischte sich den Schweiß von der Stirn.

„Wir können den Jahresvertrag leider nicht verlängern", sagte Dan und sah auf das Dokument vor sich, das mit Sicherheit genau der Zettel war, den Kevin unterschreiben und Jenny und den Jungs mitbringen wollte.

„Ich weiß, dass wir schon darüber gesprochen haben und dass ich meinte, es sieht vielversprechend aus. Und zuerst war es ja auch so …"

Kevin rutschte nach vorn auf die Stuhlkante, hielt den Blick auf sein Gegenüber gerichtet und verkniff sich das Blinzeln. „Warum, Dan?"

„Du bist zu teuer", antwortete Dan. Seine unverblümte New Yorker Art machte die Sache nur noch schlimmer.

„Ich habe doch gesagt, wir können über die Vertragssumme verhandeln …"

„Nein, Kevin. Tut mir leid. Darum geht es nicht. Es sind ganze Budgets zusammengestrichen worden, darunter auch Marketing und PR. Ich muss mit fast überhaupt nichts auskommen. Da ist ein Jahresvertrag einfach nicht drin. Ab jetzt heißt die Devise ‚Projekt für Projekt‘. Und selbst das wird in Zukunft völlig anders laufen."

Tausend Gedanken schossen Kevin durch den Kopf. Er versuchte zu schlucken, aber Kehle und Mund fühlten sich zu trocken an. Obwohl er eigentlich ständig vom Schlimmsten ausging, war er nicht auf diesen Schlag vorbereitet.

„Kann ich irgendetwas tun?", fragte er. „Irgendwas, damit du deine Meinung änderst?"

Dan rieb sich das Kinn. Er sah eigentlich genauso aus wie Kevin: überarbeitet, unterbezahlt, stressgeplagt. „Nicht ich muss meine Meinung ändern, Kevin. Ich habe es wirklich versucht. Das musst du mir glauben. Ich habe mein Bestes gegeben … Ja, ich weiß, du hast Familie und alles …"

„Nein, ist schon gut", sagte Kevin.

Meine Familie und die Zwillinge sind meine Sache. Das geht dich überhaupt nichts an.

Dan spannte die Kiefermuskeln an und sah herunter auf den Schreibtisch. Eine peinliche Stille entstand. Kevin war nicht aufgefallen, dass seine letzte Aussage so laut und aggressiv herausgekommen war.

„Vielleicht können wir von *Precision Design* ja im kommenden Jahr bei einigen Einzelprojekten mitmischen", sagte Kevin und versuchte, Stimme, Gesicht und Stolz im Zaum zu halten.

„Ja, vielleicht."

Die Situation hatte etwas von einem Beziehungsende, wo das Mädchen dem Jungen erst den Laufpass gibt und dann gleich vorschlägt, sie könnten doch Freunde bleiben.

„Ich hasse es, so etwas direkt vor Weihnachten zu machen."

Na wunderbar, jetzt mach auch noch direkt vorm Abschlussball mit mir Schluss.

Kevin merkte, wie Dan ihn beobachtete. Ohne Zweifel war ihm anzusehen, wie geschockt er war.

„Ich wollte das nicht am Telefon abhandeln", sagte Dan. „Die ganze Zeit habe ich noch gehofft, dass es irgendwie doch geht, sonst hätte ich dich doch gar nicht extra anreisen lassen."

„Das verstehe ich. Wirklich."

„Wir haben es alle nicht leicht in letzter Zeit."

Kevin nickte, zwang sich zu einem Lächeln und rutschte absprungbereit auf dem Sitz zur Seite. Das Letzte, was er jetzt wollte, war, bemitleidet zu werden.

„Es war mir eine Freude, mit euch Geschäfte zu machen", sagte Kevin. „Ganz ehrlich."

Er stand auf und gab Dan die Hand.

Eine Sache hatte er schon vor Jahren gelernt: Reiß die Brücken hinter dir nicht ab. Vor allem, wenn sie den größten Teil deines Verdienstes ausgemacht haben.

Der Weg zurück zur unfreundlichen Empfangsdame war unerträglich. Und trotzdem machte Kevin ihr finsterer Blick weniger aus als der traurige, mitleidige Ausdruck in Dans Gesicht.

Eine große Hand klopfte ihm auf die Schulter. Das war sicher als brüderliche Geste gemeint, aber Kevin fühlte sich wie ein kleiner Junge.

„Tut mir echt leid, Mann. Wirklich."

Kevin nickte. „Mir auch. Du hast ja meine Nummer. Ruf mich an, wenn du irgendwas brauchst. *Irgendwas.*"

Das war's also. So läuft das ab.

Dan ging zurück an seinen Schreibtisch, zurück zu seinem Job und in sein Leben, während Kevin in der Lobby zurückblieb. Er warf der Empfangsdame einen freundlichen Blick zu. Höflich lächelte sie kurz zurück und sah dann wieder auf das herunter, was vor ihr lag.

Auf dem Weg zum Fahrstuhl kam Kevin am Weihnachtsbaum vorbei und spielte mit dem Gedanken, sich eins der elegant eingeschlagenen Geschenke als Andenken mitzunehmen. Zu Weihnachten konnte er es dann auspacken und die Antwort bekommen, auf die er schon Wochen wartete.

Liebling, schau mal, dafür habe ich zehn Jahre gearbeitet.

Der Karton würde natürlich ohne jeden Inhalt sein. Wie diese Reise. Und seine Karriere.

Im Fahrstuhl lief Countrymusik. Kevin kannte das Lied. Zuerst musste er lachen, dann schüttelte er den Kopf und betrachtete sein Spiegelbild in der Fahrstuhltür.

Gott muss Fan von Countrymusik sein, dachte er. *Damit wischt er mir eins aus, weil ich ihn so lange links liegen gelassen habe.*

Irgendwo ein kleiner Truthahn

Das Schlimme an löchrigen Socken war, dass man Blasen bekam. Und das Schlimme an Blasen war, dass Basketball zur Qual wurde.

Ist aber auch egal, wenn man noch nicht einmal ein Team hat, das einen aufstellt.

Tom zog seine Schuhe aus und zuckte vor Schmerz zusammen, als er die Socken von den Füßen löste. Die hier waren hinüber, kein Zweifel. Er würde bald zum Ein-Dollar-Laden gehen müssen und sich neue kaufen. Kaum hatte er die Lumpen beiseitegeworfen, beschwerte sich seine Schwester.

„Zieh die Socken wieder an!", rief Sara. Sie saß ihm auf der Couch in dem kleinen Wohnwagen gegenüber, den Mom aufgetrieben hatte, nachdem sie Weihnachten abgehauen waren.

Der Wohnwagen stand mitten im Nirgendwo, an einer Seitenstraße von einer Seitenstraße. Der Bauernhof der Sinclairs war gleich gegenüber, also duftete es den ganzen Tag hervorragend. Das Grundstück war mit Stacheldraht abgezäunt, obwohl auch der Wohnwagen und das meiste umliegende Land den Sinclairs gehörten.

Manchmal hatte Tom das Gefühl, als wären sie über diesen Ort nur zufällig gestolpert und jeden Augenblick könnte jemand hereingestürmt kommen und sie hinauswerfen.

„Ach, sei still", sagte er. Er hatte jetzt nicht den Nerv, um sich mit Sara zu streiten.

„Was gibt es zu Mittag?"

„Weiß ich nicht."

„Der Ofen ist schon wieder kaputt." Sara klang vorwurfsvoll. Es hörte sich so an, als wäre es seine Schuld und er müsste sofort etwas dagegen unternehmen.

„Na, dann gibt es den Truthahn eben roh."

Sie war offensichtlich nicht in der Stimmung für seine Witze. „Mom ist auf Arbeit."

„Ich weiß."

Und wie er das wusste. Deswegen hatte er ja den ganzen Vormittag Ball gespielt. Viele andere Möglichkeiten gab es nicht. Er konnte entweder draußen Ball spielen oder im Wohnwagen sitzen und seiner nervigen kleinen Schwester zuhören.

„Aber irgendwas müssen wir doch essen."

„Gar nicht wahr", erwiderte Tom und versuchte immer noch, sie aufzuheitern.

„Aber es ist Thanksgiving."

„Echt?"

Wenn sie allein waren, benahm sich Sara wie ein Kleinkind. Nicht mal wegen der Sachen, die sie sagte, sondern vom Tonfall her. Moms widerstandsfähige Art hatte sie jedenfalls nicht geerbt.

„Und was essen wir jetzt?"

„Hast du in den Kühlschrank geguckt?", fragte Tom.

„Ja."

„Und was ist drin?"

„Nicht viel."

„Das ist ja gemein."

„Tommy …"

Sie war die Einzige, die ihn so nannte. Als sie noch zu Hause gewohnt hatten, hieß er auch bei seinen Freunden so, aber mittlerweile nannte ihn sogar Mom nur noch Tom. Als ob er in dem einen Jahr ohne Dad erwachsen geworden wäre und jetzt der Mann im Haushalt sein könnte. Sara durfte ihn ruhig Tommy nennen, das machte ihm nichts aus. Irgendwie erinnerte ihn das an schöne Zeiten.

„Mir fällt schon was ein", sagte er.

„Warum hast du uns nichts zu Mittag gekauft? Du warst doch weg."

„Ich habe Basketball gespielt."

„Na und?"

„Was soll ich denn machen? Einen Bären fangen?"

„Ich hab Hunger."

„Ja, ich auch. Hast du Geld?"

„Ich habe nie Geld."

Heute war wohl Jammertag.

„Was machen wir denn jetzt?"

Als Tom nicht sofort antwortete, hatte Sara endgültig genug. Sie drehte sich um und verschwand in ihrem Zimmer, das eher ein begehbarer Schrank war. Dort machte sie wahrscheinlich dasselbe wie er oft im Wohnzimmer: herumsitzen, grübeln, sich eingesperrt fühlen und langweilen. Sie hatten nur einen winzigen Fernseher mit ein paar Programmen, keine Spielkonsole und noch nicht mal ein Telefon.

Tom sah sich um und versuchte einen Geruch zu lokalisieren. Seine Füße waren es jedenfalls nicht. Dieser Geruch war schon seit ihrem Einzug da. Es roch, als hätte irgendein Tier diese klapprige Hülle gefunden und beschlossen, darunter zu sterben. Mom sagte zwar immer, diesen halb kaputten Wohnwagen hätte ihnen der Himmel geschickt, aber vom Geruch her konnte er auf keinen Fall von dort stammen.

Oder es waren doch seine Füße? Wenn ja, dann brauchte er mehr als nur neue Socken.

Tom dachte über das Mittagessen nach und hatte eine Idee.

Eine halbe Stunde später stand ein Festmahl auf dem Tisch.

„Was ist das?", fragte Sara mit verschränkten Armen.

Tom lächelte. Er wusste, dass Sara das fragen würde.

„*Das* ist unser Festessen zu Thanksgiving."

Einen Augenblick lang war er sich nicht sicher, ob Sara bleiben oder in ihr Zimmer verschwinden würde.

„Und wo ist der Truthahn?", fragte sie.

„Na hier." Tom zeigte auf den Teller in der Tischmitte.

„Das sind Würstchen für Hotdogs."

„Ach, ein bisschen Truthahn ist bestimmt drin."

Sara seufzte und sah ihn genervt an.

„Hey, ein bisschen Dankbarkeit wäre angebracht."

„Das hätte ich auch selbst hingekriegt." Sie zog die Nase kraus, obwohl es nicht schlecht roch. „Wir haben noch nicht mal Brötchen."

„Psst", sagte Tom. Seine gute Laune ließ er sich nicht verderben. „Truthahn haben wir schon mal. Und das ist unsere Füllung."

„Das sind Chips."

Tom zuckte die Achseln. „Na und, dann ist es eben Zauberfüllung. Und das hier sind unsere überbackenen Nudeln."

Langsam kroch ein Lächeln in Saras Gesicht. „Das sind Makkaroni mit Käse. Und das gab's gestern erst."

„Hier. Unsere Süßkartoffeln."

„Von wegen. Das sind diese ekligen, in Joghurt getauchten Brezeln, die Mom mitgebracht hat."

„Du magst doch sowieso keine Süßkartoffeln, oder?"

„Tommy."

Tom zog einen Stuhl für seine Schwester heran und spielte Gastgeber und Spitzenkoch. „Zu trinken hätten wir Eistee. Und warte, bis du den Nachtisch siehst."

Sara setzte sich und bat um den Senf.

„Du machst Senf auf Truthahn?", witzelte er. „Na, das ist ja mal ganz was Neues."

Sara musste lachen, als Tom ihr den Senf hinstellte.

„Was wäre, wenn ich das hier wirklich in ein Festmahl verwandeln könnte?"

„Das wäre soo cool", sagte sie.

Tom setzte sich, schloss die Augen und hielt die Luft an. Er versuchte so lange nicht zu atmen, bis er rot wurde und alles anfing, sich zu drehen.

„Was machst du denn da?"

„Ich hab's versucht", meinte Tom. „Keine Chance."

Der Augenblick, in dem sie sich von seinem Humor mitreißen ließ, war vorbei. Sie wurde wieder ernst.

„Also schön, dann bete ich jetzt. Für unser tolles Essen." Tom schloss die Augen und begann: „Lieber Gott, danke für das Essen und danke für unsere Familie. Sei mit Mom auf Arbeit. Lass sie einen guten … ähm … Tag haben und sei auch bei uns. Und … hilf Dad, wo auch immer er ist. Amen."

Tom nahm sich ein paar Würstchen und war am Kauen, als ihm auffiel, dass seine Schwester ihn beäugte.

„Was ist?", fragte er.

„Warum hast du das gesagt?"

„Was gesagt?"

„Na, das über Dad."

Er zuckte mit den Schultern und schluckte herunter. „Keine Ahnung."

„Er ist nicht mehr unser Dad."

„So was lässt sich nicht ändern", erwiderte Tom. „Ich dachte, für ihn zu beten schadet nicht. Vielleicht hilft es ja."

„Meinst du wirklich?"

Tom nickte und biss wieder ab.

Die vier Würstchen überlebten nicht lange. Als Tom und Sara fertig waren, sahen sie sich an.

„Ich habe immer noch Hunger", sagte Sara.

Die Nudeln blieben unberührt. Keiner von ihnen konnte mehr Makkaroni und Käse sehen.

„Weißt du was? Ich habe noch ein bisschen Geld beiseitegelegt für einen Notfall", stellte Tom fest. „Meinst du, jetzt ist ein Notfall?"

„Ich habe schon den ganzen Tag Hunger."

Meine Schwester, die kleine Schauspielerin.

„Also schön. Aber nur, wenn du versprichst, fröhlich zu sein."

Zwei Eisberge

Erwachsensein hieß manchmal, den schönen Schein zu wahren. Und genau das tat Kevin. Er war noch nie für die Zubereitung des Truthahns allein verantwortlich gewesen. Nur, damit Jenny sich nicht überanstrengte, hatte er ihr diesen Job abgenommen. Mit dem elektrischen Messer in der Hand beugte er sich über den Fleischberg auf dem Tisch und hoffte, dass der Truthahn nicht wieder zum Leben erwachte und beim Schneiden vom Tisch sprang.

„Und? Wie ist er geworden?", fragte Jenny und beobachtete den Berg von der anderen Seite.

Kevin kostete und täuschte höchsten Genuss vor.

Hm. Gar nicht mal übel.

„Ich habe alles im Griff", sagte er zu seiner Frau. „Ich dachte, du ruhst dich aus?"

„Mir geht es gut. Ich will nur nachsehen, ob wir auch an alles gedacht haben."

„Du meinst, ob *ich* an alles gedacht habe."

„Nein, Mom hat doch auch ein paar Sachen vorbereitet."

Kevin musste lächeln, als Jenny nacheinander in alle Töpfe schaute. Als Perfektionistin hatte sie natürlich keine Ruhe, vor allem, weil ihre Mutter dabei war. Diese half zwar gern in der Küche, aber viel lieber beschäftigte sie sich mit dem kleinen Gregory. Manchmal war sie so ins Spielen mit ihrem Enkel vertieft, dass sie darüber das Essen vergaß.

„Alles in bester Ordnung", sagte Kevin laut, um das elektrische Messer zu übertönen. „Du bist heute schon wieder zu viel auf den Beinen."

„Es geht mir gut", antwortete Jenny.

Ihr hübsches Gesicht sagte etwas anderes. Er konnte sehen, dass Jenny müde war. Sie ging an ihm vorbei und warf einen Blick in den Kühlschrank. Von hinten beobachtet sah sie nicht einmal schwanger aus. Das Einzige, was in den letzten dreißig Wochen gewachsen war, war ihr Bauch, auch wenn sie ständig jammerte, sie wäre so dick geworden, und seine Komplimente, wie hübsch sie sei, an sich abprallen ließ.

„Jen?"

„Was ist?" Sie holte nichts aus dem Kühlschrank heraus, sondern kontrollierte nur den Inhalt.

„Wir haben alles im Griff."

Sie lächelte. „Du hast recht."

„Alles wird gut. Entspann dich."

„Gar nicht so leicht, wenn die ganze Familie kommt."

„Wir kriegen das schon hin."

Jenny ging zurück ins Wohnzimmer und Kevin widmete sich wieder dem Braten.

Entspann dich … Wir kriegen das schon hin … Kevin mochte ihr solche Worte sagen, aber selbst daran glauben konnte er nicht. Irgendwann nach dem Essen und nachdem alle wieder gegangen waren, würde er seiner Frau die Wahrheit sagen müssen. Aber es war Thanksgiving und er wollte ihr keine Sorgen machen.

Dann sage ich es ihr später. Irgendwas fällt mir schon ein.

Die beste Zeit des Tages für Kevin und Jenny kam, wenn Gregory im Bett war. Dann hatten sie ein paar Minuten für sich. Schade nur, dass sie in letzter Zeit viel zu ausgelaugt waren, um sie zu genießen.

Heute war es nicht anders. Der Feiertagstrubel war vorbei, aber davon erholt hatten sie sich noch lange nicht. Jenny hätte schon längst im Bett liegen sollen, aber sie kämpfte vor dem Fernseher gegen den Schlaf. Wie anstrengend schwanger sein war, musste sie Kevin nicht erst sagen. Er konnte es allein schon an ihrem Gesicht ablesen und an der Art, wie sie auf der Couch lag.

„Du hast mir gar nicht erzählt, wie dein Meeting gestern war."

Sie hatten heute ein volles Haus gehabt: ihre und seine Eltern, dazu die Geschwister. In dem Gewühl aus fast zehn Erwachsenen und einem Dutzend Kinder war es leicht gewesen, dieser Frage aus dem Weg zu gehen.

Am liebsten wollte er das Thema auf morgen verschieben. Aber genau das war das Problem, und zwar nicht erst seit gestern. Jedes Gespräch, jeder besondere Anlass und jeder intime Augenblick wurde immer auf morgen verschoben, dann, wenn er nicht so viel um die Ohren haben würde. „Ganz gut", log er.

Das Letzte, was sie jetzt braucht, ist die Wahrheit.

Jenny nickte und wandte sich wieder dem Fernseher zu. Mühsam änderte sie ihre Liegeposition. Kevin wurde inzwischen jeden Tag daran erinnert, dass sie das schwerere Päckchen zu tragen hatte – egal, was bei ihm los war. Sich im Haus zu bewegen, wurde immer anstrengender für sie, vor allem die Treppen. Wie es war, ein Baby mit sich herumzutragen, konnte er sich schon kaum ausmalen. Aber zwei davon waren jenseits all seiner Vorstellungskraft. Jeden Tag traf ihn die Erkenntnis über ihren doppelten Familienzuwachs mit mehr Intensität. Zur Hälfte mit Freude, die er nicht zu genießen wagte, und zur Hälfte mit Panik, die er vor Jenny zu verbergen suchte.

Ihr erstes Kind zu bekommen war schon nicht leicht gewesen. Beide waren sie über dreißig, bevor der Familienwunsch aufkam. Wiederum ein paar erfolglose Jahre später hatten sie sich einen Arzt für künstliche Befruchtung gesucht. Glücklicherweise hatte man ihnen nach ein paar Tests grünes Licht für das IUI-Verfahren gegeben. Wofür die Abkürzung stand, konnte sich Kevin nicht merken, aber ein Wort davon war sicher *Insemination*, also künstliche Befruchtung. Anders als bei vielen Paaren klappte es bei ihnen schon nach dem zweiten Versuch.

Das Ergebnis war ein kerniger kleiner Junge und Kevin konnte sich ein Leben ohne den Vierjährigen nicht mehr vorstellen.

Weil die Geburt von Gregory nicht reibungslos verlaufen war und er anfangs nicht atmen wollte, stand Jenny mit den Zwillingen unter ständiger ärztlicher Beobachtung. Sie war jetzt neununddreißig. Die Zwillinge wuchsen – und dafür waren Kevin und Jenny sehr dankbar –, aber Baby B bereitete ihnen trotzdem ein paar Sorgen. So nannten sie die beiden, Baby A und Baby B. B war um einiges kleiner als A. Mit jedem Arzttermin wuchs Jennys Angst. Kevin ging es nicht anders, aber er versuchte, es ihr nicht zu zeigen.

„Was heißt denn ganz gut?", hakte Jenny nach und sah ihn dabei an.

„Ganz gut heißt ganz gut. Eben nicht supergut."

Mochte sie noch so erschöpft, schwanger und hormonell durcheinander sein – Jennys Antennen waren zu fein, um ihn mit dieser vagen Antwort durchkommen zu lassen.

Manchmal wünschte ich, sie würde mich nicht so supergut kennen.

Unverwandt richteten sich ihre blauen Augen auf ihn. Sie war jetzt wach. „Was ist passiert?"

„Es kam nicht zum Vertrag."

Langsam richtete sie sich auf. Dabei fielen ihr die blonden langen Haare über die Schulter. „Ist das dein Ernst?"

„Ich wusste schon vorher, dass das passieren könnte."

Jenny wartete, ob noch mehr von ihm kommen würde. Aber es gab nicht viel zu sagen.

„Und was machst du jetzt?"

Den sorgenvollen Ausdruck auf ihrem Gesicht konnte er nicht ertragen. „Das wird schon werden. Vertrau mir einfach. Okay? Unser Auto ist groß genug, da können wir drin schlafen."

„Das ist nicht lustig."

Kevin nahm einen Schluck Wein. „Hör zu, keine Angst. Ich kann zur Not sogar die Zwillinge holen, wenn es sein muss. Überleg doch mal, wie gut ich das schon mit dem Braten hingekriegt habe."

Jenny musste lächeln. Sein Humor sei einer der Gründe gewesen, warum sie sich in ihn verliebt hatte, sagte sie manchmal. Und genau dieser Humor fehlte in letzter Zeit.

„Ich muss mir über ein paar Dinge klar werden, aber das geht nicht jetzt sofort", setzte er hinzu.

Ach, aber bei so vielen anderen Projekten war es kein Problem, bis spät in die Nacht zu grübeln?

„Machst du morgen trotzdem deine Shoppingtour?", fragte Jenny.

„Natürlich."

„Wegen mir musst du nicht."

„Doch, Jen. Ich habe es versprochen."

„Aber die Situation hat sich geändert."

Kevin fiel auf, dass keiner von ihnen dem Fernsehprogramm mehr Aufmerksamkeit schenkte, also schaltete er aus. „Das haben wir letztes Jahr auch schon gesagt."

„Wegen mir musst du das nicht machen."

„Ich gehe shoppen und basta. Deine Mutter hat gesagt, sie könne auf Gregory aufpassen, falls du mal rauswillst."

„Darum geht es mir nicht. Ich möchte nur nicht, dass du Geld ausgibst, das wir nicht haben."

Jennys müdes Gesicht durchzogen tiefe Sorgenfalten. Genau das hatte er versucht zu vermeiden. Sie brauchte nicht noch mehr Stress und erst recht wollte er nicht der Grund dafür sein.

„Hey – wenn alle anderen Geld ausgeben können, das sie nicht haben, warum dann nicht auch ich?"

Dieses Mal blieb Jenny ernst.

Kevin setzte sich auf die Couch und legte den Arm um sie. „Alles wird gut, versprochen. Ich reiße mich zusammen und bin sparsamer."

„Du solltest überhaupt kein Geld ausgeben."

„Das sagst du und kaufst trotzdem ständig Sachen für die Zwillinge."

„Da wusste ich ja hiervon noch nichts", erwiderte Jenny. „Und außerdem kaufe ich nur Sachen im Angebot."

„Na, dann gucke ich morgen eben nach Angeboten."

„Aber ich brauche nichts."

Jenny sah so schön aus. Er sagte es zwar nicht, weil sie ihn wie immer für verrückt erklären würde, aber es stimmte. Und er meinte nicht das Klischee, dass die Schwangerschaft die Schönheit in einer Frau hervorbringt. Da war noch mehr.

Sie sieht so jung aus. Überhaupt nicht wie fast vierzig.

Andererseits, wie sah eine Frau mit fast vierzig und Zwillingen im Bauch aus?

Jenny wartete, ob er noch mehr erzählen würde, sagte dann aber, dass sie völlig erschöpft sei und ins Bett gehen würde. Kevin meinte, er würde noch ein wenig fernsehen, obwohl ihn eigentlich keine Sendung reizte. Nachdem er eingeschaltet hatte, drifteten seine Gedanken erst zu allem, was jetzt auf seiner Agenda stand. Danach grübelte er über Jennys Kommentar nach, nichts zu brauchen.

Was du brauchst, ist ein Mann, der nicht erst auf den richtigen Moment warten muss, um dir zu sagen, wie schön du bist.

Er konnte sich nicht daran erinnern, wann er sich zuletzt bei ihr fallen gelassen und ihr alles erzählt hatte, was ihn beschäftigte. Mit viel Mühe hielt er seine Ängste um die Zukunft von ihr fern, aber dabei blieben auch andere Sachen auf der Strecke. Jetzt hatte er manchmal das Gefühl, sie fuhren volle Kraft auf einen Eisberg zu – aber auf zwei verschiedenen Schiffen.

Mach zwei Eisberge draus. Baby A und Baby B.

Eine lange Zeit versuchte sich Kevin bei stumm geschaltetem Fernseher vorzustellen, welches Leben die beiden Zwillinge neben ihrem großen Bruder erwartete. Er wollte gern glauben, dass alles gut werden würde und er als Vater sie mit allem Nötigen versorgen konnte. Aber so sehr er sich auch anstrengte – die Zukunft blieb düster und trübe.

In der Sackgasse

Lynn Brandt sah auf den Flyer in ihrer Hand und spürte, wie sie eine Welle der Emotionen überrollte. Sie war wütend auf ihren Mann. Wütend auf den, der ihm das Saufen beigebracht hatte. Wütend auf sich selbst, dass sie sich überhaupt in einen Mann verliebt hatte, den der Alkohol in den letzten Jahren nach und nach zerstörte. Sie war wütend darauf, dass sie Hilfe von anderen in Anspruch nahm – nein, dass sie darauf angewiesen war. Wütend über die Sackgasse, in die sie und ihre Kinder immer weiter gerieten.

Sie hatte heute Morgen ihren ganzen Mut zusammennehmen müssen, um zur Heilsarmee zu gehen und sich für das Weihnachtsengelprogramm anzumelden. Eigentlich wollte sie längst einen gut bezahlten Job haben, der sie über die Runden brachte. Stattdessen musste sie dankbar für ihre Stelle als Aushilfskellnerin sein, mit der sie hin und wieder ihre Rechnungen begleichen konnte. So lange sie bei Daryl war, hatte sie nie wirklich in Betracht gezogen, arbeiten zu gehen. Anfangs hatte die Leidenschaft ihre Beziehung bestimmt. Aus dieser Leidenschaft war Tom entstanden und hatte eine Heirat unausweichlich gemacht. Aber bald war die Leidenschaft durch andere heftige Gefühle ersetzt worden. Spannungen. Ärger. Frust.

Nie im Leben hatte Lynn damit gerechnet, auf eigenen Beinen stehen zu müssen und allein zwei Kinder durchzubringen. Aber noch konnte sie sich entscheiden. Sollte sie sich ein für alle Mal von Daryl trennen? Sollte sie vor Gericht Unterhalt für die Kinder erkämpfen und ihm damit gestatten, wieder an ihrem Leben teilzuhaben? Dafür fehlten ihr das Geld und der Mut. Alles, was sie wollte, war eine Zeit lang weit weg von ihm zu sein. Aber aus *eine Zeit lang* war inzwischen fast ein Jahr geworden.

Vielleicht solltest du langsam mal entscheiden und Ordnung in die Sache bringen.

Noch einen Monat, hatte sich Lynn immer wieder gesagt. Aus Januar wurde Februar. Der Winter ging in den Frühling über. *Noch eine Woche, dann entscheide ich, was ich mit Daryl mache.* Aber die Scham und die Angst hielten sie davon ab, etwas zu unternehmen.

Scham, Angst und, ja, ich weiß, Liebe.

Sie schämte sich einzugestehen, dass sie den Mann, der sie schlug, noch immer liebte.

So richtig hart schlägt er doch gar nicht zu.

Sie schämte sich, dass sie noch immer nach solchen Ausreden suchte.

Lynn wollte nicht darüber nachdenken, Daryl anzurufen und ihm den Kontakt zu den Kindern offiziell zu untersagen. Er war bestimmt stinkwütend. Oder nicht? Vielleicht hatte er sie und die Kinder schon vergessen oder sogar jemand anderen gefunden. Halb fürchtete sie sich davor, die Wahrheit herauszufinden.

All das zog sie hinter sich her wie eine Schnur mit leeren Büchsen, die am Knöchel festgebunden waren. Bei jedem Schritt, zu dem sie sich aufraffte, gab es einen Höllenlärm. Deswegen stand sie mit ihrer Suche nach einem guten, verlässlichen Job noch immer ganz am Anfang. Und deswegen hatte sie sich zum Gang zur Heilsarmee durchgerungen. Dem Haus, aus dem all die Männer und Frauen mit Sammelbüchsen und Glöckchen herausströmten. Hier hatte man die Idee entwickelt, für Kinder Weihnachtsbäume an öffentlichen Plätzen aufzustellen, die unter dem Baum zu Hause keine Geschenke erwarten konnten.

Und jetzt das hier.

Einen Augenblick lang erwog sie, den Flyer über die Suppenküche mit nach Hause zu nehmen, nur für den Fall.

Für den Fall, dass ich sie enttäusche.

Der Augenblick währte nicht lange. Lynn zerriss den Flyer in so kleine Fetzen, dass man ihn unmöglich wieder zusammensetzen konnte. Sich um Weihnachtsgeschenke zu bewerben, war eine Sache. Essensspenden in Anspruch zu nehmen, eine ganz andere. Sie waren nicht obdachlos und lebten nicht auf der Straße. *Noch nicht.*

Lynn verdrängte den Gedanken und wusste, dass sie einfach nur müde und traurig darüber war, nicht bei Sara und Tom sein zu können. Sie nahm einen Schluck aus ihrem Kaffeebecher und dachte darüber nach, wie gut eine Zigarette dazu passen würde. Aber das hatte sie hinter sich gelassen. Wie so einiges andere in ihrem Leben.

Das winzige Zimmer, in dem sie saß, ähnelte eher einem Schrank als einem Pausenraum. Ihr Stuhl wackelte bedrohlich bei jeder Bewegung. Der Kaffee half nicht. Sie brauchte etwas Stärkeres, aber wenn man die Brühe, die sie den armen Gästen den ganzen Tag eingoss, noch stärker machte, würde sie wohl unter das Betäubungsmittelgesetz fallen. Was gar keine so schlechte Idee war, wenn man ihren jämmerlichen Tag bisher betrachtete. Aber eigentlich wollte Lynn nur nach Hause und sehen, ob es den Kindern gut ging.

Was für ein tolles Thanksgiving, dachte sie zynisch. *Ich kann es kaum erwarten, wie großartig erst unser Weihnachten wird.*

Der Tisch war übersät mit den Schnipseln der Broschüre, die ihr Chef ihr gegeben hatte. Murphy hatte es sicher nur gut gemeint, aber es hatte sie trotzdem verletzt. Damals in Georgia hatte das Geld auch irgendwie nie gereicht. Aber das hier ... das war anders. Jetzt hatte ihr Chef wirklich recht. Ein warmes, kostenloses Essen sah auf einmal sehr verlockend aus.

„Danke, es geht uns gut", hatte sie schroff gesagt. Aber für einen Augenblick hatte sie es in Erwägung gezogen.

Seitdem sie umgezogen waren, beschwerte sich Sara ununterbrochen. Über die neue Schule, den kleinen Wohnwagen mitten im Nirgendwo, die fehlenden Freunde, sogar die gähnende Leere im Vorratsschrank.

Da sind wir die dickste Nation der Welt, in der mehr als ein Viertel der Bevölkerung als fettleibig gilt, und meine Tochter muss jammern, weil sie Hunger hat.

Mit Tom war es anders. Er war in der Wachstumsphase und musste gar nicht erst sagen, dass er mehr Essen brauchte. Man konnte es schon an seinem schlaksigen Körper ablesen. Er vertilgte einfach alles, was sie hatten, ohne sich zu beschweren.

So eine richtige, üppige Mahlzeit, ohne bezahlen zu müssen, wäre gar nicht schlecht.

Nein. Sie würde nicht mit ihren Kindern in irgendeine Suppenküche in Greenville spazieren. Sie waren weder obdachlos noch hilflos. Weder nahmen sie Drogen noch waren sie alkoholabhängig. Sie hatten einfach nur eine Pechsträhne. Mehr nicht.

Als Mutter war es ihre Aufgabe, sich um die Grundbedürfnisse zu kümmern, um Dinge wie Essen und Unterkunft. Weihnachtsgeschenke waren ein Bonus und deswegen war es nicht schlimm, sich dabei Unterstützung von anderen zu holen. Deswegen hatte sie sich beim Weihnachtsengelprogramm angemeldet.

Es muss doch niemand dabei sein, wenn sie die Geschenke aufmachen, oder?

Von der Küche aus hörte sie den Chef etwas brüllen und kippte den Rest Kaffee hinunter. Beim Aufstehen dachte sie noch über das Projekt nach, das ihnen kostenlos Weihnachten nach Hause bringen sollte. Alles, was man dafür brauchte, war die Freigiebigkeit von fremden Menschen. Das, und einen Besuch bei der Heilsarmee, damit sie feststellen konnten, ob sie wirklich diejenige war, für die sie sich ausgab.

Dort aufzutauchen und ihre persönlichen Informationen preiszugeben, war erniedrigend genug gewesen. Morgen würde sie Sara und Tom fragen, was sie sich wünschten. Ob sie tatsächlich diese Sachen bekommen würden, bezweifelte sie. Das Gute im Menschen klingt in der Theorie sehr überzeugend, genauso wie die Ehe, Suppenküchen und Happy Ends. Aber in der echten Welt konnte es sehr schnell wehtun, wenn man sich darauf verließ. Wehtun und einem das Herz brechen.

❄

Der Wohnwagen am Straßenrand sah aus wie abgestellt und verlassen. Wenn Lynn ihre Kinder nicht kennen würde, könnte sie meinen, sie wären ausgeflogen und hätten ihr den Rücken gekehrt. Aber sie kannte sie gut – die beiden gingen ohne sie nirgendwohin.

Sie stellte den Motor ab und öffnete die quietschende Autotür. Wie lange würde sie den Wagen noch fahren können? Von Japanern sagte man ja, sie würden durchaus zweihunderttausend Meilen durchhalten. Aber auch bei mangelnder Wartung? Lynn verdrängte den Gedanken.

Wieder ein Tag geschafft, dachte sie. *Und wieder hat das Auto seinen Dienst getan.*

Sie wünschte sich, sie könnte dasselbe von sich als Mutter sagen.

Es war kurz vor Mitternacht. Sie roch nach Restaurant. Manchmal hatte sie den Eindruck, dass selbst eine Dusche und frische Klamotten nicht halfen. Der ganze Grill- und Fettgeruch blieb irgendwie an ihr haften. Wie schlechte Erinnerungen, die einfach nicht verblassen wollen.

Sie drückte die Klinke des Wohnwagens herunter und stellte erleichtert fest, dass die Tür verschlossen war. Tom hatte also daran gedacht.

Ich verlange zu viel von ihm. Viel zu viel.

Leise schloss sie auf, schlüpfte hinein und schaltete das spärliche Licht über dem winzigen Küchentisch ein. Der Anblick deprimierte sie, noch mehr als der qualmende Grill im Restaurant und das lückenhafte Grinsen von Larry, der sie beim Fleischwenden hemmungslos angaffte.

Schweigend ließ sie ihre Umgebung auf sich wirken und fragte sich zum tausendsten Mal, wie sie hierhergekommen waren. Das hier war keine Situation, in die sie plötzlich hineingestolpert waren. Das war die Sackgasse, auf die sie seit langer Zeit zugesteuert waren.

Vorsichtig legte sie ihren Schlüssel auf die Arbeitsfläche und entdeckte dabei einen Zettel.

Hallo Mom,
der Rest Pizza ist für dich. Gab ein tolles Angebot,
also habe ich zu Thanksgiving eine für uns geholt.
Sara war für fünf Sekunden sogar happy!
T.

Lynn kamen die Tränen. Nicht aus Selbstmitleid oder Traurigkeit, sondern weil sie gerade daran erinnert worden war, dass die Sackgasse keine Sackgasse war. Dieser Wohnwagen definierte sie nicht als Mensch. Die verblichenen und rissigen Wände waren kein Abbild ihrer Familie. Diese Adresse war kein Gefängnis. Das alles war nur die Ausgangsposition. Die Startlinie. Und der Zettel in ihrer Hand war ihre Hoffnung.

Meine zwei Kinder, sie definieren mich; sie sind mein Abbild und mein Zufluchtsort.

Getröstet wischte sie sich die Tränen ab und hoffte, dass nicht gerade jetzt Tom oder Sara aus der Dunkelheit auftauchten und sie weinen sahen. Dann öffnete sie den Kühlschrank und holte die Pizza heraus.

Manche Leute dachten vielleicht, finanziell in Schwierigkeiten zu sein heißt, sich den neuen Mantel zu Weihnachten oder den Urlaub nicht leisten zu können. Aber das, was sie in der Hand hielt – *so* sahen finanzielle Schwierigkeiten aus: ein Teenager, der sein kümmerliches Taschengeld für Essen ausgab.

Eine Sache musste sie in ihrem Leben aber nicht lange suchen: Liebe. Auch wenn sie sie nicht jeden Tag zeigen konnte, wurde sie doch immer wieder damit beschenkt. Von Kindern, die oft noch nicht einmal wussten, was sie da taten.

„Danke, lieber Gott", sagte Lynn und biss in die kalte Pizza. Sie war nicht nur für das Essen dankbar und Er wusste das bestimmt.

Weißes Gesindel

Alle Augen waren auf ihn gerichtet. Tom hielt den Basketball fest und wusste: Der nächste Wurf würde über Sieg oder Niederlage entscheiden.

Das Dribbeln war für ihn so natürlich wie Atmen oder Blinzeln. Er war mit dem Basketball in der Hand aufgewachsen. Sogar als Baby – sagte zumindest Mom – hatte er schon eine weiche Miniaturausgabe geschenkt bekommen. Das lag natürlich an seinem Vater. Dad liebte Basketball. Gut möglich, dass er irgendwann darin sogar richtig gut gewesen war. Tom war sich nicht sicher. Was er allerdings wusste, war, dass Basketball das einzige Thema war, wo er und Dad auf einer Wellenlänge waren. Beide spielten sie gern, beide sahen sie gern zu, wenn die Tar Heels von der staatlichen Universität von North Carolina die Blue Devils von der benachbarten Privatuniversität von Duke besiegten, und beide liebten sie die Nationale Basketball-Liga und hatten jeder ihren Lieblingsspieler.

Durch den Umzug konnte er nicht mehr in seiner alten Schule für die Schulmannschaft spielen. Stattdessen musste er wegen der Regeln an der Greer Highschool die ganze Saison auf der Bank sitzen. Irgendwas mit Schultransfer und unfairem Wettbewerbsvorteil. Letzten Endes war es aber nur eine Sache mehr, durch die er als Neuling abseits von den anderen stand. Fast alle aus dem Basketballteam hatten ihn geschnitten und ihm jede Chance verwehrt zu zeigen, wie gut er eigentlich war. Langsam befürchtete er schon, nie an dieser Schule spielen zu können. Trotzdem hatte er im Lauf des Schuljahres im Sportunterricht und beim freien Spiel wie jetzt auf irgendeinem Basketballplatz einen Ruf als guter Spieler gewonnen.

Das brachte bei seinen Gegnern Gutes und Schlechtes hervor. Es war längst kein Geheimnis mehr, dass er schnell war und den Korb treffen konnte. Aber was normalerweise niemand wirklich begriff, bis das Spiel längst begonnen hatte, war, wie sehr Tom gewinnen wollte. Das ging auf die Spiele mit seinem Vater zurück, der ihn mit Argusaugen beobachtet und jede seiner Bewegungen mit barschen Kommandos quittiert hatte. Dad hatte in ihm ein Feuer entfacht, das jedes Mal aufloderte, wenn Tom den Ball in der Hand hielt. Er *musste* gewinnen, schon allein deswegen, damit ihn sein Vater in Ruhe ließ. Inzwischen spielte Tom Basketball, um zu beweisen, dass er jederzeit gewinnen könnte.

Und heute war keine Ausnahme.

Es hatte alles mit einem einfachen Spiel auf einen Korb angefangen. Ein simples Nachmittagsvergnügen zum Wochenende irgendwo auf einem Basketballplatz. Nichts Großes, kein Drama, ganz normal. Mit einigen von den anderen spielte er zum ersten Mal. Er dachte – und hoffte –, alles würde glattgehen. Zwischendrin hatte er sich sogar wie ein ganz normaler Junge gefühlt, der einfach den Korb treffen wollte.

Aber jetzt kam der letzte Spielzug. Tom dribbelte und passte den Ball zu Nathan, der ihn für ein paar Sekunden behalten und ihn dann wieder zurückpassen würde. So viel war sicher. Nathan traf noch nicht einmal gut, wenn niemand ihn zu blocken versuchte. Dass Nathan also nicht den letzten Wurf machen würde, wussten alle.

Der Ball kam wie erwartet zurück und Tom verschaffte sich einen Überblick. Vic bedrängte ihn schon das ganze Spiel über. Tom wollte den Ball eigentlich zu jemandem unterm Korb passen, damit er einen schönen Korbleger machen konnte, aber es kamen noch mehr Spieler herbei und blockten ihn ab.

Vic, dieser Blödmann, traf seinen Arm, aber auch das hatte er schon das ganze Spiel über getan. Als Guard in der Schulmannschaft der Greer High wollte er sich offensichtlich etwas beweisen.

Noch zwei andere Spieler drängten immer näher heran. Tom

machte einen Schritt nach hinten und sprintete dann seitlich an ihnen vorbei. Vic versuchte ihm zu folgen, aber er war zu langsam.

Gerade als alle dachten, er würde zum Korb vorstürmen, machte Tom einen Satz zurück aus dem Kreis und richtete sich für den Wurf auf. Vic konnte nur noch eins tun – ihn umrempeln. Aber Tom war zu schnell und ließ den Ball fliegen, ein klassischer Drei-Punkte-Wurf. Kurz darauf krachte Vic ihm gegen die ausgestreckten Arme.

Es wurde ein Korb wie im Bilderbuch.

Als der Ball ins Netz sauste, erklang von allen Seiten „Oohs" und Jubel. Niemand konnte glauben, dass Tom es geschafft hatte. Vor allem nicht der keuchende, rot angelaufene Vic.

Tom lächelte und machte die Sache dadurch nur noch schlimmer. Aber er konnte nicht anders. Dieser Kerl hatte ihn ganz klar absichtlich gefoult, aber Tom hielt den Mund.

„Wo kommst du noch mal her?"

Tom verließ gerade mit einigen Spielern den Platz und hoffte, ein paar von ihnen als Freunde zu gewinnen. Als Neuling in der Schule konnte er sie auf jeden Fall gebrauchen. Er merkte nicht sofort, dass Vic ihn angesprochen hatte.

„Hey, Nowitzki, ich rede mit dir."

Die anderen blieben stehen, auch Tom. Er drehte sich um und sah Vic auf sich zukommen.

„Wo hast du so spielen gelernt?", fragte er.

Da, wo alle anderen spielen lernen, dachte Tom. *Durch Übung. So viel wie möglich. Und wenn man Glück hat, versenkt man den entscheidenden Ball im Korb.*

„Keine Ahnung. Hab eben viel gespielt."

Tom ahnte, dass die Antwort eigentlich egal war. Der Kerl suchte Ärger und konnte es offensichtlich nicht ertragen zu verlieren.

„Du spielst also viel, aber für Greer bist du dir zu schade, oder was?"

„Ich bin erst dieses Jahr neu dazugekommen. Ins Team durfte ich nicht. Schulregeln."

„Kommst du immer mit so einem Schrott wie eben davon?"

Tom schüttelte den Kopf. Er mochte nicht der beste Schüler sein, aber wenn jemand auf Streit aus war, merkte er es.

„War doch ein gutes Spiel."

„Ja, nach deinen zehn Fouls."

Meint er meine Fouls oder seine?

Vic war elfte Klasse und hatte gerade gegen einen Zehntklässler verloren. Hier ging es also darum, sein Gesicht zu wahren. Und je mehr Tom über Vics Gesicht nachdachte, desto ähnlicher sah es einem der Spieler von den blöden Blue Devils. Einen, den Dad und er leidenschaftlich gehasst hatten.

Lass ihn einfach.

Tom beschloss, ihm den Sieg nicht unter die Nase zu reiben oder irgendetwas zu erwidern. Aber als er im Begriff war sich umzudrehen, hielt ihn Vic an der Schulter fest. Instinktiv riss Tom die Schulter aus Vics Griff, woraufhin dieser mit der Faust nach Toms Nase schlug. Blut spritzte und die anderen Jungs beobachteten, was nun folgen würde: eine richtige Schlägerei oder einseitige Prügel.

Doch als Tom sich wieder aufrichtete und sich die blutende Nase hielt, sagte er keinen Ton.

Vic stand da und lauerte, aber Tom ging mit Nathan und ein paar anderen Jungs einfach davon und gab sich Mühe, nicht das T-Shirt vollzubluten. Craig, ein Zwölftklässler, gab ihm ein T-Shirt von sich, um die Blutung zu stillen. Die anderen fragten Tom, ob alles in Ordnung sei, und meinten, Vic wäre nichts weiter als ein weißer Vollidiot, der sich anders nicht zu helfen wisse.

Tom sagte nichts. Er wusste genau, was Vic für ein Typ war. Wenn die anderen Tom besser kennen würden, dann müssten sie dasselbe über ihn sagen.

Komischerweise tat Vic Tom nur leid.

Das kommt bestimmt von einer Gehirnerschütterung.

Aber er hatte keine. Tom vermutete, dass Vic einen Grund dafür hatte, so fies zu sein. Genauso wie sein Vater. Irgendwo in ihnen drin war etwas kaputt. Und sie warteten darauf, dass endlich jemand kam und es wieder ganz machte.

„Ich möchte, dass du mir eine Wunschliste schreibst", sagte Mom, als er in den Wohnwagen stieg. Sie reichte ihm Zettel und Stift.

Tom kaute noch auf einem Kaubonbon, das schon alt schmeckte. Wie konnte etwas, das nach zäher, aromatisierter Pappe schmeckte, auch noch alt werden? Wahrscheinlich waren die Dinger deswegen im Ein-Dollar-Laden, den er auf dem Heimweg aufgesucht hatte, für fünfundzwanzig Cent im Angebot gewesen.

„Also", sagte er, „dann nehme ich den Sechzig-Zoll-Flachbildfernseher, die Satellitenschüssel mit allen Sportprogrammen und eine PlayStation 3."

„Ich meine es ernst, Tom."

„Du willst Geschenkideen? Für mich?"

„Ich habe Sara und dich für das Weihnachtsengelprogramm angemeldet."

„Das Weihnachts-Was?" Tom rieb sich die Nase, die er auf der Toilette vom Ein-Dollar-Laden sauber gemacht hatte. Mom sollte nichts von der Schlägerei wissen.

„Bei der Heilsarmee gibt es ein Projekt, bei dem Kinder und Jugendliche ihre Wünsche aufschreiben und andere Leute ihre Namen ziehen und die Geschenke dann besorgen."

„Einfach so?" Tom hielt Zettel und Stift in der Hand und fragte sich plötzlich, ob Mom irgendeinem Schwindel aufgesessen war.

„Man muss nachweisen, dass man … na ja, dass …"

„Dass man richtig arm ist?"

„Dass man in einer Notlage ist", sagte Mom. Tom stand im

Wohnbereich und Mom machte drei Meter weiter in der Küche den Abwasch.

„Also kann ich alles Mögliche draufschreiben?"

„Nicht alles Mögliche", antwortete Mom und warf ihm einen Seitenblick zu. „Schreib eine realistische Liste mit Sachen, die du dir auch von mir wünschen würdest."

„Als wenn das je etwas genützt hätte."

„Warum musst du denn heute so anstrengend sein?"

Vielleicht weil mir heute einer fast die Nase gebrochen hätte, Mom.

„Schon gut, ich mach's ja."

Mom schien nicht in Stimmung zum Reden zu sein. Also beschloss Tom, zu duschen und dann die Liste zu schreiben.

Dann mache ich eben eine Wunschliste. Werden ja sehen, ob ich davon was bekomme.

Aber er wollte nicht über Weihnachten nachdenken. Seine Gedanken kreisten um diesen Vic und darum, was ihn am Montag in der Schule erwartete.

6

Goldenes Ticket

Alles, was Kevin jetzt brauchte, war Charlies Goldenes Ticket. *Ach, wenn das Leben doch so einfach wäre. Herr, du hast nicht zufällig in diesem Einkaufszentrum ein goldenes Ticket versteckt?*

Das war natürlich nicht ernst gemeint. Erstens war er nicht der kleine Junge mit den leuchtenden Augen in dem Film *Charlie und die Schokoladenfabrik*. Und zweitens hatte er nicht das Recht, Gott um irgendetwas zu bitten. Für den Marathon, seine eigene Design- und Marketingagentur auf die Beine zu stellen, hatte er Gott an die Seitenlinie verbannt. Und alle anderen auch. Sogar Jenny.

Gestern war der Film im Fernsehen gelaufen und Kevin hatte sich an früher erinnert. Wie sehr unterschied er sich doch von dem kleinen Kind, das ihn damals zum ersten Mal gesehen hatte! Kevin war in der Gegend um Greenville aufgewachsen und hatte jede Menge Familie und Freunde gehabt. Als sein Vater nach fünfzehn Jahren seine Arbeit bei einem Pharmakonzern verlor, brachen zwar schwere Zeiten an, aber als Zehnjähriger hatte Kevin nicht viel davon mitbekommen. Sein Vater wechselte von einer Arbeitsstelle zur nächsten und kam nie wieder richtig auf die Beine. Aber Kevin fand das alles nicht so schlimm. Er sah seine Kindheit so ähnlich wie Charlie in dem Film: Mach das Beste aus der Gegenwart und träume von einer noch besseren Zukunft!

Irgendwann war Kevins Traum dann wahr geworden. Wovor er sich nun am meisten fürchtete, war, plötzlich eine Kopie seines Vaters zu werden, der nie wieder festen Boden unter die Füße bekommen hatte. Er und Mom lebten noch immer in dem kleinen Haus in Greer. Jenny und Kevin besuchten sie oft. Das Letzte, was Kevin wollte, war, dort eines Tages aufzutauchen und zu verkünden, dass die Firma den Bach runtergegangen und das große Abenteuer kläglich gescheitert war.

Er seufzte und versuchte, den Gedanken zu verdrängen. Jetzt galt es erst einmal, ein Weihnachtsgeschenk für Jenny zu finden.

Im Einkaufszentrum herrschte das schönste Chaos. Die makellos gekleideten, duftenden und mit einem Dauerlächeln ausgestatteten Verkäufer kannten diesen Tag gut. Sie hatten darauf gewartet. Aber er wollte nur Wiedergutmachung leisten für letztes Jahr, als er die Weihnachtseinkäufe sträflich vernachlässigt hatte. In letzter Minute hatte er noch Gutscheine besorgt, die man in der Drogerie an der Ecke hätte kaufen können. Jenny war auch gerade mit einer Freundin beim Shoppen. Aber spätestens mittags ging ihr sicher die Puste aus.

Die endlosen Menschenmassen machten ihm Platzangst. Vielleicht war er schon zu lange nicht mehr in der Haupteinkaufsstraße gewesen? Oder es lag daran, dass er nicht mehr am Tag nach Thanksgiving einkaufen war, seit … seit Ewigkeiten. Die Leute schlurften wie Zombies durch die Gänge und stierten auf den nächsten Artikel, den sie verschlingen konnten. Am liebsten hätte Kevin sich in eine Telefonzelle verzogen und eingeschlossen. Aber Münztelefone gab es schon lange nicht mehr, geschweige denn welche in Telefonzellen.

Kevin dachte an die Weihnachtsfeste, als es seinen Eltern finanziell nicht gut ging. Die kleinen Geschenke bedeuteten ihm alles, selbst wenn er nie den edlen Atari-Computer bekam wie seine Freunde. Das machte nichts. Schon als Kind war ihm klar, dass Dad sein Bestes gab.

Heute schienen sich die nahenden Feiertage nur darum zu drehen, welcher Verkäufer die beste Vorstellung gab. Kevin nahm sich einen Moment Zeit und ließ die Umgebung auf sich wirken. Trotz allem Gewirr konnte er überall die kleine Schrift ausmachen. Preisschilder. Eine Zahl nach dem Dollarzeichen. Alles, was in diesem Haus vorhanden war, konnte man auf Dollar und Cent summieren. Die Kleiderständer und Schuhregale und Schaufensterpuppen und Werbeposter wollten alle beachtet werden und versuchten, die Kunden zu locken. Glück war nur eine kleine Transaktion entfernt. Innerhalb von Sekunden konnte man ein besseres Leben haben, man musste nur seine Kreditkarte auf den Tisch legen und die Sorgen wegkaufen.

Kevin stand am Eingang beziehungsweise Ausgang des Ladens, je nachdem, wie man es betrachtete. Von hier aus konnte man zurück ins Einkaufszentrum gehen. Aber für Kevin war es kein Ausgang. Ein Ausgang wäre so etwas wie eine Fluchttür, die man aufstoßen, durch die man ins Tageslicht treten und diesem Chaos entfliehen konnte. Er stand da und beobachtete die Menschen, die rein- und rausströmten. Von wegen Wirtschaftskrise. Von wegen Rezession. Vielleicht hatten die Leute aber auch nichts davon mitbekommen, denn sie gingen in Scharen vollbepackt mit irgendwelchem Zeug hinaus. *Zeug und noch mehr Zeug.*

Aus Gewohnheit und einem Bedürfnis heraus sah er auf sein Mobiltelefon. Es war sein Schutzschild und sein Rettungsanker.

Ich werde hier drin nichts finden. Er hatte das Angebot im Laden überflogen und ein paar Runden gedreht, aber das kam ihm so vor, als würde er um einen Swimmingpool herumspazieren, ohne nass zu werden. All die anderen waren kopfüber eingetaucht, verglichen Größen und Preise und probierten Sachen an. So funktionierte das Shoppen: das Schnäppchen finden, die Perle unter dem Plunder. Aber dafür fehlten ihm die Zeit und die Geduld. Kevin wollte nur noch raus hier.

Vielleicht ging er auch völlig falsch an die Sache heran. Es musste eine bessere Strategie als den Kaufrausch nach dem Feiertag geben. Kevin trat ins Innere des Geschäfts und sah eine Verkäuferin, die eine Kundin in der Parfümabteilung beriet. Jenny hatte bestimmt zwanzig Parfüms. Manche besaß sie schon so lange, dass sie eher nach Exitus rochen als nach Ekstase.

Kevin seufzte und wandte sich gerade in Richtung eines anderen Ausgangs, als er ihn entdeckte: Ein gewaltiger Weihnachtsbaum blockierte fast die Türen. Er erstrahlte nicht in Gold und

Silber oder Rot und Grün. Stattdessen war er übersät mit bunten Papierengeln. An jedem Engel klebte unten ein Zettel in der Größe, die man jemandem unter den Scheibenwischer klemmen würde. Kevin blieb stehen und betrachtete neugierig den Baum.

Auf den Zetteln stand etwas geschrieben.

Wahrscheinlich ein Kinderprojekt oder irgendeine Spendenaktion.

Kevin beobachtete, wie ein Mann und seine Tochter auf den Baum zutraten. Das Mädchen strahlte, als hätte sie gerade etwas gewonnen. Vielleicht waren die Engel so etwas wie Lose, die man ziehen konnte, wenn man einen ganzen Haufen Zeug gekauft hatte? Der Vater nickte seiner Tochter zu, die etwa zehn Jahre alt sein mochte. Bedächtig wählte sie einen Engel aus und besah ihn sich von allen Seiten. Dann las sie ihrem Vater vor, was auf dem Zettel stand. Kevin war zu weit entfernt, um es zu verstehen, die Menschenmenge und die Hintergrundmusik taten ein Übriges. Er ging näher heran.

„Das ist doch toll", sagte der Vater.

Hatte sie ein Paar Designerschuhe gewonnen oder „40 Prozent Rabatt auf einen Artikel Ihrer Wahl"? Ihr Blick passte nicht dazu. Steckte doch mehr dahinter?

Als Vater und Tochter weitergingen, machte Kevin einen Schritt zurück und rempelte versehentlich eine Frau an, die ihn im Ring mit Leichtigkeit auf die Matte hätte schicken können. Sie war sehr korpulent und sah nicht besonders freundlich aus.

„Verzeihung, tut mir leid."

Ihr Blick sagte: *Sollte es Ihnen auch.* Kevin lächelte und fragte sich, warum er sich in der Gegenwart von manchen Leuten immer noch wie ein Vierzehnjähriger fühlte.

„Wird das heute noch?", fragte sie in einem Dialekt, der ihn an seine Tante erinnerte.

Manche Südstaatler sprachen mit Dialekt, andere mit *Dialekt*. Auf diese Frau passten so ziemlich alle Klischees, die man von Südstaatlern hatte, abgesehen von einem – der Liebenswürdigkeit.

„Äh, nein … bittesehr", sagte Kevin und wusste selbst nicht, was er meinte.

Die Frau schüttelte den Kopf und ging zum Baum. Ihre Jeans reichten bis zu den Rippen und das ausgeblichene T-Shirt war viel zu klein. Ihre Haare konnten eine Wäsche gebrauchen. Kevin beurteilte Leute eigentlich nicht nach ihrem Aussehen, aber sie passte überhaupt nicht zu den restlichen Leuten hier im Einkaufszentrum. Sie sah aus, als wäre sie gerade aufgestanden.

Und scheinbar auch noch mit dem falschen Fuß.

Die Frau suchte sich einen Engel aus. Dann warf sie Kevin einen finsteren Blick zu.

Deswegen ist sie hier – es gibt irgendwas kostenlos. Wusste ich's doch.

„Schönen Tag noch", sagte Kevin eine Spur zu freundlich und sarkastisch.

Als die Frau gegangen war, sah Kevin auf dem Weg nach draußen das Schild.

Die Heilsarmee
Weihnachtsengelprojekt
Helfen Sie uns, anderen zu helfen! Seien Sie
ein Engel für Kinder und Senioren in Not.

Darunter standen Hinweise und Vorschläge für diejenigen, die teilnehmen wollten.

Es dauerte einen Augenblick, bis Kevin begriffen hatte, dass auf den Zetteln Namen von Menschen in Not standen.

Plötzlich überkam ihn eine Mischung aus Schuldgefühlen und Scham. Und er hatte gedacht, die Leute machten nur dann begeistert mit, wenn es etwas kostenlos gab. Wenn sie selbst etwas davon hatten. Wie falsch er lag! Die Frau hatte einen Engel ausgesucht, um jemand anderem zu helfen.

Er ging zurück zum Baum und entdeckte unter den übrigen Engeln einen mit sehr sauberer Handschrift.

Da hast du es. Dein Goldenes Ticket. Nimm es und dein Leben wird sich verändern.

Aber dann dachte er an alles, was nächsten Monat auf ihn zukommen würde. Die Arbeit, Jenny, Gregory, die Zwillinge und dann auch noch Weihnachten. Kevin beschloss, den Engel hängen zu lassen. Stattdessen machte er kehrt und begab sich auf den Heimweg.

Für Kinder mochte es ganz nett sein, wie Charlie große Träume zu haben. Aber er war erwachsen. Und dazu gehörte zu verstehen, dass es keinen Weihnachtsmann, keine Engel oder Goldene Tickets gab, die zaubern und alles besser machen konnten.

Wer Hilfe brauchte, musste sich welche suchen. Und genau das hatte Kevin vor.

Noch so ein Unterschichtstyp

„Ist deine Wunschliste fertig?"

Mom aß die letzten Krümel ihres Muffins und war auf dem Weg in die kleine Toilette des Wohnwagens. Es war Samstag und ihre Schicht begann gegen zehn.

„Noch nicht", rief Tom.

Als seine Mutter wieder herauskam, hatte sie einen Pferdeschwanz gebunden. Er ließ sie jünger aussehen und das gefiel ihm. Obwohl sie immer beschäftigt war und oft müde aussah, war er stolz auf seine Mutter. Weil sie ein Ziel hatte. Zu Hause hatte sie manchmal ausgesehen, als wüsste sie nicht, wo sie war.

Eingesperrt in einem Gefängnis.

Jetzt sah sie anders aus – fast jünger.

Und frei. Aber dafür eben erschöpft.

„Mach sie bitte heute noch fertig, ja?"

„Und ich darf mir alles Mögliche wünschen?"

„Nein", sagte Mom und warf ihm einen von diesen Du-weißt-genau-wie-ich-das-meine-Blicken zu. „Vernünftige Sachen."

„Wieso? Wir müssen es ja nicht bezahlen."

„Ja, aber jemand anderes schon. Jemand legt sein Geld auf den Tisch, damit du Geschenke bekommst. Also sei vernünftig."

„Hat Sara eine Wunschliste geschrieben?"

„Wir müssen sie noch ein bisschen überarbeiten."

„Kommt diese Person mit den Geschenken bei uns hier vorbei?"

„Natürlich", sagte Mom belustigt. „Wir bitten ihn auch gleich an unseren Tisch zum Weihnachtsessen."

„Gibt's überhaupt ein Weihnachtsessen?"

„Werden wir sehen."

„Das letzte lief ja nicht so toll."

„Du kleiner Neunmalkluger."

Tom musste lachen. „Das hätte Dad nicht gesagt."

„Seine Ausdrücke gibt es bei uns nicht mehr. Das ist vorbei. Du, ich muss los. Hast du das mit dem Nebenjob noch auf dem Schirm?"

„Ja doch."

„Nicht in diesem Ton."

Tom seufzte. „Es ist nicht so, als hätte ich es nicht versucht."

„Dann hast du es noch nicht intensiv genug versucht."

„Ich gehe heute da hin."

„Gut. Ich komme irgendwann kurz nach dem Abendbrot."

„Wann genau?"

Sie sah ihn an, zog die Augenbrauen hoch und runzelte die Stirn. „Wieso, bekomme ich eine Ausgangssperre?"

„Beim letzten Mal hieß ‚kurz nach dem Abendbrot' zweiundzwanzig Uhr."

„Deswegen sollst du dir ja einen Job suchen. Dann kannst du dir ein Handy leisten und ich kann anrufen und Bescheid sagen."

„Oder ich schreibe es auf die Liste."

„Du wirst sicher überrascht sein, was du alles kriegst."

Tom wollte erwidern, dass er da seine Zweifel hatte, aber verabschiedete sich stattdessen und sah zu, wie Mom sich auf den Weg machte. Jetzt war er wieder der Mann im Haus. Na ja, eigentlich war er noch lange kein Mann und das hier war kein Haus, aber immerhin. Sara war bei einer Freundin, die wahrscheinlich Kabelfernsehen, Internet und Spielkonsolen hatte. Und Tom hatte nur den aktuellen Roman von Dennis Shore. Aber damit konnte er ganz gut die Zeit totschlagen.

Es machte ihm Spaß, Horrorgeschichten über Familien zu lesen, denen es noch viel schlechter ging als ihnen. Dann konnte er dankbar sein für das, was sie hatten, wenn es auch nicht gerade viel war.

Die Nikes hatten immer noch Blutflecken. Erschrocken stellte er das genau in dem Moment fest, als er auf den Filialleiter des Supermarkts wartete. Er hatte nach Vics Volltreffer letzte Woche vergessen, die Schuhe sauber zu machen. Glücklicherweise hatte es bisher keine weiteren Zusammentreffen mit Vic gegeben.

Punkt eins auf Moms geheimer Wunschliste: neue Basketballschuhe.

Tom überlegte, was wohl passieren würde, wenn er wie beim Essen im Vorratsschrank auch bei den Schuhen zur Billigmarke griff. Nicht Nike oder Reebok, sondern die neue Marke Niebok! „100 % Federung, 77 % günstiger!"

In der Not schmeckt jedes Brot.

Mom sagte das oft. Und er wusste genau, was sie meinte. Egal welche, alle Schuhe wären besser als die, die er gerade anhatte. Sie fielen nicht nur auseinander, sie waren auch noch blutbeschmiert.

„Tut mir leid, dass du warten musstest", sagte Mr Chandler bei seiner Rückkehr. „Das Wochenende nach Thanksgiving ist das reinste Chaos."

„Macht doch nichts."

„Du heißt Tom, richtig?"

Er nickte.

Wie die meisten Erwachsenen musterte ihn der Mann mit der Halbglatze abschätzig.

Tom hatte sich heute sogar die Haare gekämmt, aber vielleicht war genau das das Problem. Das letzte Haareschneiden war schon länger her und da Mom das machte, waren die Haare zwar hinterher kürzer, aber nicht unbedingt besser. Tom hatte seine beste Jeans angezogen und sein einziges Hemd. Trotzdem konnte er sich vorstellen, wie er aussah – schäbig.

„Weißt du, es wollen viele diesen Job als Einpacker. Ist noch gar nicht so lange her, da habe ich händeringend gesucht. Aber jetzt ist es anders. Im Moment habe ich sogar zu viele Leute. Und gleich beim Obst und Gemüse anzufangen kommt nicht infrage. Du musst dich schon hocharbeiten. Alles, was ich tun kann, ist deine Bewerbung in meine Kartei aufnehmen."

„Ich arbeite hart und gut", sagte Tom.

„Das hört man gern. Ich habe nämlich so ein paar Faulpelze dabei. Na ja, man weiß nie. Ich melde mich."

„Danke", sagte Tom.

„Wo gehst du zur Schule?"

„Greer High."

„Gefällt's dir hier?"

„Ja, schon." Tom wollte die Wahrheit lieber für sich behalten. Die Wahrheit, die seine Basketballschuhe erzählten.

„Und warum kommst du jetzt erst? Warum hast du dich nicht schon im Sommer beworben?"

Er hatte den Sommer über auf der Farm der Sinclairs gearbeitet. Den Sinclairs, von denen sie den Wohnwagen gemietet hatten. Der Job war gut bezahlt und Tom hatte gehofft, das ganze Schuljahr über dort aushelfen zu können. Aber seit dem Wintereinbruch gab es dort nicht mehr so viel zu tun.

„Wir sind erst zugezogen", entschied er sich für die einfachste Erklärung, obwohl es schon fast ein Jahr her war.

Mr Chandler starrte ihn einen Augenblick an und Tom las in seinen Augen. Diesen Blick kannte er schon von einigen seiner Lehrer. Genauso sah man sonst einen verschmutzten, streunenden Welpen an.

Nachdem er sich verabschiedet hatte, ging Tom nach draußen. Wäre er noch länger im Laden geblieben, wäre die Versuchung zu groß geworden, etwas zu kaufen. Und bis er nächste Woche wieder bei den Parkers aushelfen könnte, musste er mit seinen fünf Dollar auskommen. Die Parkers waren ein altes Ehepaar und wohnten ein Stück die Straße hinunter. Tom sollte den Hof hinter ihrem Haus auf Vordermann bringen, der bestimmt seit zehn Jahren wahllos mit Zeug zugestellt worden war. Mit einem Teil seines Lohns hatte er bereits die Pizza zu Thanksgiving bezahlt. Die restlichen fünf Dollar konnten schneller weg sein, als er in der Lage war zu gucken. Also hielt er es für das Beste, der Versuchung aus dem Weg zu gehen.

Er dachte an Mr Chandlers Frage, ob er die Schule mochte. Schade, dass ihm nichts Schlagfertiges darauf eingefallen war. Sara wusste irgendwie immer etwas Originelles zu sagen. Tom konnte sich noch nicht einmal einen Witz merken. Wenn Sara nicht gerade herumzickte, konnte sie richtig witzig sein.

„Schule mag ich ungefähr genauso wie eingelegte Rote Bete", hätte sie vielleicht gesagt.

Zu normal. Sara hätte bestimmt etwas total Unerwartetes und Herausragendes gewusst.

Manche Menschen ragten eben weniger aus der Masse heraus als andere.

Beim Blick auf seine Schuhe wünschte er sich, zu dieser Kategorie Mensch zu gehören, zu denen, die man übersah und ignorierte. Aber Mitschüler konnten ziemlich gemein sein, das wusste Tom. Gelangweilte Mitschüler konnten sogar richtig fies sein. Und gelangweilte Mitschüler, die jemanden zum Ärgern suchten – das waren die schlimmsten.

Ein blödes Landei, mehr ist dieser Vic nicht. Aber auf mich trifft das inzwischen auch zu …

Tom überquerte eine große Straße und lief am Seitenstreifen in Richtung des Abzweigs zum Wohnwagen entlang. Es war gutes Wetter, um zu laufen. Na ja, eigentlich galt das für jeden Tag. Lieber laufen, als in der Schrottmühle gefahren zu werden oder den Schulbus zu nehmen und sich wie ein Straftäter auf dem Weg zum Haftantritt zu fühlen.

Kriegt man Blut aus Schuhen raus?

Jede Wette, Jack hätte das gewusst. Jack war sein bester Freund und Schulkamerad gewesen und Jack war ein wandelndes Lexikon. Was er für Sachen wusste! Dass die Haare noch monatelang wuchsen, wenn man schon gestorben war. Oder dass Frauen doppelt so häufig blinzelten wie Männer. Dass Florida größer war als Großbritannien. Jack stolperte immer über scheinbar nutzloses Wissen und merkte sich alles. Tom hatte sich stets darauf gefreut, welche Tatsache Jack als Nächstes enthüllen würde.

Tom hörte seinen eigenen Atem. Er sah die Blutflecke auf den Schuhen, die eher in einen Horrorfilm gehörten als an seine Füße. Unwillkürlich fiel ihm wieder der Kampf mit Vic ein. Je mehr er darüber nachdachte, wieso es dazu gekommen war, desto mehr kam er zu dem Schluss: Es lag nur daran, dass er der Neue war. Er und Vic hätten vielleicht sogar Freunde sein können, wenn sie miteinander aufgewachsen wären. Aber den Neuen mochte man aus Prinzip nicht. Eigentlich hatte kaum einer Notiz von ihm genommen, vor allem die Sportskanonen nicht. Aber nach diesem Bilderbuchwurf musste er Vic auffallen. Jetzt war er also der Neue, der zwar wie ein Landei aussah, aber auf dem Basketballplatz nicht zu stoppen war. Den Rest konnte man sich denken.

Ich werde mich einfach von Vic fernhalten. Wer sagt denn, dass ich noch mal mit ihm Basketball spielen muss? Ich bin ja nicht mal in der Schulmannschaft. Noch nicht.

Er hob einen Stein auf und warf ihn lustlos fort. Irgendwann musste er es schaffen, in der Schulmannschaft Freunde zu finden. Aber wenn dort nur Vics waren, hatte er schlechte Karten …

Die meisten sind bestimmt nett. Ich muss nur Geduld haben. Und nicht aufgeben.

Seine Gedanken waren gerade wieder zur Wunschliste abgedriftet, als hinter ihm ein Pick-up hupte und ihn von der Straße scheuchte. Tom blieb stehen, um ihn vorbeizulassen.

In dem Moment, wo der Wagen vorbeifuhr und immer noch hupte, war Tom klar, was gleich kommen würde. Wahrscheinlich noch vor dem Fahrer selbst.

Mit quietschenden Bremsen kam das Auto zum Stehen. Das Licht vom Rückwärtsgang sah Tom schon gar nicht mehr. Er rannte bereits in die entgegengesetzte Richtung und versuchte, so viel Distanz wie möglich zwischen sich und den rostigen blauen Pick-up zu bringen. Den Pick-up, dessen Fahrer ihm die Nase blutig geschlagen hatte. Und der später wohl zu einem fiesen Kerl heranwachsen würde, der Fernfahrer war, Bier trank und seine Frau schlug. So einen kannte Tom schon zur Genüge.

Mit einem festen Ziel

Heute Abend hatte Tom Grund, dankbar zu sein. Er konnte Gott dafür danken, dass er nicht übel zugerichtet irgendwo im Straßengraben lag. Und er konnte um Beistand für die nächste Woche bitten, für den nächsten Monat, und vielleicht bis zu dem Tag, an dem ihm jemand das Abschlusszeugnis überreichte, seine Du-kommst-aus-dem-Gefängnis-frei-Karte.

Es war still und dunkel. Wo sie früher gewohnt hatten, gab es wenigstens noch das Geräusch von vorbeifahrenden Autos. Zuhause konnte er das zwar nicht so recht nennen, aber ein anderes Wort fiel ihm nicht ein. Und dieser Ort, diese nackte Metallhaut, war erst recht kein Zuhause. Wie auch immer das Haus seines Vaters hieß – Tom vermisste die Geräuschkulisse drumherum, die wenigstens von Leben zeugte. Hier war es einfach viel zu still.

„Lieber Gott, hör mir bitte zu."

Pastor Grady, der Jugendpastor in ihrer alten Gemeinde, hatte ihm erklärt, wie man betet. Er meinte immer, es gebe keine falsche Art zu beten. Hauptsache, man betete so oft wie möglich. Und Tom hielt sich daran. Er glaubte, dass Gott ihn wirklich hörte. Nur an Abenden wie diesen war er sich nicht sicher.

„Bitte gib mir Kraft, Gott. Ich möchte nicht schwach sein. Hilf mir, das alles hier durchzustehen, damit ich etwas bewegen kann."

Das war alles.

„Ich möchte gern etwas verändern."

Pastor Grady hatte das in einem seiner Gebete gesagt und Tom fand das ziemlich cool.

Der kleine Pastor mit dem schütteren Haar wollte mit Gottes Hilfe die Welt verändern. Er hätte einfach um eine größere Kirche, um mehr Besucher oder sogar um mehr Haare beten können, aber stattdessen wollte er den Menschen um sich herum helfen.

Das hatte auf Tom Eindruck gemacht.

Später wollte er auch so sein. Er träumte davon, Profibasketballer zu sein, zu dem die kleinen Jungen aufschauten. Dann würde er als positives Vorbild etwas bewegen können. Aber im Moment konnte er nur sein Bestes geben, um den Schultag ohne Prügel zu überstehen und nicht auf abschätzige Blicke von denen zu reagieren, denen er egal war.

Zuerst muss man auf festem Boden stehen, bevor man jemand anderem die Hand ausstrecken kann. Und sein Boden war ziemlich wacklig. Aber um festen Boden konnte er nicht beten; das fühlte sich nicht richtig an. Für seine Mutter, seine Schwester und sogar für seinen Vater konnte er beten, aber doch nicht um einen Lotteriegewinn, um ein größeres Haus oder gleich ein besseres Leben. Das passte irgendwie nicht.

Also betete er um die Gelegenheit, etwas zu verändern.

„Die Welt verändern kann jeder", hatte Pastor Grady mal gesagt. So was sagten eigentlich nur Politiker. Aber Tom nahm es trotzdem gern für bare Münze.

Ihm gefiel der Gedanke, dass auch er zu etwas Großem berufen war. Und wer weiß, vielleicht wartete dieses Große nicht erst in zwanzig Jahren auf ihn. Vielleicht schon in zwanzig Minuten? Das machte die Sache spannend.

Tom glaubte daran, dass Gott wirklich auf seine Bitte reagieren würde, wenn er wollte. Nicht gezwungenermaßen, aber es war möglich.

Wer nicht fragt, der nicht gewinnt.

Also fragte er.

9

Teil des Plans

„**Willst du** ‚Cookie komm ich teig dir was‘ oder ‚Mach mich nicht heiß Sahnekirsch‘?“

Kevin stand neben dem Küchentisch, an dem Jenny vor einem unsortierten Stapel Briefe saß. Lauter Rechnungen warteten darauf, mit dem Scheckbuch abgearbeitet zu werden. Erstaunt über die Frage und über den Schlüssel in Kevins Hand sah sie ihn an. Es war halb neun und Gregory war gerade eingeschlafen.

„Du willst zur Eisdiele? Jetzt?“

Kevin nickte. „Du hast doch vorhin gesagt, was du für eine Lust auf Eis hast.“

„Das ist aber nicht gerade um die Ecke.“

„Du kannst ruhig hierbleiben“, sagte Kevin und lächelte zuvorkommend.

„Ist das Spiel schon vorbei?“

Er warf einen kurzen Blick auf den Fernseher im Wohnzimmer und schüttelte den Kopf. „Die Gamecocks verlieren haushoch. Das wird nichts mehr.“

„Oder liegt es daran, dass ich die Rechnungen mache?“

„Quatsch. Ich bin ein guter Ehemann und versuche, die Bedürfnisse meiner Frau zu erfüllen.“

„Ach tatsächlich? Und du holst dir wohl nichts?“

Kevin strich über seinen Bauchansatz. Er war noch da. Für seinen Geschmack etwas zu rund und schwabbelig, seitdem er nicht mehr ins Fitnessstudio ging. Aber die Hantelbank konnte warten.

Und unserem Scheckbuch würde es guttun, die hundert Mäuse für die monatliche Mitgliedschaft zu sparen.

„Na ja, ein bisschen was zum Kosten vielleicht.“

Jenny lachte. „Hab genau gesehen, wie du dir vorhin die Sorten im Internet angeguckt hast."

„‚Das Nuss Liebe sein'."

„Wie bitte?"

„Die hole ich mir. ‚Das Nuss Liebe sein'. Mit … Kuchenteig, Zimt, Sandkuchen und Pekannüssen."

„Dachte ich's mir", sagte Jenny und faltete eine Rechnung auseinander.

„Ein bisschen Eis hat noch niemandem geschadet."

„Sag mal, haben wir die vierhundertfünfzig Dollar an das Greenville Memorial Hospital schon bezahlt?"

„Würde mich wundern."

In der Vergangenheit waren Rechnungen immer Jennys Aufgabe gewesen, aber seit Kurzem kümmerte sich Kevin darum. Und „kümmern" hieß für ihn, die Rechnungen nach „unbedingt sofort bezahlen" und „kann warten" zu sortieren.

„Kann warten" bis zur Vertragsunterzeichnung mit Silverschone Investments. Die es ja nun nicht mehr geben wird.

„Bezahlst du unsere Arztrechnungen nicht?", fragte Jenny mit sorgenvollem Gesicht. „Die flattern hier ja fast täglich rein."

„Ich will nur erst prüfen, welche die Krankenversicherung übernimmt."

„Du weißt, dass sie Mutterschaftskosten generell nicht abdeckt."

Kevin riss in gespieltem Schock Mund und Augen auf. Wer ihn nicht kannte, konnte durchaus darauf reinfallen.

„Ehrlich?", fragte er. „Wenn ich das gewusst hätte, dann hätte ich lieber was aus dem Tierheim adoptiert."

„Hör auf", sagte Jenny und verdrehte die Augen.

„Ich möchte einfach nur, dass wir irgendwie durch dieses Jahr kommen."

„Und dann?"

„Und dann … sehen wir weiter. Ich sehe weiter."

Wir können ja immer noch das Auto vollpacken und nach Süden fahren. In irgendein Kaff, was keiner findet, zum Beispiel. Oder ins Bermudadreieck.

„Kev, das ist wichtig."

„Ja, genauso wie meine Frage."

Jenny hielt sich den Bauch. „Mir tut alles weh."

„Und es passt wirklich kein Eis mehr rein?"

Jenny seufzte und betrachtete die Aufstellung von Posten auf der Rechnung. „Also schön."

„Komm, ich hole uns ein Eis, und dann kümmere ich mich um die Sachen und du ruhst dich aus. Okay?"

„Ich kann doch hier weitermachen, während du weg bist."

Kevin legte ihr die Hände auf die Schultern. „Du musst wirklich nicht. Das belastet dich doch nur."

„Dich belastet es doch auch", sagte Jenny. „Du ignorierst es bloß."

Ich ignoriere es nicht. Ich schiebe es ganz weit weg.

„Nein, tue ich nicht. Hör mal, wir haben doch darüber gesprochen."

„Mir graut es davor, das alles zusammenzurechnen. Unsere Kreditkartenabrechnung ist gekommen. Wir sind jetzt bei fast zwanzigtausend."

„Das ist doch eine gute Nachricht", meinte Kevin. „Die runde Zahl kann man sich gut merken. Und wir sammeln jede Menge Treuepunkte!"

„Das ist nicht lustig."

„Alles wird gut, Jen."

„Sagt wer?"

„Glaub mir. Vertrau mir."

Jennys Blick war alles andere als vertrauensvoll, mehr eine Mischung aus Skepsis und Sorge.

Früher hat sie mir vertraut. Und an mich geglaubt.

Früher hatte er auch darauf gebaut, dass Gott eine Rolle spielte. „Vertrau auf Gott", hätte er sagen können, aber er tat es nicht. Es wäre geheuchelt gewesen.

Habt doch ein bisschen Vertrauen, das sagte sich sehr leicht, wenn man ein festes Einkommen hatte.

„Vielleicht sollte ich doch wieder arbeiten", meinte Jenny.

„Jen, bitte." Kevin setzte sich neben sie. Er hatte gehofft, Eis holen zu können und um dieses Gespräch herumzukommen. Aber es war unausweichlich. „Liebling. Wie willst du das denn machen?"

„Ich wäre nicht die Erste."

„Bitte nicht. Wir haben schon mit Gregory alle Hände voll zu tun. Und jetzt noch die zwei Jungs, ist das nicht genug?"

„Meine Mutter kann uns doch helfen."

Das Schlimmste an Gesprächen wie diesem war, dass er Jenny nichts Konkretes erwidern konnte. Er konnte nicht versprechen: „Wir kriegen neue Aufträge rein und kommen so über die nächsten sechs Monate." Er wusste noch nicht einmal, ob Precision Design die nächsten sechs Wochen überleben würde. Im Moment lebten sie in seiner Firma von Tag zu Tag. Wenn er jetzt anfangen würde, sich über jede Rechnung Gedanken zu machen – vor allem die von der bevorstehenden Geburt, die sie komplett aus eigener Tasche bestreiten mussten –, würde er verrückt werden. Oder das Gefühl haben, vollständig die Kontrolle verloren zu haben.

Kevin beugte sich vor und umschloss ihre Hände. „Mach dir keine Sorgen um die Rechnungen, okay?", sagte er beruhigend zu ihr und zu sich selbst.

„Aber einer muss das tun."

Autsch. „Jen …"

Sie klappte das Scheckbuch zu. „,Mach mich nicht heiß Sahnekirsch.' Wenn wir schon bald auf der Straße sitzen, dann können wir es uns wenigstens noch einmal gut gehen lassen."

Kevin lachte. „Siehst du, so gefällst du mir schon besser."

„Aber beeil dich, damit nicht schon alles geschmolzen ist."

„Yes, Sir", sagte er und salutierte.

In seinem Kopf spielte sich die Unterhaltung etwa so ab:

„Jen?"

„Ja?"

Alles war dunkel. Das einzige Licht kam vom Radiowecker. 1:14 Uhr.

„Wird schon alles gut werden", sagte er, einen Arm um sie gelegt, die andere Hand sanft auf ihrem Bauch.

„Ich mache mir eben Sorgen." Ihre Stimme klang leise und schwer.

„Ich weiß. Aber Gott hat alles in der Hand. Er kümmert sich schon um uns."

So redete sein zweites Ich im Paralleluniversum. Dort herrschte zum Glück noch heile Welt.

„Aber deswegen sollen wir nicht die Hände in den Schoß legen", sagte Jenny.

„Am wichtigsten ist, dass wir beten. Komm, wir beten zusammen." In seiner Vorstellung nahm Kevin Jennys Hand und betete. Danach war sie dran.

Stattdessen hörte er nur, wie sie langsam und gleichmäßig atmete. Sie war völlig erschöpft. Voll von der großen Portion Eis und ermüdet von den zwei wachsenden Jungen in ihrem Bauch. Sonst hatte sie einen extrem leichten Schlaf, wurde schon früh am Abend müde und tagsüber oft nicht richtig munter.

Mitten in der Nacht gemeinsam zu beten war für die Paare, die das taten, sicher eine tolle Erfahrung. Vielleicht gehörten sie eines Tages auch dazu. Aber so richtige Beter waren sie als Paar noch nie gewesen. Und in letzter Zeit hatte Kevin generell erschreckend wenig dafür übrig.

In seiner Branche und der Firma mochte er sich zur Führungspersönlichkeit hochgekämpft haben. Aber wie man eine Familie anführte, war irgendwo auf der Strecke geblieben. Das Oberhaupt der Familie war er schon lange nicht mehr. Und was hatte Gott mit dem allen zu tun? Jenny glaubte doch an ihn. Kevin eigentlich auch.

Der Glaube an sich war ja schön und gut. Aber ihn in die Tat umzusetzen, war ein anderes Paar Schuhe. Für ihn war er eher ein mysteriöses, eigenartiges Etwas, dass man weder so richtig begreifen konnte noch zu fassen bekam. Die Arbeit, das Leben und Geld konnte man dagegen fest im Griff haben.

Du hast nichts im Griff, Kevin, und das weißt du auch.

Wenn er in der Stille der Nacht für sich allein war, abseits der Geschäftigkeit des Tages und ohne die Geräusche von Kollegen, Familie und Freunden um sich herum, watete er in einem Meer von Sorgen. Es kam ihm vor wie ein Schwimmbecken im Garten, das nie gesäubert und dessen Wasser nie ausgetauscht wurde. Längst war der Inhalt dunkel und trübe geworden und wenn er nur hineinsah, fühlte er sich wie gelähmt.

Bald würde er keine andere Wahl mehr haben, als aktiv zu werden. In Kürze würde er seinen Laden dichtmachen müssen, passenderweise genau um den Geburtstermin der Zwillinge herum.

Hallo, ich bin euer Papa und wir sind gerade pleitegegangen! Willkommen auf der Welt!

Eine andere innere Stimme erinnerte ihn daran, wie sehr sie sich noch mehr Kinder gewünscht hatten. Sie hatten sogar dafür gebetet. Na gut, hauptsächlich Jenny.

Kevin drehte sich um und starrte auf die orangefarbene Anzeige des Radioweckers, die sich über ihn lustig zu machen schien. Ihm war natürlich bewusst, dass das alles eigentlich eine riesengroße Gebetserhörung war. Er konnte sich noch an sein Gejammer erinnern, nicht mehr wie ein Sklave im Angestelltenverhältnis, sondern sein eigener Chef sein zu wollen. Er erinnerte sich auch noch an seinen Frust darüber, dass ihr Kinderwunsch nicht in Erfüllung ging.

Also war das alles eigentlich ein Geschenk: Er hatte tatsächlich seine eigene Firma und ihre wundervolle kleine Familie war kurz davor, sich zu vergrößern.

Ich brauche nur etwas Luft zum Atmen.

Leider hatte man darauf kein Recht und so etwas kam nicht frei

Haus. Auch das war Kevin klar. Das Leben war nun mal nicht einfach. Bei manchen mochte es vielleicht auf den ersten Blick so aussehen, aber ein perfektes Leben hatte niemand. Weder Geld noch Ruhm noch Besitz konnten einem wirkliche Sicherheit bieten.

Seine Gedanken schweiften ab. Wie wenig hatte er sich die Jahre über entwickelt … Er sollte fest an Jennys Seite stehen und ihr versichern, dass sie sich keine Sorgen zu machen brauchte. Er sollte sich auf Gott verlassen und wissen, dass er selbst sich keine Sorgen zu machen brauchte. Sowohl seine als auch ihre Eltern waren so tiefgläubig, dass die Leute darüber sprachen. Irgendwie war er davon ausgegangen, dass sich das bei ihm als Erwachsenem auch so ergeben würde.

Aber er war noch immer das Kind, dessen schwierigste Entscheidung darin bestand, nach einem schier endlosen Tag aus verschiedenen Eissorten auszuwählen.

Vielleicht war es wirklich an der Zeit, erwachsen zu werden.

10

Großzügig

„*Mom?*"

Einen Moment lang glaubte Lynn zu träumen. Ihr war, als läge sie neben Daryl im Bett, der vierjährige Tom flüsterte etwas und eine blühende Zukunft wartete darauf, mit ihr zu erwachen.

„Mom, wach auf."

Als sie die Augen öffnete, war aus dem Vierjährigen fast ein Mann geworden. Er stand neben ihrem Bett, auf das durch die löchrigen alten Jalousien Licht fiel. Lynn setzte sich auf und hatte sofort ein komisches Gefühl.

„Mit der Toilette stimmt was nicht."

„Was denn?"

Ein Glück, nicht Sara.

„Kann ich nicht beschreiben. Musst du dir selbst ansehen."

Lynn rieb sich die Stirn und gähnte. Am liebsten würde sie bis mittags schlafen, wenn sie den Sonntagvormittag freihatte, was selten genug vorkam. Gestern Abend war besonders viel los gewesen, aber dafür hatte es sich auch besonders gelohnt, was das Trinkgeld anging. Sie war voller Hoffnung eingeschlafen und wollte nicht, dass die Stimmung schon wieder verflog.

Müde folgte sie Tom aus ihrem Zimmer bis zur Badtür. Sara stand da und sah aus, als würde sie sich gleich übergeben. Um die Toilette herum war der Boden klitschnass. Ein metallisches Schlagen war zu hören.

„Was ist passiert?", fragte Lynn.

„Nichts", antwortete Sara. „Ich habe komische Geräusche gehört, bin hingelaufen und da lief hier schon alles über."

Lynn beobachtete die Toilette einige Sekunden. Nichts passierte.

„Bist du sicher?"

„Ja!"

Immer noch nichts.

Lynn wollte sich gerade abwenden, um einen Scheuerlappen zu holen, als eine senkrechte Fontäne aus dem Toilettenbecken schoss. Sara quiekte vor Vergnügen und Tom zeigte triumphierend darauf. „Irgendwas ist hier faul", sagte er grinsend.

„Ach wirklich?" Lynn stieß ihren Sohn an.

Plötzlich machte die Toilette Geräusche, als würde sie nicht spülen, sondern einatmen. Das ganze Wasser wurde weggesaugt. Dann gluckerte es und das Becken füllte sich wieder. Die Wasserleitung ächzte.

„Ich sage lieber Mr Sinclair Bescheid."

„Ih, das stinkt", rief Sara.

„Könnte schlimmer sein", meinte Tom.

Ein Wasserstrahl schoss in die Luft und Lynn und Sara zuckten gleichzeitig zusammen. Dadurch mussten sie noch mehr lachen. Lynn trat neben die Toilette und drehte am Ventil, bis das Wasser aufhörte zu sprudeln.

„Ich hoffe, es muss keiner von euch in den nächsten Stunden", sagte sie.

Auf dem Weg zurück in Richtung Küche fiel ihr der letzte Abend wieder ein. Einer der Gäste war sehr großzügig gewesen. Er hatte sie natürlich ordentlich angegafft. Wahrscheinlich steckte mehr hinter dem Trinkgeld als bloße Zufriedenheit über den Service. Aber Lynn hatte es einfach genommen und sich gefreut.

„Hey, ihr zwei", sagte sie beim Blick in den leeren Vorratsschrank. „Wer will frühstücken gehen?"

Sara schrie vor Begeisterung und Tom fragte, wohin.

„Wie wäre es mit dem Familienrestaurant, an dem wir auf dem Weg zur Schule immer vorbeifahren? Und vorher halten wir kurz bei den Sinclairs an und sagen wegen der Toilette Bescheid."

„Sicher?", fragte Tom.

Lynn nickte und wusste genau, was er meinte. „Ja."

„Dann los!" Sara war schon halb draußen.

„Mama muss sich erst was anziehen, okay?"

Es tat gut, irgendwo hinzugehen, mit den Kindern Speisekarten zu studieren und jemand anderen für sich kochen zu lassen. Das „Granny's" war ein Frühstücks- und Mittagsrestaurant und bekannt für seine Pfannkuchen und Backwaren. Lynn und die Kinder waren noch nie hier gewesen, obwohl sie seit dem Umzug fast täglich daran vorbeifuhren. Es dauerte ein paar Minuten, bis sie einen freien Tisch zugewiesen bekamen.

Lynn konnte sich noch gut daran erinnern, wie sie nach ihrem ersten Umzug in Georgia immer sonntags nach dem Gottesdienst zum späten Frühstück ins Restaurant gegangen waren. Tom war damals vier, Sara noch ein Baby und Daryl musste am Wochenende nicht in die Fabrik. Vor ihrem inneren Auge sah sie, wie ihr Mann das größte Menü bestellte, was es gab, und es wie ein Holzfäller herunterschlang. Sie ließen sich Zeit und mit jeder Tasse Kaffee, die Daryl trank, wurde er gesprächiger.

Die gute alte Zeit.

Lynn hätte niemals gedacht, dass sie viele Jahre später nur zu dritt sein würden.

Seit sie weggezogen waren, hatten sie es nur wenige Male zum Gottesdienst geschafft. Meistens musste sie sonntagvormittags arbeiten. Das sei der Hauptgrund, sagte sie ihren Kindern jedenfalls. Sollten sie jetzt wieder damit anfangen? Lynn war sich nicht sicher, vor allem, nachdem der Gottesdienstbesuch schon lange vor dem Umzug eingeschlafen war. Außer bei Tom.

Im Restaurant vergnügten sich die Kinder so lange mit Witzen über die zum Leben erwachte Toilette, bis es vulgär wurde und Lynn ein neues Thema anschneiden musste. Tom hatte sich Pekannusswaffeln mit Schinken bestellt, Sara Pfannkuchen mit

Schokoladenstückchen, die eher nach einem Eisbecher aussahen als nach Frühstück.

Die Rede kam auf Weihnachten und Tom warf die Frage auf, die sich Lynn auch schon mehrmals gestellt hatte. „Kriegen wir wirklich die Geschenke, die wir uns gewünscht haben?"

Lynn kaute ihr Omelett auf. „Ganz bestimmt. Nachher fahre ich zur Heilsarmee und gebe eure Wunschzettel ab. Und ein paar Tage vor Weihnachten kann ich eure Geschenke abholen."

„Und du musst gar nichts dafür tun?", fragte Tom. „Sara gegen Geschenke zum Beispiel?"

„Haha", protestierte Sara.

„Das Projekt machen die schon seit Jahren. Meinte jedenfalls die Dame am Telefon. Alles ist bis ins Letzte ausgeklügelt und durchorganisiert. Ich soll einfach meinen Ausweis mitbringen und der Rest geht von allein."

„Kriegen wir auch was von Dad?"

„Nein", fuhr Tom genervt dazwischen. Er machte den Arm lang und spießte ein Stück von ihrem Pfannkuchen auf.

„Hör auf."

„Kriegst auch was von mir ab."

„Aber ich mag Pekannüsse nicht."

„Mäkeltrine."

„Schätzchen, dein Vater weiß doch nicht, wo wir sind", erinnerte Lynn ihre Tochter.

„Für immer?"

„Man spricht nicht mit vollem Mund", ermahnte sie Lynn. „Nicht für immer. Aber jetzt erst einmal."

Ich stehe das hier einen Tag nach dem anderen durch, Liebling. In ‚Für immer'-Kategorien kann ich im Moment nicht denken.

„Heißt das, wir kriegen schon das zweite Mal keine Weihnachtsgeschenke von Dad?"

Lynn warf ihrer Tochter einen strengen Blick zu. Sie liebte ihre kleine Prinzessin abgöttisch, aber dieser egoistische Jammerton ging ihr kräftig auf die Nerven. Sara war nicht immer so, aber manchmal konnte sie es nicht lassen.

„Wir müssen für das dankbar sein, was wir haben", sagte Lynn. „Wie zum Beispiel das Trinkgeld von gestern. Deswegen können wir heute hier essen gehen."

„Ich bin dankbar, dass es hier Toiletten gibt", meinte Tom.

Sie brachen in Gelächter aus und Sara schnatterte wieder munter über die Wasserfontäne aus dem Klo. Verrückt, dass die Witze rund um die Toilette bei Kindern anscheinend nie langweilig wurden.

Als sie fertig gegessen hatten und die Rechnung kam, dachte Lynn über das Trinkgeld nach. Aber dann fiel ihr ein, dass sie nach gestern unmöglich knauserig sein konnte. Sie ging in ihrer Geldbörse durch die Ein-Dollar-Scheine und zählte mehrere für die Bedienung ab, die vielleicht Mitte zwanzig sein mochte.

Vielleicht ist Großzügigkeit ansteckend?

Lynn hoffte es.

Auf dem Weg nach draußen kamen sie an einem kleinen geschmückten Weihnachtsbaum vorbei, unter dem Geschenke lagen. Mr Sinclair hatte es bestimmt noch nicht geschafft, nach der Toilette zu sehen.

„Hey, ich habe eine Idee", sagte Lynn. „Wollen wir uns einen schönen Weihnachtsbaum aussuchen?"

11

Es wird schlimmer

Moms Nissan war nicht nur alt. Hinten fraß der Rost unterm Lack. Der Rahmen war verzogen und man hatte das Gefühl, das Auto schlitterte die ganze Zeit seitwärts. Der Motor klang wie das Husten eines Greises, der sechzig Jahre lang Kettenraucher war. Wenn Mom Gas gab, ruckelte, polterte und verschluckte sich der Nissan meistens, als wolle er sich zu Tode röcheln. Bislang war er noch immer weitergefahren, aber früher oder später würde es so weit sein. Dummerweise könnten sie ihn dann nicht wie andere Familien einfach in die Werkstatt geben. Wer sonst noch Schrottmühlen fuhr, hatte wenigstens eine Kreditkarte, um sich etwas Zeit zu erkaufen, bis die Reparaturkosten fällig waren. Aber Toms Familie hatte noch nicht einmal das.

Das war einer der Gründe, warum er mit dem verhassten Schulbus fuhr: Er hatte die Wahl zwischen einer langen Busfahrt und einer kurzen, aber ungewissen Autofahrt. Aber an diesem Montagmorgen hatte er verschlafen und war von niemandem geweckt worden. Also blieben ihm nur zwei Möglichkeiten: die Schule zu schwänzen oder von Mom gefahren zu werden. Und da dies nicht das erste Mal war, fiel die erste Option aus.

„Warum hast du mich nicht geweckt?"

„Du hast doch einen Wecker", antwortete Mom.

„Der hat sich verstellt beim Stromausfall heute Nacht."

„Ich habe außerdem gehört, wie deine Schwester dich gerufen hat."

„Das ignoriere ich immer", meinte Tom und band sich die zerfaserten Schnürsenkel. „Sie will doch sowieso nur rumnörgeln."

„Bist du fertig?" Mom suchte auf der Anrichte nach dem Autoschlüssel.

Tom kratzte sich am Kopf. „Für diese Schule bin ich nie fertig."

„So schlimm?"

„Schlimmer."

Mom sah aus, als wolle sie etwas sagen, aber sie überlegte es sich doch anders. Tom nahm seinen Rucksack und ging zum Auto. Zum Monster.

Vielleicht würde es niemandem auffallen, wenn sie ihn absetzte. Oder ihm würde einfallen, wie er schon aussteigen konnte, bevor sie da waren.

Auf der Fahrt bemerkte Tom etwas Neues am Auto. Es röhrte nun auch noch … aber nicht im positiven Sinn. Der Motor machte einen Lärm, den man sicher noch meilenweit hören konnte.

„Wann haben wir den Auspuff verloren?"

„Vor ein paar Wochen."

Das war ihm noch nicht aufgefallen, noch nicht einmal auf ihrer Fahrt ins Restaurant am Sonntagmorgen.

Die klammheimliche Ablieferung an der Schule konnte er vergessen.

Dann soll sie doch einfach ein paar Häuser vorher anhalten und mich rauslassen. Ist doch kein Problem, oder?

Aber er traute sich nicht zu fragen.

Als die Höllenmaschine auf den belebten Schulparkplatz fuhr, wollte Tom sich am liebsten eine Tüte über den Kopf ziehen. Die eine Hälfte der Schüler interessierte es nicht, aber das half leider nichts, weil die andere Hälfte sie mit offenem Mund anstarrte.

Diesen Teil als Neuer an der Schule hasste er am meisten. Aufzufallen. Gemustert und beobachtet zu werden. In eine Schublade gesteckt zu werden. Leider konnte er sich nur zu gut vorstellen, welches Bild die anderen sich gerade von Tom Brandt machten.

„Ich wünsch dir einen schönen Tag", sagte Mom.

„Danke."

Er stieg aus, schlug die Autotür zu und lief los. Jeden Moment musste der Motor hinter ihm losröhren.

Stattdessen kam überhaupt nichts.

Tom drehte sich um und sah ungläubig auf den alten Nissan.

Er war abgesoffen.

Jetzt hörte er das surrende Geräusch des Anlassers, den Mom erfolglos immer wieder betätigte.

Auch das noch.

Einen Augenblick lang spielte er mit dem Gedanken, einfach wegzulaufen. Er hätte das nie übers Herz gebracht, aber der Gedanke war da.

Tom lief zurück zum Auto und machte die Beifahrertür auf.

„Er ging einfach aus."

„Habe ich gehört."

„Ich kann nichts dafür!"

Vor lauter Wut und Peinlichkeit wollte Tom etwas erwidern, aber Mom hatte recht. Sie konnte nichts dafür.

Hinter ihnen hupte es. Tom winkte und der Wagen schoss vorbei. Der Fahrer warf ihnen einen vorwurfsvollen Blick zu.

„Wir sollten hier lieber nicht stehen", sagte Tom.

„Aber wie kommen wir weg?"

„Ganz einfach, du legst den Leerlauf ein und ich versuche dich zu schieben. Vielleicht schaffen wir es bis zum Parkplatz. Oder zumindest runter von der Straße."

Eine Gruppe Mädchen lief vorbei und gaffte. Bei ihnen wollte er am wenigsten auffallen. Weder er, noch mit dem Auto von Mom, seinen alten Jeans, dem ausgeleierten T-Shirt und auch sonst mit nichts.

Wie ein Blitz durchfuhr ihn ein Gedanke. *War das etwa Cassie?*

Darüber wollte er lieber nicht nachdenken. Bestimmt stand sie irgendwo und beobachtete, wie er nicht nur vom Schieben, sondern vor lauter Peinlichkeit puterrot geworden war.

Er schob mit aller Kraft, aber das Auto bewegte sich keinen Zentimeter.

„Ist der Leerlauf drin? Und die Handbremse raus?"

„Ja."

Wieder hupte es.

Eine Gruppe Schüler lief vorbei und lachte. Über ihn? Hoffentlich nicht.

Dann hörte er aus etwas Entfernung jemanden rufen. „Brauchst wohl 'ne neue Mühle, was?"

Er brauchte nicht erst nachzusehen, um zu wissen, dass es Vic war. Er stand mit seinen Freunden am Straßenrand und amüsierte sich. Vic war größer als die anderen und seine stacheligen Haare verstärkten den Effekt zusätzlich.

„Also, meinen Wagen kriegst du nicht."

„Ich kann doch schieben helfen", sagte Mom.

„Nein, du musst lenken."

Es wurde schlimmer. Immer mehr Schüler blieben stehen und hinter ihnen bildete sich schon eine Autoschlange.

Jemand tippte ihm auf die Schulter.

Tom war danach, demjenigen einfach die Faust ins Gesicht zu schlagen; egal, wer es war. Wahrscheinlich wollte jemand genau hier parken, hatte die Geduld verloren und hielt sich für wichtiger als den Rest der Welt.

Entnervt fuhr er herum und blickte in das runde Gesicht eines Jungen, den er zwar schon öfters gesehen, aber mit dem er noch kein Wort gewechselt hatte. Der andere lächelte.

„Braucht ihr Hilfe?", fragte er.

„Ja. Danke."

Der Kerl war ein Schrank – er spielte Football. Tom hatte gesehen, wie er mit den anderen von der Footballmannschaft übers Schulgelände lief. Er gehörte garantiert zu den Angreifern. Der Fremde rief ein paar Freunde herbei und mühelos schoben sie den Nissan vorwärts. Sie witzelten zwar dabei, aber miteinander und nicht über ihn.

Mit jedem Schritt fühlte sich Tom erleichtert. Sie bugsierten den Wagen in einen freien Parkplatz.

„Dankc."

„Kein Problem", sagte der Fremde. „Soll ich meinen Pick-up holen und euch Starthilfe geben?"

„Bist du sicher? Du kommst zu spät zum Unterricht."

„Ach, das macht nichts. Der Lehrer hat sicher nichts dagegen, dass ich jemandem helfe."

„Toll."

Gemütlich ging der starke Junge quer über den Parkplatz.

„Hey Carlos, wo willst du denn hin?", rief jemand.

Carlos, dachte Tom. Carlos war jedenfalls kein Vic. Wie gut, dass es nicht jeder an der Schule darauf anlegte, den Außenseiter sich auch wie einen solchen fühlen zu lassen.

Bah, Unsinn!

Mit dem kalten Morgenwind schlug Kevin beim Öffnen der Autotür auch die kalte Realität entgegen. Einen Augenblick lang wünschte er sich so richtig viel Schnee. Am besten einen ausgewachsenen Schneesturm, der die Stadt eine Woche lang lahmlegen würde. Vielleicht könnte er dann nachdenken. Und vielleicht würde ihm dann endlich etwas einfallen.

Ein Satz seines Vaters kam ihm in den Sinn. „Es ist ein schmaler Grat zwischen zügig vorankommen und sich in etwas verrennen."

Kevin wusste zwar nicht genau, wo dieser schmale Grat war, aber beim Blick auf das Gebäude vor ihm hatte er die Befürchtung, längst darüber hinweggeschritten zu sein.

Das schmucke Backsteingebäude war erst ein paar Jahre alt. Die dritte Etage war sein Loft und stand seiner Firma Precision Design zur Verfügung. Die ganzen hundertvierzig Quadratmeter. Gerade erst hatte er den Mietvertrag verlängert.

Schall und Rauch. Paff, einfach so.

Seitdem er denken konnte, wollte er immer kreativ sein. Seine Eltern unterstützten ihn und ließen ihn malen und zeichnen, obwohl er schnell merkte, dass es nicht die Kunst selbst war, die ihn faszinierte. Zeichnen um des Zeichnens willen begeisterte ihn nicht. Fotografieren reizte ihn mehr, also träumte er lange Zeit davon, ein berühmter Fotograf zu werden, wie Annie Leibovitz, die für die *Vanity Fair* berühmte Leute fotografierte. Oder ein zweiter Anton Corbijn, der für seine Fotos von Bands wie U2 bekannt war. Aber im College merkte Kevin, dass sein Weg – einer, der auch Geld bringen würde – in Richtung Marketing und Werbung führte.

Als Berufsanfänger in einem Verlag lernte er, dass man auf den

Gehaltsscheck warten und die Karriereleiter erklimmen konnte. Aber das machte ihn kaputt. Nichts davon reizte ihn. Er wollte die Freiheit haben, das zu tun, was er liebte, und er wusste, dass er wie andere erfolgreiche Unternehmer das Zeug dazu hatte. Er musste nur den Durchbruch schaffen.

Dieser Durchbruch kam in Gestalt einer Freundschaft.

Was zählt, ist nicht, was du kannst, sondern wen du kennst. Sagt man jedenfalls.

Obwohl Kevin nicht unbedingt daran glaubte, hatte sich dieser Satz in seinem Fall als absolut wahr erwiesen.

Der Auftrag, der den Weg für dieses Loft und diese Firma geebnet hatte, kam durch die Freundschaft mit einem Mann, der kurzzeitig Kevins Kollege gewesen und dann zu einer anderen Firma gewechselt war.

Dieser Freund war Dan Harris. Durch seine Bekanntschaft und Geschäftsbeziehung konnte Kevin endlich seine Träume verwirklichen.

Er seufzte und ging in Richtung Büro.

An jedem Montagmorgen um neun traf sich die ganze Belegschaft von Precision Design im Konferenzraum. Das war einer von Kevins Lieblingsterminen: Alle waren zusammen, erzählten von ihren jeweiligen Erlebnissen am Wochenende, brachten witzige Geschichten mit, lachten viel und sprachen dann über die bevorstehende Woche. Seit mehreren Jahren hielt Kevin nun diese Besprechung ab, und sie war noch immer nicht zur Routine oder Pflicht geworden. Es gefiel ihm, wie die Mitarbeiter gemütlich hereinkamen und eine Tasse Kaffee oder für ein paar Notizen ihr Notebook mitbrachten.

Dieser Montag war der erste Arbeitstag nach seiner Besprechung in New York. Und er war nicht der Chef, der seinen Angestellten Informationen vorenthielt. So etwas gab es in seiner Firma nicht.

Ich werde ihnen alles sagen, was ich kann.

Er nahm einen Schluck Kaffee und sah sich im Konferenzraum um. Mit seinem schnittigen Aussehen und den modernen, schwarz-weißen Möbeln war er eine gute Momentaufnahme von Precision Design. Preise zierten die Wände, aber nicht prahlerisch, sondern dekorativ. Überall konnte man die zehnjährige Geschichte der Firma sehen, vom Murmeltier, das der Star einer der ersten Werbekampagnen für einen Golfplatz gewesen war, bis hin zum handsignierten Foto des Schauspielers James Gandolfini, der bei einer von Precision Design gestalteten Wohltätigkeitsveranstaltung mitgemacht hatte.

Kevin nutzte die Stille, bevor der Rest der Gruppe kam, um sich zu überlegen, was er sagen wollte. Aber dann schob er die Gedanken beiseite. Eine einstudierte Rede war jetzt fehl am Platz. Er würde einfach offen und ehrlich sein. So ging er schließlich sonst auch mit Kunden und seinen Angestellten um. Versteckspiele, das Hinhalten und Um-den-Brei-Herumreden waren ihm zuwider. Die Mannschaft von Precision hatte ein Recht darauf zu erfahren, was bei Silverschone Investments passiert war.

Zack Shields kam wie üblich als Erster. Wahrscheinlich war er der Talentierteste von allen – inklusive Kevin. Zack war unglaublich kreativ und arbeitete mit einer Geschwindigkeit, die Kevin immer wieder verblüffte. Der einzige Haken an Zack war sein Alter. Als Fünfundzwanzigjähriger musste er die Kunst des Annehmens von Vorschlägen und der Befriedigung von Kundenwünschen noch lernen. Manchmal entwarf Zack ein optisches Meisterwerk, aber es entsprach einfach nicht dem, was der Kunde haben wollte.

„Morgen", grüßte Zack, setzte sich in einen der bequemen Stühle und legte sein iPad auf den Tisch.

Dieses Jahr gibt's von der Firma garantiert nicht so ein Weihnachtsgeschenk.

Weil das letzte Jahr so erfolgreich gewesen war, hatte Kevin sein ganzes Team bei Precision mit einem neuen Tablet-PC überrascht. Schließlich brachte ihnen das auch für die Arbeit etwas, hatte er die Ausgabe vor sich selbst gerechtfertigt. Es war nicht unbedingt notwendig, aber glückliche Angestellte waren motivierte Angestellte. Vor allem Zack war fast ausgeflippt, als er seins in den Händen hielt.

„Hast du schon das Neuste gehört?", fragte Zack und zog hinter einer stilvollen eckigen Brille die Augenbrauen hoch. Kevin fragte sich, ob er sie wirklich brauchte oder nur aus modischen Gründen trug.

Der junge Designer erzählte begeistert von der letzten Ankündigung von Apple, die Kevin irgendwie verpasst hatte. Zwischendurch kam Jamie Lang rein. Jamie war seine Stellvertreterin und behielt den Überblick über alle Projekte. Sie passte auf, dass Kevin die Firma leiten konnte, ohne jedermanns Händchen halten zu müssen. Jamie hatte ihre treue Aktenmappe dabei, mit der sie alles organisierte und darauf achtete, dass es planmäßig überall vorwärtsging. Kevin war es egal, wie jemand seine Arbeit machte, Hauptsache, es lief. Und Jamie hatte in den vergangenen vier Jahren sehr gute Arbeit geleistet.

Der Rest des Teams kam in einem Schwung. Samantha, die als Designerin noch recht neu, aber dafür so still war, dass er sich schon scherzhalber Sorgen machte, sie müsse ein dunkles Geheimnis haben. Dann kam Pete Dawson, ein rundum netter Kerl, der zu gleichen Teilen Bier- und Atlanta-Braves-Fan war, des Basketballteams von Atlanta. Er hatte etwas Ausgefallenes an sich, das er irgendwie immer in seine Arbeit einfließen ließ. Oft gab Pete den Projekten der anderen noch das gewisse Etwas. Pete liebte kleine Details, die letzten Endes dafür sorgten, dass die Firma besser dastand.

„Ihr werdet nicht glauben, was ich am Wochenende erlebt habe", meinte Beth Anne, als sie hereinkam.

Beth Anne hatte diesen typischen Südstaatencharme, dem man

nicht widerstehen konnte. Sie war in Greenville aufgewachsen, hatte dann ein Jahr in New York gearbeitet und war wieder in ihre geliebte Heimat zurückgekehrt. Beth Anne leitete das Rechnungswesen und war das Bindeglied zwischen den Designern und allen ihren Kunden. Die meiste Zeit verbrachte sie am Telefon, informierte die einen über den aktuellen Stand ihres Projekts und hakte bei den anderen nach, ob alles lief. Wenn jemand Grund dazu hatte, wegen heute nervös zu sein, dann Beth Anne. Sie wusste, wie wichtig das Treffen mit Silverschone war. Trotzdem ließ sie sich nichts anmerken.

Mia Chen kam gemächlichen und anmutigen Schrittes in den Raum und ließ sich auf dem letzten freien Stuhl am Tisch nieder. Eine Zeit lang tauschten sie sich wie immer aus, lachten und lauschten Beth Annes witzigem und zugleich tragischem Bericht über ein Doppeldate mit ihrer Schwester.

Kevin beobachtete seine Mannschaft und machte eine Bestandsaufnahme. Das hatte er schon lange nicht mehr getan – jedenfalls noch nie unter solchen Bedingungen.

Für diese Leute bin ich verantwortlich. Ich bin ihnen Rechenschaft schuldig.

Weiter wollte er nicht denken. Noch war Precision Design nicht erledigt. Viel fehlte nicht, aber immerhin.

„Also, Leute …", unterbrach Kevin irgendwann die Unterhaltung, die gut und gerne noch eine Stunde so weitergeplätschert wäre. „Heute machen wir es mal ein wenig anders und ich fange mit ein paar Neuigkeiten an."

„Müssen wir uns Sorgen machen?", fragte Beth Anne im gleichen spaßigen Ton, in dem sie von ihrem Date erzählt hatte.

„Nein. Doch. Na ja …"

Darauf sagte sie nichts.

Das hat mich genauso überrascht wie euch, dachte Kevin. *Nichts davon war abzusehen, wirklich.*

Sechs Augenpaare waren auf ihn gerichtet.

Jamie und Mia waren als Einzige verheiratet. Bei Jamie gab es auch schon Kinder. Aber die Männer von beiden hatten Arbeit; insofern würde nicht der einzige Brötchenverdiener seinen Job verlieren.

Wenn es überhaupt so weit kommt.

Aber eigentlich war es egal, wer wo stand. Jeder einzelne seiner Angestellten hatte im Bewerbungsgespräch die „Unser Traum"-Rede zu hören bekommen. Dem Traum von einer Arbeitsumgebung, in der sich die Leute nicht egal sind, in der sie Spaß haben und außergewöhnliche Leistungen abliefern. In der Menschen kreativ sind, weil das ihre Leidenschaft ist. An einem Ort, der zwar eine Firma ist, aber wo es eigentlich darum geht, den Dingen ihren Zauber zu verleihen: eine Idee bekommt ihre Form, ein Gedanke wird Realität.

„Heute Nacht hatte ich die Idee, wir könnten uns alle auf dem Sportplatz treffen."

„Bisschen kalt für Baseball", scherzte Pete.

„Ich weiß. Eigentlich wollte ich jedem von euch einen Schläger geben und dann unseren alten Hal auf der Feldmitte platzieren. Und dann könntet ihr alle eure Lieblingsszene aus der Filmkomödie *Alles Routine* nachspielen."

„Auf geht's", sagte Jamie und stand auf, als wollte sie die Sache sofort in die Tat umsetzen.

Kein Wunder, dass Jamie der Vorschlag auf Anhieb gefiel. Sie war diejenige, die die meiste Zeit an dem alten Power Mac G5 verbringen musste, den Kevin vor einem halben Jahrzehnt für die Firma gekauft hatte. Heute stand er unter einem Schreibtisch, den die Praktikanten benutzten. Kevin hob ihn eigentlich nur noch wegen der alten Dateien auf. Er hatte den Spitznamen „Hal" bekommen, in Anlehnung an den neurotischen Computer aus *2001: Odyssee im Weltraum.*

„Ihr glaubt, ich meine das nicht ernst?", fragte Kevin. „Wenn ich euch von meiner Geschäftsreise erzählt habe, dann wird euch schon etwas anders werden."

„Klingt nicht gerade ermutigend", meinte Beth Anne und

schüttelte den Kopf. Sie kannte ihn zu gut. „Du machst mir Angst."

„Also, wie ihr wisst, hatte ich letzte Woche einen Termin bei Silverschone. Und so wie es aussieht, wird es kommendes Jahr keinen Jahresvertrag mit ihnen geben."

Die Energie und Begeisterung, die noch eben im Raum hing, war wie weggeblasen. Als hätte man einen Luftballon zum Platzen gebracht. Kevin sah in den Gesichtern den Schock, aber er redete weiter.

„Als ihr alle bei Precision anfingt zu arbeiten, habe ich gesagt, wir würden etwas Großartiges schaffen. Ich glaube, das haben wir auch. Und ich glaube, wir werden auch in Zukunft ein paar gute Sachen auf die Beine stellen. Das hoffe ich jedenfalls. Aber ihr wisst ja: Ich kann es nicht leiden, wenn andere Firmen nicht ehrlich und direkt mit uns umgehen. Also werde ich auf keinen Fall in die gleiche Kerbe hauen." Er zögerte und holte tief Luft, bevor er das sagen konnte, was er sagen musste: „Ich kann euch nicht versprechen, dass Precision das neue Jahr erreicht."

„Ernsthaft?", fragte Pete völlig ungläubig.

Die Hälfte seiner Angestellten sah aus, als hätten sie gerade mitangesehen, wie er zusammengeschlagen wurde. Die andere Hälfte machte ein Gesicht, als trauten sie ihren Ohren nicht.

„Ihr wisst, wie viele unserer Aufträge über Silverschone laufen", sagte Kevin. „Und es bestand immer die Möglichkeit …"

„Aber warum?", fragte Beth Anne. Ihr Bedürfnis, immer gleich alles in Ordnung zu bringen, klang in der Frage deutlich mit.

„Das ‚warum' kannst du dir doch denken – die schlechte Wirtschaftslage, Kürzungen, die Firmensituation."

„Hätten wir irgendwas besser machen können?"

Kevin schüttelte den Kopf und lächelte Beth Anne an. „Nein. Jeder Einzelne von euch – und das meine ich, wie ich es sage – hat hervorragende Arbeit geleistet. Ganz im Ernst."

Er konnte förmlich hören, wie sechs Flugzeugmotoren zum

Leben erwachten und in sechs Köpfen tausend Gedanken durcheinanderwirbelten: *Was nun? Wohin? Was kommt jetzt?*

„Ich wollte euch das umgehend mitteilen, weil … weil ihr genügend Zeit haben sollt, falls sich bis zum Jahresbeginn nichts Neues auftun sollte. Das heißt nicht, dass ich aufgebe oder dass wir aufgeben sollten. Wir haben noch viele Optionen."

„Und welche?", fragte Pete.

„Erstens haben wir noch einige Projekte am Laufen, es gibt noch offene Rechnungen und potenzielle Kunden. Ich weiß, dass wir auf Weihnachten zugehen. Das ist so ziemlich der schlechteste Zeitpunkt für schlechte Nachrichten. Ich möchte aber, dass ihr wisst: Ich werde alles tun, was in meiner Macht steht, um diese Firma am Leben zu erhalten."

„Und was können wir tun?", fragte Zack.

„Bevor hier das Chaos ausbricht und jeder nach allen möglichen Strohhalmen greift, möchte ich Folgendes sagen: Jeder von euch verfügt über unglaubliches Talent. Selbst wenn ihr euch etwas Neues suchen müsst, werdet ihr auch dort tolle Arbeit leisten." Kevin achtete darauf, jeden dabei einmal anzusehen. „Ich werde euch nach Kräften helfen, etwas anderes zu finden, falls wir den Laden wirklich dichtmachen müssen."

„Einfach so? Ich meine, du würdest einfach so zumachen?"

Pete war wie vor den Kopf geschlagen. Beth Anne und Jamie wirkten hingegen gefasster. Anders als die Designer wussten sie schon seit einiger Zeit, wie sehr Precision auf der Kippe stand.

Ich stand schon auf der Kippe, als ich allein anfing. Und dann bin ich noch einen Schritt in Richtung Abgrund gegangen, als ich Leute eingestellt habe. Und mit diesem Loft bin ich dann noch ein Schrittchen vorgerückt.

Das jüngste Hindernis ließ die Dehnungsstreifen endgültig hervortreten. Jetzt half auch keine Kakaobutter mehr.

„Kev … es tut mir so leid", sagte Beth Anne und machte ein Gesicht, als hätte sie gerade vom Tod eines seiner Familienangehörigen erfahren.

„Danke. Aber noch ist nicht alles verloren. Was kann nicht alles innerhalb des nächsten Monats passieren?"

„Ich weiß, was passieren wird. Ihr bekommt Zwillinge."

„Leute, es … jetzt hört schon auf." Kevin sah in ihre aschfahlen Gesichter. „Ich bin der Meinung, das wird schon wieder. Es gibt nur ein Problem …"

Ernst sah er von einem zum andern. Kein Augenzwinkern verriet ihn. Gespannt warteten alle darauf, was jetzt kommen würde.

„Ich sage das wirklich nicht gerne", fuhr Kevin fort. „Aber ich muss euch bitten, mir eure iPads wiederzugeben. Tut mir echt leid."

Zack fiel die Kinnlade herunter. „Ist das dein Ernst?" Der Rest der Bande lachte beim Anblick, wie Zack sich verzweifelt an sein iPad klammerte.

Kevin schüttelte den Kopf. „Nein. Sorry, das war ein schlechter Scherz." Er grinste.

Es tat gut zu sehen, dass sie noch lachen konnten. Manchmal blieb einem nicht viel anderes.

Wahrscheinlich würde er das am meisten vermissen. Nicht das Geld und die Projekte, sondern letzten Endes die Leute, die hier um diesen Tisch saßen. Sie bedeuteten ihm etwas. Und es tat gut, daran erinnert zu werden.

„Und, wie lief es?"

Langsam schlenderten sie die Geschäftsstraße entlang. Es war Jennys Idee gewesen hierherzukommen, obwohl Kevin betont hatte, dass sie nichts brauchten. Jenny wollte aber etwas Bewegung und ihrem Mann zeigen, dass sie noch nicht bettlägerig war. Außerdem fehlten noch einige Weihnachtsgeschenke, darunter auch seins. Kevin traute sich nicht zu sagen, wie erfolglos seine Suche nach Thanksgiving gewesen war und dass er noch immer nichts für sie hatte. Er hoffte, jetzt mehr Glück zu haben.

Kevin zuckte die Achseln. „Ganz gut. Ein paar Heulkrämpfe. Und ein paar haben gleich hingeschmissen."

Anders als Zack wusste Jenny, wann er sie aufzog. Sie lächelte nur milde und wartete auf eine ernst gemeinte Antwort.

„Sie haben es gut aufgenommen", sagte Kevin. „Besser, als ich befürchtet hatte."

„Was hast du denn gesagt?"

„Alles, was ich weiß. Und dass noch nicht aller Tage Abend ist."

„Aber leider bald."

Er nickte, ließ ein paar Teenager durch und sah Jenny wieder an. „Vielleicht passiert ja auch noch ein Wunder."

„Und was für eins?"

„Ich dachte, du würdest vielleicht so einen Aufruf starten wie in der Tragikomödie *Ist das Leben nicht schön?* und von all unseren Freunden und Verwandten Geld einsammeln."

Jenny lachte. „Musst du dann auch ins Gefängnis?"

„Soll ich denn?"

„Also, wenn überhaupt, dann bitte erst nach der Geburt."

„Also im Februar?"

Sie schüttelte den Kopf und zog die Augenbrauen hoch. „Da hast du dir vielleicht ein bisschen zu viel vorgenommen."

„Wieso?"

„Ich glaube, ich schaffe es nicht bis Februar."

„Einen Tag nach dem anderen. Das habe ich den Leuten auf der Arbeit auch gesagt. Nur so wird das was."

Sie kamen an einem Sportgeschäft vorbei und Jenny wollte nach Geschenken für ihre Verwandtschaft und vielleicht für Kevin gucken.

„Gibt es Motivation in Dosen, damit ich endlich anfange, Sport zu machen?", scherzte Kevin, bevor sie das Geschäft betraten. Er wusste, dass Jenny sofort wieder mit ihrem Sportprogramm anfangen würde, sobald sie durfte. Jedenfalls hatte sie sich das vorgenommen. Vielleicht konnte Kevin ihr als Antrieb ein Paar neue Schuhe oder ein Sportshirt kaufen?

Im Laden fiel Kevin als Erstes der Weihnachtsbaum am Eingang auf.

Schon wieder so ein Baum. Der verfolgt mich.

Dieser Baum war jedoch anders als der im Einkaufszentrum. Er war längst nicht so groß und auch nicht annähernd mit so vielen Papierengeln geschmückt. Aber trotzdem war es einer von diesen Weihnachtsbäumen, vor denen er so erfolgreich geflohen war.

Kevin war drauf und dran, seinem Fluchtreflex erneut nachzugeben. Aber stattdessen zog ihn Jenny an der Jacke.

„Schau mal, Kev."

„Ja, habe ich gesehen", antwortete er.

Was er meinte, war: *Ja, habe ich schon mal gesehen. Komm weiter.*

„Wir sollten uns zwei Engel aussuchen."

Kevin blieb wie angewurzelt vor dem Baum stehen. Hatte er richtig gehört?

„Schau mich nicht so an", sagte sie.

„Wie schaue ich denn?"

„Genau so. Das ist eine gute Sache. Komm, jeder sucht sich einen aus."

Natürlich ist das eine gute Sache. Jede Menge Leute suchen sich einen Engel aus, weil es eine gute Sache ist. Aber ich nun mal nicht, weil …

Jenny wartete nicht länger. Sie bückte sich und löste einen Engel ganz unten vom Baum. „Steph."

Kevin war immer noch wie gelähmt. Er konnte es nicht ausstehen, zu etwas gezwungen zu werden. Vor allem nicht für jemanden Geld auszugeben, den er nicht kannte, nie kennenlernen würde und der wer weiß was für Wünsche hatte …

„Kev", sagte Jenny genervt.

„Okay, schon gut."

„Tolle Weihnachtslaune hast du."

Er machte es absichtlich anders und nahm einen Engel von ganz oben.

Siehst du, ich tue dem Bengel oder der Göre jetzt schon einen Riesen-
gefallen. Bin ich nicht ein Engel?

„Und, war das so schwer?", fragte Jenny.

„Wenn das Kind einen Flachbildfernseher will, sage ich dir
jetzt schon: ohne mich."

„Ich nenne dich ab jetzt Onkel Scrooge."

„Der aus Dickens ‚Christmas Carol'?", meinte Kevin auf dem
Weg in die Herrenabteilung. „Scrooge war Single. Vergiss das
nicht."

„Na und?"

„Na und?" Er wollte das Thema nicht vertiefen, vor allem
nicht hier im Laden.

Sie will hier den Samariter spielen und ich mache mir Sorgen, wie
wir nächsten Monat überhaupt über die Runden kommen sollen.

„Wen hast du gezogen?", fragte Jenny. „Willst du gar nicht
nachgucken?"

„Ich hatte gehofft, du würdest weitergehen und ich könnte den
Engel wieder an den Baum schmuggeln. Als guter Onkel Scrooge,
du weißt schon. Einmal Geizhals, immer Geizhals."

Jenny zupfte den Engel aus Kevins Hand.

„Tom."

„Soso", sagte Kevin.

„Ja. Fünfzehn. Kleidergröße L. Schuhgröße 45. Wünscht sich
Basketballschuhe. Einen iPod. Eine Digitalkamera. Und ein Mi-
chael-Jordan-Trikot."

„Quatsch."

„Doch, steht hier."

Kevin konnte nicht einschätzen, ob sie flunkerte. „Zeig her."

Tatsache, da stand ein Trikot von Michael Jordan.

„Oh Mann", seufzte er ungläubig. „Das ist alles? Deine Liste
will ich gar nicht sehen."

„Ach, hör auf", sagte Jenny und verzog mürrisch das Gesicht.

„Du kannst einfach nicht gemein gucken. Selbst wenn du dir
Mühe gibst."

„Leg es nicht drauf an."

Kevin faltete den Papierengel zusammen und steckte ihn in die Manteltasche. Kurz darauf hatte er ihn schon vergessen. Wichtig war nun das Geschenk für Jenny. Erst zu Hause fielen ihm der Name und die Wunschliste wieder in die Hand und ihm wurde klar, dass er jetzt schon die Möglichkeit verpasst hatte, etwas davon zu kaufen. Ohne Weiteres hätte er die Basketballschuhe gleich im Sportgeschäft holen können.

Er musste noch viel über die Kunst lernen, Gutes zu tun.

Dünn und zerlegt

Der Neue zu sein war so ähnlich, als würde man Tag für Tag mit einer abgeranzten Jacke zur Schule gehen und könnte nichts dagegen tun. Tom fragte sich, wann er sie endlich ablegen und etwas leichter atmen könnte. Er war nun fast ein Jahr an der Greer High, aber die schäbige Jacke hatte er noch immer an. Die einen schienen ihn nicht zu bemerken, weil sie schon genug Freunde hatten. Tom passte nicht so richtig in eine Schublade, und interessant, reich, witzig oder sonderbar genug sah er dafür auch nicht aus. Eben wie eine schäbige Jacke, die man Tag für Tag im Schrank hängen sieht und einfach ignoriert.

Die Einzigen, die ihn bemerkten, waren diejenigen, von denen er in Ruhe gelassen werden wollte. Leute wie Vic, der plötzlich eine neue Lebensaufgabe entdeckt zu haben schien: Tom zu schikanieren, wo es ging.

So ein richtiger Fiesling kommt nicht einfach nur und verprügelt dich. Er belästigt dich, redet abfällig über dich und macht dich so lange schlecht, bis du völlig fertig bist. Tom wusste, dass er sich auf dünnem Eis bewegte. Es war nur eine Frage der Zeit, bis er einbrechen und in eisiges Wasser sinken würde.

Und heute schien es wohl so weit zu sein.

Es fing schon im Bus damit an, dass ihn zwar alle anstarrten, aber niemand ein Wort zu ihm sagte. Es kam kein einziges Hallo. Tom kam sich völlig einsam vor. Ein Mädchen namens Naomi stolperte über seinen Rucksack und sah Tom an, als hätte sie etwas Widerliches gerochen.

Vic erwischte ihn noch vor der ersten Stunde. Sein Spind war eigentlich am anderen Ende der Schule, aber für Tom hatte er den weiten Weg gemacht.

„Na, Sportskanone?", sagte Vic höhnisch.

Tom nahm ein paar Bücher aus seinem Schließschrank und nickte ihm zu.

„Nächstes Mal kriege ich dich."

Er meinte das kleine Fangspiel von neulich. Tom zu Fuß und Vic in seinem Auto.

„Bist wohl stumm wie ein Fisch, was?"

Vic trug ein ausgeblichenes Metallica-T-Shirt, abgewetzte Jeans und Schuhe, die fast noch zertretener aussahen als die von Tom. Hier und da zeigte sich Flaum in Vics Gesicht. Tom wollte ihm am liebsten sagen, wie lächerlich sein Aufzug war, aber er verkniff es sich.

„Glaubst wohl, die Schule ist groß genug?"

Lass mich einfach in Ruhe, du Blödmann.

„Aber mir entwischst du nicht", legte Vic nach. „Wir werden uns noch sehr oft sehen."

Der Tag fing ja gut an. Gestern hatte das Auto mitten vor der Schule die Grätsche gemacht, und jetzt das.

In der zweiten Stunde hatten er und Vic zusammen Englisch. Tom hatte seine Zweifel, ob Vic je ein Shakespeare sein würde – er passte nicht auf und strengte sich auch nicht an. Stattdessen gab er sich alle Mühe, Tom lächerlich zu machen. Manchmal war er richtig fies und warf ihm – bevor der Lehrer kam – quer durch den Raum Schimpfwörter wie „Penner" oder „Opfer" an den Kopf. Oder er lief nach dem Unterricht Tom hinterher, schubste ihn und versuchte ihn zu provozieren. Am schlimmsten war es aber, wenn er wie heute andere mit hineinzog.

„Wo hast du denn das T-Shirt her, du Pickelgesicht? Hey Brad, von der Marke schon mal gehört?"

Und immer so weiter.

„Heutzutage gibt es Mittel gegen Akne, schon gewusst?", fragte Vic über die Pickel auf Toms Kinn.

Er ließ sich immer neue Sachen einfallen, mit denen er Tom runtermachen konnte. Mrs Hayne ermahnte ihn zwar mehrere

Male, das Quatschen zu unterlassen, aber sie wusste offensichtlich nicht, was er da sagte.

Wenn Tom jemand gefragt hätte, hätte er natürlich gesagt, dass ihm die ganzen Sticheleien egal waren. Aber sie taten weh. Wie bei einer Zwiebel wurde Schicht für Schicht seines Selbstbewusstseins abgeschält, und Wort für Wort, Begegnung für Begegnung hinterließen bei ihm das Gefühl, löchrig und zerfetzt zu sein.

In der letzten Stunde, als die Schüler über die bevorstehenden Ferien sprechen sollten und was sie sich zu Weihnachten wünschten, hatte Tom nur einen Gedanken. Er dachte nicht an die Wunschliste, die er seiner Mutter gegeben hatte. Von diesen Geschenken würde er wahrscheinlich sowieso nichts bekommen. Nein, Tom hatte nur einen Wunsch. Von Vic in Ruhe gelassen zu werden, so, wie ihn die anderen auch in Ruhe ließen.

Gelegenheiten

Als der Pick-up vor dem Wohnwagen hielt, verkrampfte sich ein Teil von ihr, während der andere schon die Fluchtroute plante. All das brauchte weniger als eine Sekunde, nachdem sie den weißen Wagen entdeckt hatte.

Als jedoch ein Fremder ausstieg, stellte sie erleichtert fest, dass es nicht *er* war. Daryl hatte nicht plötzlich beschlossen, bei ihnen aufzutauchen und sie alle nach Hause zu holen.

Noch nicht.

Fast ein Jahr war vergangen, und der einzige Kontakt mit ihrem Mann waren die Anrufe vom Restaurant aus gewesen, bei denen sie sofort wieder aufgelegt hatte, ohne etwas zu sagen. Auf seinem Telefon wurde die Nummer nicht angezeigt, aber wahrscheinlich ahnte er, dass sie das war. Warum sie ihn anrief, wusste Lynn selbst nicht so genau.

Vielleicht um zu sehen, ob er noch lebt.

Vermutlich hatte er sich zusammengereimt, dass sie in die Gegend um Greer gezogen war, weil sie hier Verwandtschaft hatte. Ob er ihre Schwester oder ihren Bruder angerufen hatte? Sie hätten ihm nichts sagen können, weil sie selbst nichts wussten. Und selbst wenn, wären sie nicht besonders erfreut darüber. Nicht umsonst hatte Daryl bei ihrer Hochzeit gesagt, er würde sie aus ihrer Familie von Säufern und Drogenabhängigen herausholen.

Das laute Klopfen rüttelte an der Wohnwagentür. Lynn hielt die Luft an und drückte eine Hand aufs Herz. Es würde bestimmt eine halbe Stunde dauern, bis es sich wieder beruhigt hatte.

„Kann ich Ihnen helfen?", rief sie durch die Tür.

„Sie hatten wegen des Ofens angerufen."

Vor lauter Angst war ihr völlig entfallen, dass Mr Sinclair jemanden schicken wollte. „Oh, natürlich, kommen Sie bitte rein."

Sie hatte den Impuls, sich draußen umzusehen, ob ihr Mann vielleicht doch da war, unterdrückte ihn aber.

Eine Stunde später packte der Handwerker sein Werkzeug zusammen und wusch sich die Hände. Lynn beobachtete sein Gesicht, als er sich im Wohnwagen umsah. Wie traurig, wenn selbst ein Handwerker mitleidig den Ort begutachtete, an dem sie und ihre Kinder wohnten.

Manchmal zwingt das Leben einen eben an Orte, an denen man eigentlich nicht sein will.

Lynn machte diese Erfahrung jeden Tag.

„Er sollte jetzt wieder funktionieren", sagte der Mann.

Lynn bedankte sich und hoffte zugleich, dass keine Handwerker mehr kommen mussten, jedenfalls nicht in den nächsten Monaten. Sie wollte nicht, dass Mr Sinclair seine Meinung änderte und sie nicht länger in diesem alten Wohnwagen duldete. Beim Einzug hatte sie ihm versichert, sie wären bescheiden und genügsam, aber inzwischen hatte sie das Gefühl, ihm ständig wegen irgendetwas in den Ohren zu liegen.

Auf dem Weg nach draußen blieb der Handwerker stehen und warf noch einen Blick in ihr Wohnzimmer.

Muss das sein? Dieses abschätzige Bemitleiden? Geh zurück in dein hübsches kleines Haus mit zweieinhalb Badezimmern und dem Rosengärtchen.

„Verzeihung, Ma'am, aber haben Sie schon einen Weihnachtsbaum?"

Lynn wollte ihm entgegnen, dass ihn das überhaupt nichts anginge, aber seine Frage klang freundlich. „Nein, wir sind noch nicht dazu gekommen."

Beziehungsweise hatten wir schon ein paar schöne in der Hand, bis ich die Preisschilder gesehen habe.

Er nickte und dachte nach. „Wissen Sie … ich habe da einen Baum hinten auf der Ladefläche."

„Oh nein, vielen Dank. Wir werden uns wohl in letzter Minute einen holen."

Was nicht wirklich stimmte, denn nach der letzten Enttäuschung würden sie wohl nicht noch einmal losziehen.

„Was ich meinte, war, Sie können den gern haben, wenn Sie wollen. Meine Frau … na ja, sie hat ziemlich feste Vorstellungen, und er hat ihr nicht gefallen. Nicht dass es ein schlechter Baum wäre. Ich meine … ich würde Ihnen keinen schlechten Baum geben, das können Sie mir glauben. Der Baum ist prima, aber sie wollte einen größeren. Zurückgeben kann man so was bestimmt nicht. Also, wenn Sie wollen, können Sie ihn sich gern mal ansehen."

Das hatte Lynn nicht erwartet.

Er will mir einen Weihnachtsbaum schenken. Deswegen hat er mich so angesehen … Deswegen hat er sich hier so genau umgeschaut.

Am liebsten hätte sie sich bei ihm dafür entschuldigt, dass sie ihn so falsch eingeschätzt hatte.

„Oh, danke", sagte sie. „Sehr gern."

Auf dem Weg zu seinem Wagen hörte sie eine innere Stimme.

Manchmal muss man noch nicht einmal um Hilfe bitten, Lynn. Manchmal ist sie direkt vor der Nase.

Ihr fiel das Weihnachtsessen in der Suppenküche wieder ein. Immer wieder ermahnte sie sich, dass sie das nicht nötig hatten, dass das Weihnachtsengelprojekt nur eine einmalige Übergangslösung sei und sie es schon schaffen würden, und zwar allein.

Niemand schafft es ganz allein. Du weißt das und trotzdem läufst du weg.

Daryl war wohl nicht der Einzige, vor dem sie flüchtete.

Im Radio lief mit voller Lautstärke die Country-Pop-Band Lady Antebellum. Sara sang mit der Haarbürste in der Hand vorm Spiegel mit. Sie wusste nicht, dass Lynn sie beobachtete, aber wahrscheinlich hätte es ihr auch nichts ausgemacht. Das kleine

Radio hatte sich Sara im Ein-Dollar-Laden gekauft. Die Klangqualität war miserabel, aber dafür machte der rosafarbene Empfänger einiges her.

Der hinreißende Anblick löste bei Lynn zugleich Freude und Verzweiflung aus. Mit den frechen blonden Haaren, den wiegenden Hüften und dem quirligen Temperament hätte sie es selbst sein können, vor zwanzig Jahren, als sie noch zu den süßen Klängen von Country trällerte.

„Mom!" Sara hatte die Hände in die Hüften gestemmt und sah sie empört an.

„Mach ruhig weiter." Lynn trat in das winzige Zimmer und schob sich zwischen Bett und Spiegel hindurch. „Na los!", rief Lynn, griff nach Saras Händen und schwang sie im Takt hin und her.

Die nächste Viertelstunde tanzten und sangen sie zu einem Lied nach dem anderen. Dabei mussten sie so lachen, dass Lynn für einen Augenblick vergaß, wo sie waren. Das Bett hinter ihnen ächzte jedes Mal, wenn sie dagegenstießen.

Erst als jemand seinen Kopf zur Tür hereinsteckte, beruhigten sie sich wieder.

Tom sah sie verwirrt an. Als er wieder weg war, tanzten sie weiter.

Lynn traute sich nicht, ihrer Tochter von den Träumen zu erzählen, die sie in ihrem Alter gehabt hatte. Damals war ihr das Leben grenzenlos und leicht vorgekommen, genauso wie die Musik. Lynn konnte schon immer singen. Aber damals gab es noch keine Castingshows. Und es gab keine Eltern, die sie unterstützt und ermutigt hätten.

Sie lächelte. „Du wirst richtig gut."

„Danke."

Lynn griff erneut nach Saras Händen und legte im Stillen ein Versprechen ab. *Meine Kinder werden es besser haben als ich. Mehr Möglichkeiten. Und das hat nichts mit einem prall gefüllten Bankkonto zu tun oder einem überquellenden Kühlschrank. Das Herz, das muss voll sein.*

Ein wichtiges Zusammentreffen

Kevin wollte schon immer singen, und zwar Lieder, die Geschichten erzählten. Geschichten von staubigen Straßen und schäbigen Saloons. Gab es überhaupt noch Saloons? Er mochte Songs, in denen es um spuckende Texaner, feilschende Mexikaner und Goldgräber aus Colorado ging. Kevin stellte sich vor, wie er Gitarre spielte und im verrauchten Dämmerlicht des Saloons sang.

Aber es war Spätnachmittag und ein anstrengender Arbeitstag war gerade zu Ende gegangen. Er konnte höchstens das Radio im Auto lauter drehen. Und vielleicht die Lieder seines Lieblingssenders mitsummen, der die Klassiker und Neuentdeckungen der Countryszene spielte. Kevin blieb nur die Fahrt auf asphaltierten Straßen durch hübsche, saubere Viertel mit hübschen, sauberen Menschen. Manchmal, wenn er auf der Landstraße fuhr und die Fenster im Wagen geschlossen waren oder er ganz allein zu Hause war, dann drehte er Country auf, spielte Luftgitarre, sang und ließ sich gehen. Aber das brauchte niemand zu sehen. Niemand brauchte zu wissen, wie lächerlich er dabei aussah.

Auf dem Land konnte er so lächerlich aussehen, wie er wollte – das Land interessierte es nicht. Aber hier war das anders. Hier erntete er belustigte Blicke der Mütter in ihren Familienkutschen, sobald er im Auto auch nur mit dem Kopf wippte.

Sein Mobiltelefon summte und Kevin ging dran. „Bist du bald zu Hause?"

„Ja. Bald." Er lächelte. „Muss nur noch zu Target wegen der Digitalkamera. Schon vergessen?"

„Ach, richtig", sagte Jenny.

Kevin zog sie manchmal damit auf, dass die Zwillinge ihr die grauen Zellen klauten, und mittlerweile gab sie ihm sogar recht.

„Bringst du was zu essen mit?", fragte Jenny.

„Nur wenn es so richtig fettig ist. Ich habe Kohldampf für drei", antwortete Kevin.

„Hättest du wohl gern."

Die nächsten Minuten erörterten sie die verschiedenen Möglichkeiten. Jenny brauchte ewig, um sich zu entscheiden. „Ach, entscheide du. Du weißt ja, was ich gern esse."

Baby A nennen wir Vergesslich, Baby B Unentschlossen.

„Natürlich", sagte Kevin belustigt. „Bis bald."

So richtig wusste er nicht, wie das vonstattengehen sollte mit der Digitalkamera für diesen Tom. Wie viel sollte er ausgeben? Wenn sie ein konkretes Budget hätten, dann würde er sich eine feste Grenze setzen. Aber so war es, als würde man einen Matrosen auf einem sinkenden Schiff fragen, wie viel er verdrücken konnte. Die Frage schien angesichts der ganzen Situation ein wenig absurd.

Nach etwa zwanzig Minuten hatte Kevin einen Apparat von Canon gefunden, der von fast hundertsechzig auf achtzig Dollar heruntergesetzt war. Er hätte auch billigere Modelle oder eine unbekannte Marke kaufen können, aber irgendetwas in ihm wollte es so.

Will ich, dass Tom eine tolle Kamera kriegt, oder will ich nur gut dastehen?

Aber diese Frage war noch absurder. Tom würde ja nie erfahren, wer ihm die Sachen geschenkt hatte. Das war ja der Witz daran, oder? Etwas geschenkt zu bekommen, ohne sich erkenntlich zeigen zu können. Kevin musste noch viel lernen.

„Onkel Kevin?"

So hatte ihn schon lange niemand mehr angeredet. Verblüfft sah er auf und blickte in das fröhliche Gesicht seiner Nichte Kaylee.

„Verzeihung, kennen wir uns?", fragte er im Scherz und umarmte die Sechzehnjährige. „Was machst du denn hier?"

„Shoppen, was denn sonst. Holst du dir 'ne neue Digitalkamera?"

„Äh, ja." Kevin überlegte, wann er Kaylee zum letzten Mal gesehen hatte. Das musste bei Thanksgiving vor einem Jahr gewesen sein, als seine Schwester Jill dran gewesen war, das große Familienfest auszurichten.

Ist das wirklich schon ein Jahr her?

„Du antwortest mir gar nicht auf Facebook", sagte Kaylee.

„Ich bin fast nie auf Facebook. Ehrlich."

Kevin konnte nicht glauben, wie groß sie geworden war. Kaylee war Jills einzige Tochter. Jill und ihr Mann hatten zwar noch weiter probiert, aber zwei Fehlgeburten erlebt. Sein Verhältnis zu Jill war nicht besonders eng, auch wenn es nur ihn und seine jüngere Schwester gab. Und das bedeutete, dass er das Mädchen kaum kannte, was vor ihm stand.

Sie ist ja schon kein Mädchen mehr.

„Wie geht's deiner Mutter?", fragte er.

„Gut."

„Und wie läuft es in der Schule?"

Das blonde Mädchen strahlte. „Bald ist unser großer Auftritt."

„Ach ja, stimmt."

Oh nein, für das Theaterstück haben wir auch noch eine Einladung bekommen und nie darauf reagiert. Ich hoffe, sie denkt nicht …

„Ich hoffe doch, ihr kommt?", fragte Kaylee. Ihre Augen leuchteten so sehr, dass er sich schämte.

„Ja, wir würden total gern. Ich hoffe, dass es klappt. Hängt natürlich von den Zwillingen ab."

Wie lange willst du die Babys noch als Vorwand nehmen?

„Überleg doch mal", sagte Kaylee begeistert. „Wie oft hast du *A Christmas Carol* schon gesehen, mit Scrooge als Frau?"

Kevin musste lachen. „Okay, jetzt kapier ich's."

Sie hatten das Stück in *A Christmas Carole* umbenannt. Er war wie so oft zu beschäftigt gewesen, um zu merken, dass es sich um eine moderne Version des Klassikers von Dickens handelte.

Deswegen war Jill so aufgeregt, dass Kaylee die Hauptrolle bekommen hatte.

„Dann ist ‚Carole' also eine alte Dame?"

„Nicht so alt wie Onkel Scrooge. Wir haben das ein bisschen angepasst. Aber sie ist trotzdem noch alt, so etwa wie du."

„Autsch", sagte Kevin. „Also uralt."

„Wir machen drei Aufführungen. Ihr könnt euch eine aussuchen!"

Na komm, Kev, mach Nägel mit Köpfen.

„Okay, wir kommen. Ich sage deiner Mom dann noch Bescheid, zu welcher Aufführung."

„Oh, super!" Jennys Neffen kamen nie so aus sich heraus. „Das wird euch total gefallen. Es ist nämlich voll witzig! So ähnlich wie die Videos, die ihr mal gemacht habt."

„Die hast du gesehen?"

„Na klar. Mom hat sie mir gezeigt."

Damit hatte Kevin nicht gerechnet. Genauso wenig wie mit dieser zufälligen Begegnung nach über einem Jahr.

„Sag deiner Mom schöne Grüße, ja? Ich melde mich."

„Ich freue mich schon so auf die Zwillinge!"

„Ja, wir auch, obwohl ich hoffe, dass sie zumindest noch bis nächstes Jahr warten", sagte Kevin und umarmte Kaylee zum Abschied.

So viel zu tun und so wenig Zeit.

Mein Lebensmotto.

Ein neues Lied

Cass war ein wunderschönes Liebeslied – aber eins, das er nie singen würde. Er war eher so ein Gassenhauer vom Lagerfeuer, den die Betrunkenen grölten, obwohl sie sich nicht an den Text erinnern konnten. Die zwei Melodien gehörten einfach nicht zueinander. Nie und nimmer.

Und trotzdem wurde er das komische Gefühl nicht los, dass Cass ihn irgendwie mochte. Und sein unerwarteter Freund und gelegentlicher Pannenhelfer Carlos versuchte ihm das gerade in der Mittagspause klarzumachen.

Eine Mittagspause, wo Tom bei Carlos und seinen Freunden saß. Bei der *Footballmannschaft*. Zum zweiten Mal hintereinander.

Alles hatte mit dem Zwischenfall auf dem Parkplatz angefangen. Tom suchte nach irgendeinem Loch, in das er sich verkriechen konnte, als er den großen Kerl mit seinen großen Freunden herumalbern sah. Ihre Blicke kreuzten sich und Tom wollte sich gerade umdrehen und verschwinden.

„Hey, du! Wie auch immer du heißt. Komm her!"

Tom ging zu Carlos' Tisch und war froh, noch ein weiteres bekanntes Gesicht zu sehen: Juan, ein Zwölftklässler, mit dem er schon einmal auf dem Basketballplatz gestanden hatte.

„Du bist doch der Basketballer, oder?"

Tom nickte und spürte die Blicke von fünf Jungen auf sich. Aber sie schienen ihn nicht abfällig zu mustern, sondern sahen ihn neutral an, als würden sie im Fernsehen Werbung schauen.

Halb gelangweilt, halb interessiert.

„Mann, ich habe dir doch von ihm erzählt", sagte Juan zu Carlos. „Das ist der Typ, der West auf dem Platz gezeigt hat, wo der Hammer hängt, und dann eins auf die Nase gekriegt hat."

„West hat dich geschlagen?", fragte Carlos.

„Ist das Vics Nachname?"

„Ja."

„Dann ja. Leider voll auf die Zwölf."

Carlos fluchte irgendetwas auf Spanisch und deutete Tom dann, sich hinzusetzen. Tom fühlte sich unwohl zwischen all den Jungen, aber wann fühlte er sich schon einmal wohl? Irgendwie tat es auch gut, sich zu jemandem setzen zu dürfen.

All das änderte sich plötzlich, als eine Gruppe von Mädchen an ihren Tisch trat. Zum einen war da Julia, eine dunkelhäutige Zwölftklässlerin, die wie ein Model aussah, vor allem, wenn sie wie heute einen Minirock trug. Die andere Zwölftklässlerin hieß Alexis, meinte Tom sich zu erinnern. Und zwischen ihnen stand Cass.

Die Jungen kommentierten ausgiebig Julias Outfit. Tom wurde rot und war froh, dass ihn niemand beachtete.

Da merkte er, dass ihn Cass länger als nur eine Millisekunde lang ansah.

„Du bist neu hier, oder?", fragte sie, während die anderen sich unterhielten.

Tom nickte.

Bin seit fast einem Jahr neu hier.

„Und wo kommst du noch mal her?"

Sie war selbstbewusst und freundlich.

Und wunderschön.

„Aus Georgia."

Von Nahem sahen ihre Augen noch blauer aus als sonst. Je länger er sie ansah, desto blauer wurden sie.

„Und warum bist du dann nach Greer gezogen?"

Um die Frau fürs Leben zu finden, flüsterte ihm eine alberne Stimme zu.

„Wegen meiner Mom. Sie hat eine neue Arbeit."

Und das war's. Das Thema wechselte, die Jungen flirteten weiter mit Julia – oder machten sie an, je nachdem wie man es sah – und irgendwann gingen die Mädchen weiter.

Heute, einen Tag später, wollte Carlos ihm erzählen, was er gehört hatte. Aber Tom hielt das für einen fiesen Scherz.

„Sie ist zwar Elfte, aber sieht aus, als wäre sie schon am College", sagte Tom hauptsächlich zu sich selbst.

„Ist doch egal. Sie findet dich süß, das sieht doch jeder."

„Quatsch." Unmöglich. Das konnte nicht sein.

Carlos redete mit vollem Mund und zuckte mit den Schultern. „Hat sie aber gesagt. Wortwörtlich. Was soll das denn sonst heißen?"

„Das sagt sie bestimmt über jeden."

„Die meisten Jungs lässt Cass links liegen. Zu uns ist sie nett, aber das muss sie ja auch als Cheerleaderin."

Tom konnte es nicht glauben. Es musste eine logische Erklärung dafür geben. „Das liegt daran, dass ich neu bin", meinte er. „Sie kennt mich eben noch nicht."

„Na schön." Carlos schien es egal zu sein, ob Cass Tom mochte oder nicht. Er hatte es nur erwähnt, weil er es lustig fand. Eben amüsant. „Dann nutze das doch. Spiel den geheimnisvollen Unbekannten."

Jungen konnten total blind sein. Sie hatten wohl vergessen, was gestern mit dem Auto passiert war. Sie merkten nicht, dass Tom jeden Tag dieselben Jeans trug. Ihnen war es egal, dass Tom nie erzählte, wo er wohnte und was seine Familie so machte.

Aber Mädchen waren nicht blind. Mädchen waren neugierig. Sie wollten immer alles bis ins letzte Detail wissen. Vor allem Mädchen wie Cass.

Ich bin eben der Neue auf der Schule. Das ist der einzige Grund.

„Wohl kaum", sagte Tom.

„Dann eben nicht", erwiderte Carlos und zuckte die Achseln. „Findest du sie nicht scharf?"

„Daran liegt's nicht."

„Ich könnte mit ihr reden, wenn du willst."

Dass Cass tatsächlich an ihm interessiert sein könnte – und mit Betonung auf *könnte* –, war für ihn genauso überraschend wie die

Tatsache, dass Carlos so nett zu ihm war. Der Kerl war eine echte Sportskanone und trotzdem freundlich. Offensichtlich war es ihm egal, was die anderen dachten.

Aber Mädchen ist das nie egal. Nie.

„Ach, lass nur", winkte Tom ab.

Ist sowieso bloß Einbildung.

Tom musste immerzu an die Wahrheit denken, die er am liebsten geheim halten wollte, vor allem vor Cass. Er hatte gesehen, was für ein schönes Auto sie fuhr. Sie hatte noch nie zweimal dasselbe angehabt. Ja, darauf achtete er. Nicht, weil das hier eine von diesen Teenieschnulzen von dem reichen Mädchen und dem armen Jungen war, sondern weil er gern auf Details achtete und weil es ihm Spaß machte, an ihren Klamotten ihre Lebenseinstellung und ihren Stil abzulesen. Und ihr Stil und ihre Lebenseinstellung gefielen ihm. Wenn er abends im Bett lag, schloss er manchmal die Augen und stellte sich vor, wie Cass ihn anlächelte.

Sie blieb immer sie selbst, in jedem Traum. Sie war die atemberaubend schöne Elftklässlerin, die er ein paar Mal am Tag sah. Cass, die Greer High, die anderen Leute: Alle passten irgendwie dazu. Nur er war ein anderer und lebte ein anderes Leben.

In seinem Traum kannte er ein neues Lied. Den Text hatte er im Kopf und seine Stimme war stark und schön.

Gelassenheit

„*Das ist jetzt* nicht Ihr Ernst."

Lynn wusste, dass Murphy es sehr wohl ernst meinte. Er hatte ihr nie eine Festanstellung versprochen. Und sie hatte nicht so getan, als ob sie für immer verfügbar sein würde, weil sie ständig die Augen nach einem besseren Job offenhielt.

Die Frage war nur, wer diese Arbeit auf Zeit zuerst beenden würde.

„Sie wissen doch, wie wenig es zurzeit zu tun gibt."

Als wollte er seine Aussage unterstreichen, führten sie dieses Gespräch im großen Gastraum. Es war acht Uhr abends am Mittwoch und außer ihnen beiden war niemand da.

„Muss das jetzt sein?", fragte Lynn. „Ich habe gerade vierhundert Dollar für die Autoreparatur bezahlt. Vierhundert Dollar, die ich eigentlich für andere Rechnungen brauchte."

„Lynn, es tut mir leid. Aber wir sind hier nicht die Heilsarmee."

Sie schmieriger alter … Lynn biss sich auf die Zunge.

Ihr fiel das Gelassenheitsgebet ein. Es war ihr noch gut im Gedächtnis, seit sie sich zum ersten Mal von Daryl getrennt hatte. Na schön, sie war vielleicht nicht wirklich gegangen, aber sie hatte es ihm angedroht. Das Wochenende damals war die Hölle gewesen: Erst hatte er sich ins Koma gesoffen, sie nach dem Aufwachen verprügelt und dann war er mit dem Auto verschwunden. Als er wieder heimgekehrt war, stellte ihm Lynn ein Ultimatum: der Alkohol oder die Familie. Damals war Daryl noch jünger gewesen und nicht so hart, und ihre Worte hatten Wirkung gezeigt.

Er war siebenundzwanzig Tage lang nüchtern geblieben. In dieser Zeit ging er zu den Anonymen Alkoholikern, rauchte viel und trank jede Menge Kaffee. Und er sagte ständig das Gelassenheitsgebet auf.

Genau dieses Gebet brauchte sie jetzt, auch wenn sie dabei die Stimme ihres Mannes im Ohr hatte. Beziehungsweise ihres Exmannes.

Gott, gib mir die Gelassenheit, Dinge hinzunehmen, die ich nicht ändern kann, den Mut, Dinge zu ändern, die ich ändern kann, und die Weisheit, das eine vom anderen zu unterscheiden.

Lynn fragte sich, ob der mürrische Murphy das Gelassenheitsgebet kannte. Wusste er überhaupt, was Gelassenheit war? Er sah härter und verbitterter aus als jeder andere über fünfzig.

„Ich wünschte, es gäbe einen anderen Weg."

Das sagen sie doch alle.

In ihr klang das Gebet noch nach, aber es hörte sich eher wie ein Werbespruch an. Etwas Persönliches war es jedenfalls nicht und für vorgefertigte Gebete war sie nicht zu haben.

Vielleicht war es Zeit für ein richtiges Gebet? Bevor sie ihre ganze Last bei Gott abladen konnte, musste sie aber noch einiges erledigen.

„Ich dachte, du musst heute arbeiten", sagte Sara.

Kinder konnten einen Augenblick wie diesen noch viel schlimmer machen, als er ohnehin schon war.

Lynn wollte eigentlich mit der Neuigkeit bis nach dem Abendessen warten, aber die Chancen standen schlecht. Sara wartete auf eine Antwort.

Tom kam gerade von der Schule heim. Er blieb stehen und sah sie fragend an.

Bin ich so leicht zu durchschauen?

„Ich wurde entlassen."

„Echt?", fragte Tom.

„Für immer?", legte Sara nach.

„Ja. Und ja."

„Heißt das, wir müssen noch länger hier wohnen?"

„Sara, ich habe dir gesagt, dass es ein bisschen dauert, bis wir hier wegziehen können."

„Und was sollen wir jetzt essen?"

Sara hatte nur eins im Kopf: Essen. Sollten nicht eigentlich Jungen so denken? Auch auf Toms Gesicht fiel ein dunkler Schatten. Er begriff, was die Neuigkeit bedeutete. Mit niedergeschlagenem Blick ging er ins Wohnzimmer.

Ich habe uns hierher gebracht, also muss ich mir auch etwas einfallen lassen, wie wir überleben.

„Uns fällt schon etwas ein", sagte Lynn und lief an Sara vorbei hinter Tom her. „Das wird schon."

„Ach ja?", fragte Tom mürrisch. „Sagt wer?"

Sein schnippischer Ton überraschte sie. „Ich."

„Na toll."

Lynn konnte genau seinen Das-glaube-ich-erst-wenn-ich-es-sehe-Tonfall hören.

Sie liebte ihre Kinder, aber sie waren nun einmal genau das: Kinder. Sie konnten nicht erwachsener handeln, als sie waren. Tom war noch Teenager, zurückhaltend, unsicher und konnte sich noch nicht so ausdrücken. Seine gespielte Gleichgültigkeit hieß nicht, dass es ihm wirklich gleichgültig war. Er wusste nur gerade nicht weiter.

Genauso wenig wie ich, dabei bin ich hier die Erwachsene.

Tom setzte sich hin und zog sich die Schuhe aus. Lynn fiel auf, wie schlimm sie schon aussahen. Diesen Eintrag auf der Wunschliste konnte er jedenfalls gut gebrauchen, er wünschte sich die Schuhe sehnlichst.

Wenn sie beten sollte, würde sie Gott um ein paar gute Basketballschuhe für Tom bitten. Er hatte sie wirklich verdient.

Lynn betrachtete ihren Sohn, der so groß und so schüchtern und in sich gekehrt war. Ihrer Tochter standen die Gedanken stets ins Gesicht geschrieben. Sie offenbarte ihre Gefühle immer sofort.

Das sind meine zwei Babys, die ich gestillt habe und die ich verspro-
chen habe zu lieben, zu beschützen und mich um sie zu kümmern.

Lynn wollte ihnen sagen, dass es ihr leidtat. Nicht wegen des Jobs, sondern weil sie ihr Zuhause verlassen hatten. Sie hatte damals nicht alles durchdacht. Sie hatte einfach zu viel Angst und genug davon, Angst zu haben.

„Ich finde bestimmt bald was Neues", sagte sie anstelle einer Entschuldigung.

Tom sah sie nicht mehr an und Lynn ließ ihn in Ruhe. Sara stand vor dem geöffneten Kühlschrank und hatte nur ihren Hunger im Sinn. Obwohl ihre Kinder keine fünf Meter entfernt von ihr waren, fühlte sich Lynn mutterseelenallein.

In der Ecke, wo sonst ein Beistelltisch stand, wartete der nackte Weihnachtsbaum darauf, mit Lichtern und Kugeln geschmückt zu werden. Er hatte das Potenzial, ein richtig schöner Weihnachtsbaum zu werden. Man konnte viel aus ihm machen.

Lynn schloss erschöpft die Augen und wollte den Baum nicht mehr sehen.

Gelassenheit würde hier nicht mehr reichen.

Ich brauche Hoffnung.

Unterm gesprenkelten Sternenhimmel

Tom öffnete leise die Tür und schlüpfte in die Nacht hinaus. Hoffentlich hatte er Mom und Sara nicht aufgeweckt. Er ging ein paar Schritte und atmete aus. Ihm war überhaupt nicht aufgefallen, dass er die Luft angehalten hatte.

Die Hausaufgaben waren fertig und der Roman von Dennis Shore aus der Bibliothek ausgelesen. Tom lief die unbefestigte Straße entlang und dachte darüber nach, wie schön es war, die Stille der Nacht und den unberührten Wald zu genießen, auch wenn man sich an diesem verlassenen Ort wie von gestern fühlte.

Selbst wenn Dad die Adresse hätte, würde er uns nicht finden.

Manchmal hatte er das Gefühl, der Wohnwagen spiegelte sie als Familie genau wider. Ein Gebilde, das aus dem letzten Loch pfiff, an einem Ort, der niemand interessierte. Tom ging durch das Dunkel und machte auf der Weide die Silhouette von Kühen aus. Hatte Mom diesen Ort gerade wegen seiner Abgelegenheit ausgesucht? Kein Telefon, kein Internet. Noch nicht einmal der Fernseher ging wegen irgendeinem digitalen Irgendwas. Mr Sinclair hatte zwar gesagt, er würde eine Konverterbox besorgen, aber bisher war nichts passiert.

Trotzdem war es schön, ganz für sich allein durch die friedliche Nacht zu gehen und die Sterne anzuschauen. Hier störte er niemanden. Unter dem weiten Himmel fühlte Tom sich frei. Die kühle Nachtluft passte zu dem klaren Bild über ihm.

Beim Gehen hörte er das Schlappen seiner Schuhe. Immer wieder gingen die kaputt. Alleskleber funktionierte irgendwie nicht bei Schuhsohlen. Andererseits würde sich so mancher wundern, was man alles hinkriegen konnte, wenn man sich nur Mühe gab.

Die Jeansjacke wärmte nicht wirklich, obwohl sie auf jeden Fall eng genug saß. Wenn er nicht gerade abmagerte, war das ihr allerletzter Winter. Besonders an den Schultern und den Armen saß sie viel zu eng, und nicht deswegen, weil er im Fitnessstudio Gewichte stemmte.

Tom fragte sich, wie es wohl war, wenn man sich über solche Dinge keine Gedanken machen musste: die schlappenden Schuhsohlen, zu enge Jeansjacken. Jeden Tag konnte er sehen, wie Mitschüler völlig gedankenlos mit teuren Sachen spielten. Sie dachten nicht über ihre Klamotten oder ihre Schuhe nach. Sie fragten sich nicht, ob sie etwas zum Abendessen kriegen oder den Aushilfsjob ergattern oder wie sie die Miete zusammenkratzen würden. Alles, was sie interessierte, war die neuste App für ihr iPhone. Sie überlegten, welchen Kinofilm sie sehen wollten, auch wenn sie sich wahrscheinlich langweilen würden, trotz Popcorn und Getränken, deren Preis Toms Arbeitslohn in derselben Zeit bei Weitem überstieg.

Tom hatte jetzt eine neue Sorge. Er musste einen Weg finden, Mom und Sara finanziell zu unterstützen. Wenn ihm doch nur etwas einfallen würde! Aber es war schon dreiundzwanzig Uhr. Das *Jetzt* schien irgendwie nie auf seiner Seite. *Später* war ein toller Kumpel, aber *Jetzt* mittlerweile ein richtiger Feind.

Solche Dinge fielen ihm öfters ein, aber sie machten ihn nicht wütend. Sein Vater machte ihn wütend und ein paar Jungs in der Schule, und die Tatsache, dass sie überhaupt erst hierherziehen mussten. Aber Mitleid war ihm zuwider, vor allem Selbstmitleid. Er war gesund, war nicht auf den Kopf gefallen und vertraute darauf, dass er irgendwann mit etwas Glück von hier wegkommen würde. Und zwar nicht nur von dieser Adresse – das auch –, aber vor allem aus dieser Lebenslage.

Tom dachte über Moms Neuigkeiten nach. Das machte ihn nur noch entschlossener, einen Job zu suchen und selbst etwas beizutragen. Es fühlte sich gut an, weil ihm dagegen die Schule so lächerlich und unwichtig vorkam. Was sie ja auch war. Lieber wollte er Mom helfen und Sara aufmuntern. Sara wusste anscheinend überhaupt nicht, wie sie mit der Situation umgehen sollte. Sie jammerte nicht mehr nur, sie nervte regelrecht.

Ich muss etwas tun.

Sollte er noch einmal zum Supermarkt gehen und Hartnäckigkeit demonstrieren? Vielleicht würde das dem Filialleiter zeigen, dass er wirklich das Zeug dazu hatte. Und er würde die Parkers fragen, ob es noch mehr zu tun gab. Vielleicht sogar die Sinclairs.

Und das ist erst der Anfang. Ich kann sehr wohl Geld verdienen. Und zwar ohne eine Bank auszurauben oder Facebook zu erfinden.

Ein kalter Wind ließ ihn seinen Schritt beschleunigen. Er wollte wenigstens ein bisschen hier draußen bleiben und nicht gleich wieder in den Wohnwagen zurückkehren, in dem es immer nach Erdöl roch. Hier war es zwar kalt, aber er fühlte sich unter dem Sternenhimmel lebendig und frei.

Auf solchen Spaziergängen betete er oft. Vielleicht war es nur Einbildung, aber er hatte das Gefühl, Gott hörte ihn besser, wenn er draußen war und in der Stille laut redete.

„Lieber Gott, hilf uns", sagte er. „Hilf Mom. Gib ihr Kraft. Und hilf uns allen. Hilf auch Dad, was immer er gerade macht. Lass Mom einen neuen Job finden. Und zeig mir, wie ich sie unterstützen kann."

Hilfe

Es war das zweite Wochenende nach Thanksgiving und Jenny hatte sich nach einer schlaflosen Nacht entschlossen, einfach liegen zu bleiben. Noch halb benommen hatte sie vorgeschlagen, Kevin solle mit Gregory zum Sonntagsgottesdienst gehen. Dem Kleinen mache es doch so viel Spaß mit den anderen Kindern. Wenn es nach Gregory gegangen wäre, wären sie zur Kirche gefahren. Aber glücklicherweise hatte nicht er, sondern Kevin den Führerschein und die Autoschlüssel. Und so ein paar Problemchen mit der Kirche.

Anstatt zum Gottesdienst zu gehen, beschloss Kevin, Jenny das Schmücken des Weihnachtsbaums abzunehmen. Eigentlich machte sie das immer und Kevin interessierte sich nicht besonders dafür. Schon früh hatte Jenny entschieden, dass die Weihnachtsdeko ihr Bereich war. In den ersten Jahren ihrer Ehe hatte sich Kevin zwar auch versucht, aber nachdem der Baum einmal nicht ganz optimal geworden war, hatte er seinen Job verloren. Im Augenblick dauerte alles viel länger. Der Baum war erst zur Hälfte fertig.

„Willst du mir helfen, den Weihnachtsbaum zu schmücken?", fragte Kevin seinen Sohn, der sich überschwänglich freute, ihn umarmte und sofort ins Wohnzimmer stürmte, um alle Schachteln aufzureißen.

Es war fantastisch. In den großen Schachteln steckten kleine Schachteln und in denen wiederum noch kleinere, in denen der Baumschmuck war. Manche Teile kannte er gar nicht, aber Gregory gefielen sie alle, also wurden sie alle benutzt. Auf einige setzte sich Gregory aus Versehen, andere warf er auf die Fliesen. Nicht so schlimm.

Sie fanden eine lange Lichterkette mit bunten, blinkenden Lämpchen, die Gregory unbedingt haben wollte. Also legte Kevin sie noch zusätzlich zu den weißen Lichtern von Jenny um den Baum. Wenn Gregorys Mami die Treppe herunterkam, sollte alles fertig sein.

Als Jenny schließlich ins Wohnzimmer trat, sah sie die beiden so entgeistert an, als würden sie im Schlamm spielen.

„Kev – was ist denn hier los?"

„Mami, wir haben den Weihnachtsbaum geschmückt!"

„Das sehe ich." Jenny konnte ihren Blick nicht vom Baum abwenden.

„Wir haben ein paar Sachen verändert."

„Wo kommen denn diese blinkenden Dinger her?"

„Aus der Tüte", antwortete Kevin.

„Und dieser Baumschmuck da?"

„Gefällt er dir nicht?"

Sie sah Kevin entsetzt an, lächelte dann aber schnell, als Gregory sich zu ihr drehte. Der Baumschmuck bestand aus kleinen Hündchen in Weihnachtspullovern. Zugegeben, sie passten nicht wirklich zu ihrer eleganten Kombination aus Gold und Burgunderrot, aber vielleicht sollten sie dieses Jahr endlich den kunterbunten Baum haben, den Kevin schon immer einmal wollte.

Gregory machte die nächste Schachtel auf und holte eine Silbergirlande heraus.

„Schätzchen, nein, lass das bitte drin." Jenny warf Kevin einen gereizten Blick zu.

„Ich wollte doch … wir wollten doch nur helfen."

„Warum seid ihr denn nicht zum Gottesdienst gefahren?"

„Weiß nicht", sagte er, aber Jenny wusste genau warum.

Weil ich nicht dort rumsitzen will und über meine To-do-Liste nachdenken, während mir ein Pastor weismacht, was ich noch alles tun muss.

Bunte Lichter blinkten die Weihnachtshündchen an.

„Das sind die Hündchen vom Weihnachtsmann!", rief Gregory begeistert.

„Prima. Ich wusste noch nicht einmal, dass wir welche haben."

„Ich glaube, die habe ich letztes Jahr gekauft", beichtete Kevin.

„So."

Wären wir mal doch zum Gottesdienst gefahren.

Gerade wollte Kevin etwas zu seiner Verteidigung sagen, da begann ein Teil der bunten Lichterkette zu flackern und verlosch. Jenny schüttelte den Kopf und fing an zu lachen.

Im späteren Verlauf des Vormittags und nach einem Brunch mit Pfannkuchen half Kevin Jenny, den Baum umzuschmücken, oder vielmehr seinen Schaden wiedergutzumachen. Als sie fast fertig waren, atmete Jenny tief durch und ließ sich auf einen Stuhl sinken.

„Geht's dir gut?", fragte er.

Was für eine überflüssige Frage.

„Mir tut alles weh", sagte sie.

Was für eine überflüssige Antwort.

„Machst du dir Sorgen wegen nächster Woche?"

Jenny nickte. Kevin wusste, dass sie der nächste Arzttermin nicht in Ruhe ließ. Er machte sich ja selbst jedes Mal Sorgen, wenn ihm der Termin einfiel, und das passierte ständig. Die Untersuchung war für Mittwoch angesetzt, weil Jenny in die einunddreißigste Woche kam.

„Ich versuche, nicht so viel daran zu denken", sagte sie.

Dann war es ja eine super Idee, dass ich das Thema wieder aufgebracht habe, oder?

„Das wird schon. Baby B hat Baby A bestimmt inzwischen eingeholt."

Ihr Gesichtsausdruck offenbarte nicht nur Zweifel, sondern auch, dass sie durchschaute, wie er ihr Mut zusprechen wollte. „Wir brauchen immer noch Namen."

„Wie ich gesagt habe: Cujo und Maximus. Männlich müssen sie sein."

„Haha."

Irgendwie war es leichter, sie einfach Baby A und Baby B zu nennen. Denn wenn einem von ihnen oder beiden etwas passieren sollte, dann …

Hör auf, Kevin. Denk nicht mal dran.

Aber hinter allem Spaß machte er sich echte Sorgen, dass einem oder beiden Babys etwas zustoßen könnte. Sie waren noch keine einunddreißig Wochen alt und der Arzt hatte selbst gesagt, dass jetzt eine kritische Phase kam, was die Entwicklung anging.

Ist doch egal, ob sie Baby A und Baby B oder sonstwie heißen. Ich habe sie schon jetzt genauso lieb wie Gregory.

Jeden Tag wuchsen seine Gefühle, aber auch die Angst. Eine verrückt machende, entsetzliche Angst, die völlig anders war als die Bedenken, Rechnung nicht bezahlen oder keine neue Arbeit finden zu können.

Jenny legte eine Hand auf ihren Bauch. „Wie auch immer Baby B heißen wird, er ist auf jeden Fall ein Wirbelwind. Fühl mal."

Kevin folgte ihrer Aufforderung und fühlte kleine Tritte.

Gut. Weiter so. Immer streck dich und reck dich und wachse. Und wenn Gott will, dann werden wir dich und deinen Bruder bald sehen. Nicht zu bald hoffentlich, aber sehr bald.

„Es ist schon verrückt, oder?", sagte Kevin ergriffen.

Jenny brauchte nicht nachzufragen, was er mit „es" meinte. Er berührte es. Sie war es. Sie lebten es. Jeden Morgen stand es vor der Tür. Es war ihr Leben und es änderte sich rasend schnell.

„Ich hoffe nur, es geht ihm gut", brachte Jenny irgendwann hervor.

Kevin spürte, wie sehr sie das belastete. Sie dachte jeden zweiten Augenblick über die Babys nach, und vor allem über das, das nicht so wuchs, wie es sollte.

Ich denke andauernd an die beiden, wenn ich nicht mit der Rettung der Firma und der drohenden Entlassung meiner Leute beschäftigt bin.

Kevin wollte ihr Mut zusprechen und ihr Vertrauen darauf stärken, dass Gott schon alles gut machen würde. Aber er konnte nicht. Er konnte ihr nicht sagen, woran er selbst nicht glaubte.

Vielleicht sollte ich wirklich zur Kirche fahren. Vielleicht habe ich dann den Mut, vor meinen Schöpfer zu treten und um ein bisschen Hilfe zu betteln.

Um Hilfe gebeten hatte er schon ewig nicht mehr. Aber ihm war klar, dass sie irgendwann so viel Hilfe brauchen würden, wie sie nur kriegen konnten.

Vorm Fenster

Es klingelte zur Pause und alle stürmten aus der Bibliothek, nur Tom saß noch am Schreibtisch in der Ecke und starrte auf den Bildschirm. Auf sich selbst.

Ob er aufstehen konnte, wusste er nicht. Und selbst wenn, nach *da draußen* wollte er bestimmt nicht mehr. Jetzt begriff er, warum die anderen ihm auf dem Flur und in den Klassenräumen aus dem Weg gegangen waren.

Die ganze vierte Stunde vor der Mittagspause hatte Tom auf seine Facebookseite auf Carlos' Laptop gestarrt, fünfzig Minuten lang. Wieso tat jemand so etwas? Wie konnte jemand nur so gemein sein? Er war nicht wütend. Nur traurig.

War das alles nur wegen des Basketballspiels und Vics Angst vor Konkurrenz?

Ich liebe Basketball, aber es gibt wichtigere Dinge im Leben.

Vielleicht war Vic als Kind auf den Kopf gefallen. Bestimmt war er deswegen so gemein. Gemein und fies. Das konnte er ihm natürlich nicht ins Gesicht sagen. Vic sah gut aus und war anscheinend ziemlich beliebt. *Warum hasst er mich dann so?*

Tom hatte schon vor ihrer Begegnung auf dem Spielfeld von Vic gehört. Seit ihrem Spiel hatte er angefangen, die anderen über ihn auszufragen. Carlos und seine Kumpel vom Football kannten ihn, aber sie scherten sich nicht um ihn. Das war schon so, bevor die ganze Sache passierte. Je mehr Tom über ihn erfuhr, desto mehr hatte er das Gefühl, dass Vic eigentlich das perfekte Begrüßungskomitee für ihn an der Greer High gewesen wäre. Sie hatten einiges gemeinsam. Vics Eltern waren geschieden und er lebte bei seinem Vater. Tom vermutete, dass sie nicht gerade in einem Palast wohnten. Vic fuhr mit dem Pick-up seines Vaters herum, aber an dem rostigen Chevy konnte man erkennen, dass sie nicht im Geld schwammen. Vielleicht hatten sie etwas mehr als Toms Familie, aber viel konnte es nicht sein.

Tom hätte nie gedacht, dass so ein Kerl ihm dermaßen auf die Pelle rücken würde.

Aber dann hatte ihn Carlos vor der zweiten Stunde beiseitegenommen. „Mann, zieh dir das mal rein."

Er hatte lässige Jeans und seine Footballjacke an. Aus seiner Hosentasche zauberte er ein iPhone. Bis Tom sich eins leisten könnte, würde es zehn Jahre dauern.

Und wahrscheinlich dann auch erst das Modell von Carlos.

Carlos' kräftige Hände wurden auf dem Touchscreen plötzlich erstaunlich schnell. Er tippte ein paar Mal darauf herum und gab Tom dann das Smartphone. „Ich nehme an, das hast du noch nicht entdeckt."

Tom sah das typische Facebookdesign. In Georgia war er selbst oft auf Facebook gewesen, aber jetzt war es schon Monate her, dass er seine Seite angeklickt hatte.

Er sah sein Foto, aber das war nicht sein persönliches Profil. „Was ist das?"

Er blätterte nach unten und las. Rechts neben dem Foto, das offensichtlich im Flur zwischen Klassenräumen aufgenommen worden war, stand:

Helft dem Bedürftigen
Tom Brandt ist neu auf der Greer High.
Wie diese Bilder zeigen, braucht er dringend Essen, Klamotten
und EIN LEBEN.
Wenn wir 1.000 Follower zusammenkriegen,
kleiden wir Tom neu ein.
Und vielleicht kriegt er auch was zu beißen.

Zuerst verstand Tom nicht, was er da sah. Er dachte, Carlos albere herum. „Was ist das?"

„'n schlechter Scherz." Carlos nahm das iPhone an sich und tippte darauf herum. „Hier, sieh dir das an."

Da war ein Dutzend Fotos von Tom, aufgenommen an verschiedenen Tagen. Er hatte auf jedem Foto dieselbe Jeans an und auch die T-Shirts kehrten immer wieder.

„Was? Ich habe doch nicht nur …"

Carlos nickte, als wüsste er genau, was Tom sagen wollte. Oder was er versuchte zu sagen.

„Wer hat die gemacht?", fragte Tom und spürte, wie Panik in ihm aufstieg.

Carlos zeigte wieder auf den Bildschirm. Tatsächlich, der „Ersteller" dieser Seite war kein Geringerer als Vic West.

Tom war verwirrt. Er versuchte zu begreifen, was das bedeutete. Obwohl er es mit eigenen Augen sah, konnte er es nicht glauben.

„Wenn er nicht im Basketballteam der Schule wäre, würden wir ihn mal ordentlich vermöbeln", sagte Carlos.

Es gab über hundert „Gefällt mir"-Klicks.

Hundert Schüler haben geklickt, dass ihnen die Seite gefällt?

„Wir zwingen ihn, das wieder zu löschen. Oder wir sagen es einem Lehrer. Ich kann Vic nicht ausstehen, diese Ratte."

Toms Verwirrung verwandelte sich in etwas anderes.

Scham.

Die Jeans, die er auf jedem Foto anhatte, war natürlich dieselbe, die er gerade trug. Und das galt auch für das T-Shirt.

„Danke, dass du mir das gezeigt hast", meinte er und hätte sich am liebsten leise davongemacht und sich in seinem Spind eingeschlossen.

„Ich kann wirklich dafür sorgen, dass …"

Wenigstens hatte er Carlos und seine Kumpel, die auf seiner Seite waren.

„Nein, ist schon okay", antwortete Tom. „Wirklich."

„Ich muss nur mit diesem Vic reden. Mir egal, ob er Basketball spielt. Ich kann Basketball sowieso nicht leiden."

Das hier war kein einfaches Spiel auf den Korb mehr, bei dem der Bessere gewann.

„Nein, ist schon okay", sagte Tom.

Carlos schwieg.

„Danke noch mal."

„Kein Problem", meinte Carlos. „Sag einfach Bescheid, wenn du ... irgendwas brauchst."

„Mach ich."

Bevor Carlos gegangen war, hatte sich Tom seinen Laptop bis zur Mittagspause ausgeborgt. Carlos war sofort bereit gewesen, wahrscheinlich aus Mitleid. Tom wollte die Seite noch einmal ganz in Ruhe ansehen, aber nicht auf einem öffentlichen Computer, wo die anderen es mitbekamen.

Carlos hatte sich verabschiedet und Tom in einem Strom vorbeiziehender Schüler zurückgelassen.

Und alle wussten Bescheid.

Wenn du irgendwas brauchst. Carlos' letzte Worte klangen nach.

Tom hatte das Gefühl, in einem Sumpf zu waten, das Gesicht und die Kleidung schlammig, und alle anderen standen am Ufer, sahen zu und lachten.

Es dauerte zwei Unterrichtsstunden, bis er sich wieder gefangen hatte.

In der Bibliothek hatte er sich bei Facebook eingeloggt und auf der Seite, mit der ihm Vic extra eins auswischen wollte, die vielen Kommentare gesehen. Die ganze Stunde hatte er wie gelähmt auf den Bildschirm gestarrt. Aber so langsam konnte er wieder klar denken, wieder atmen und bekam seine Gedanken sortiert.

Und wenn alle Schüler auf „Gefällt mir" klicken. Ändert nichts daran, wer ich bin. Kein bisschen.

Den ganzen Rest des Tages dachte Tom an die Facebookseite und überlegte, was er tun konnte. Ein Grund, warum er sich nie so richtig mit Facebook befasst hatte, war, dass er gar keinen Computer und keinen Internetanschluss besaß. Der andere Grund war dieser: Er wollte nicht sehen, wie die anderen lebten, und sein Leben wollte er erst recht nicht teilen. Wenn er eine Digitalkamera hätte, was würde er fotografieren? Das halb verbrannte Feld hinter ihrem Wohnwagen? Sein Zimmer von der Größe einer Besenkammer? Das abgeplatzte und zerfressene PVC? Saras traurigen Gesichtsausdruck?

Und von mir selbst brauche ich offensichtlich keine Fotos mehr. Da existieren schon genug.

Er wollte nicht sehen, wie die anderen Jugendlichen mit ihrer Familie in ferne Länder in den Urlaub fuhren. *Hey Mom, ich fahre Jetski! Hey Dad, guck mal, wie braun ich bin!* Er wusste, wie Golfplätze und Country Clubs aussahen, wenn auch nur in seiner Vorstellung. Weiße Sandstrände konnte er sich bis zum Himmel ausmalen. Er musste sie nicht erst auf den Seiten seiner Facebookkontakte sehen, von denen die meisten seiner alten Schule angehörten und sowieso schon halb vergessen waren. Das würde ihn nur traurig machen.

Tom wollte kein Leben in Traurigkeit oder im Mangel. An den Schaufenstern zu kleben und sich die Sachen anzusehen, die er nicht hatte und nicht haben konnte, machte die Sache nur noch schlimmer. Also blieb er Schaufenstern komplett fern.

Es ist nun mal so, wie es ist.

Das sagte seine Tante immer, die Tante, die ihren Mann und ihre Tochter verloren hatte und nach New York gezogen war, um alles hinter sich zu lassen.

Es ist nun mal so, wie es ist, und ich werde das Beste draus machen.

In dieses Schaufenster wollte Tom gucken. Das war das Foto, auf dem er abgelichtet werden wollte. Das war das Leben, was er wollte – ein Leben ohne Kummer, ein Leben voll Optimismus. Und Freude.

Nur wenige Leute wussten, wie wertvoll Freude war. Und Tom gehörte dazu. Das zu wissen, war für ihn ein Schatz. Freude konnte man nicht kaufen oder machen. Freude konnte man nur geschenkt bekommen.

Auf dem Weg nach Hause, im lauten Schulbus mit seinen unbequemen Sitzen, kam ihm die Idee. Der einzige Weg, um gegen Ignoranz und Feindseligkeit zu bestehen, war, Freude zu zeigen.

Und dann kam ihm noch ein Gedanke. Ein so verrückter, dass er still vor sich hinlächeln musste.

Stecken geblieben

Kevin hatte Jenny für ihren Ultraschalltermin vorm Krankenhaus abgesetzt und sich dann einen Parkplatz gesucht. Einen
Augenblick lang blieb er sitzen und rang mit sich. Er wollte es
nicht wissen. Er hatte Angst vor der Wahrheit.

In ein Büro zu kommen und herauszufinden, wie es um seinen
Job und seinen Lebensunterhalt stand, war eine Sache. Aber es
war etwas ganz anderes, vor einem Arzt zu sitzen und zu erfahren,
welches Schicksal die beiden ungeborenen Kinder im Bauch ihrer
Mutter erwartete.

Er schloss die Augen.

„Herr, sei bei ihr. Und bei den Babys. Schenk uns eine gute
Nachricht. Lass es ihnen gut gehen. Vor allem Baby B."

Beim Aussteigen wehte ihm der kalte Wind auf dem Parkplatz
ins Gesicht. Er musste an Gregory denken. Wenn Gregory jetzt
hier wäre, würde Kevin ihn an der Hand nehmen und aufpassen,
dass er nicht vor ein Auto lief. Er wäre an seiner Seite und sein
Daddy würde ihn sicher zum Gehweg leiten.

Wie Gott seine Kinder.

So einfach war das.

Warum auch nicht?

*Ich halte dich an meiner Hand und laufe genau neben dir, Kevin.
Warum siehst du das nicht?*

Das Problem war nicht Gottes mangelnde Fürsorge, sondern
Kevins Stolz und sein Drang, alles unter Kontrolle zu haben.

*Ich bin ein erwachsener Mann, dem man nicht mehr das Händchen
halten muss. Ich sollte gefälligst nicht so panische Angst vorm Leben und
um die Zwillinge haben.*

Kevin versuchte, loszulassen und sich an das zu erinnern, was man ihm im Gottesdienst schon seit Urzeiten beigebracht hatte: Gott passte auf seine Kinder auf. Er konnte jede winzige Zelle der zwei kleinen Jungs in Jennys Bauch sehen. Er kannte schon ihre Namen, wie schnell ihre kleinen Herzen schlugen, wie lange sie leben würden und was sie mit ihrem Leben anfangen würden.

Aber ich habe Angst, Gott – schreckliche Angst.

Er versuchte, sich Gottes Hand vorzustellen, stark und fest. Eine Hand, die aufpasste, dass er nicht vor ein Auto lief. Die ihn nicht in sein Verderben rennen ließ, ihn fest und sicher hielt.

Aber ich habe deine Hand schon lange ausgeschlagen. Was kommt danach? Lässt du irgendwann los?

Manchmal lernte er Menschen kennen, deren Glauben wie eine warme Decke war, die sie vor kalten Winternächten schützte. Jennys Glauben war auch so – stabil, still und fest. Kevins Glauben war eher wie ein altes Laken, das von einem streunenden Hund zerfetzt worden war. Es war kaum noch da und hing in Stücken herunter.

Mit diesen Gedanken ging Kevin ins Krankenhaus und suchte Jenny. „Bitte, Gott", betete er, „lass alles gut werden." Sätze wie diesen sagte man genauso beiläufig wie „Guten Morgen" oder „Bis später". Sie waren wie Münzen, die man in einen Springbrunnen warf.

Kevin hoffte, dass sein Gebet zumindest ein wenig wertvoller war und dass Gott es trotzdem erhörte.

Eine Stunde später, als Kevin und Jenny gerade im Behandlungszimmer saßen, hatte er eher den Eindruck, sein Hilferuf wäre im Stau der Feiertagsgebete stecken geblieben. Er saß da, hielt Jennys Hand und sah ihre Tränen und ihren verzweifelten Blick. Nach außen hin versuchte er stark zu sein, aber ihm war bewusst, dass er das nur für sie tat. Sein Gefühl sagte ihm, er müsse Jenny davon überzeugen, dass er diese entsetzliche Angst nicht hatte.

Sie hatten die schlimmstmögliche Nachricht bekommen.

Baby B wuchs nicht.

Sie hatten darauf gehofft, dass Baby B eben ein Nachzügler sei, aber die Messungen sagten etwas anderes. Der Gewichtsunterschied zwischen A und B war noch größer geworden. Selbst Dr. Kalchbrenner, der sonst immer den Optimisten herauskehrte, schien besorgt zu sein. Man merkte, wie er jedes seiner Worte genau überlegte.

„Wir haben ja bereits darüber gesprochen, aber da Sie eine Fruchtwasseruntersuchung abgelehnt haben, können wir einige Dinge nicht ausschließen. Wir könnten allerdings noch immer eine durchführen, wenn Sie möchten."

„Nein", erwiderte Jenny sofort. „Wir haben beschlossen, dass ... jetzt haben wir so lange ohne durchgehalten."

„Das verstehe ich", sagte der Arzt geduldig. „Aber Sie hätten dann Gewissheit."

Die beiden hatten sich gegen einen Fruchtwassertest entschieden, weil dabei das Risiko bestand, den Babys zu schaden. Warum alles aufs Spiel setzen, wenn es sowieso nichts änderte? Sie würden diese Kinder bekommen und nichts konnte sie davon abbringen.

„Natürlich kann es nach wie vor der Fall sein – und das ist sogar recht wahrscheinlich –, dass die beiden Föten gesund und normal sind, nur dass der eine etwas kleiner ist", sagte Dr. Kalchbrenner. „Ich selbst bin schon mein ganzes Leben unter Durchschnitt. Ich bin kleiner als die meisten, ich weiß also, wovon ich rede. Es ist nur so: Wenn bei Zwillingen ein solcher Größenunterschied auftritt, dann machen wir uns Gedanken, dass es auch andere Gründe haben könnte. Es kann alles in Ordnung sein, aber es könnte auch ein Problem mit der Plazenta geben und damit, wie viel Sauerstoff Baby B bekommt. Und es kommt auch eine Chromosomenanomalie infrage."

Jenny schüttelte den Kopf. Tränen kullerten ihre Wangen hinunter. Sie sah Kevin an, der mit den Lippen „alles wird gut" formte.

„Und was bedeutet das?", fragte sie mit zittriger Stimme. „Heißt das, dass sie bald geholt werden müssen?"

„Wir möchten Sie ab jetzt gern einmal pro Woche sehen, um genau beobachten zu können, wie es den Babys geht."

Augenblick.

„Also kann es jeden Tag so weit sein?"

Der Arzt redete weiter mit ruhiger Stimme und ernstem Tonfall darüber, dass sie sicherstellen wollten, alles Menschenmögliche für die Babys zu tun. Er sprach über seltene Fälle, in denen ein Fötus sich zurückentwickelt und das Leben des anderen in Gefahr bringt.

Das heißt, das Undenkbare ist möglich …

Sie machten einen Termin in einer Woche, damit Jenny und die Babys wieder untersucht werden konnten. Falls sich irgendetwas tat, sollten Kevin und Jenny auch gern früher kommen. Der Arzt ging kurz hinaus, um ihnen etwas Zeit zu geben. Kevin nahm Jenny in den Arm.

„Die beiden schaffen das schon", flüsterte er.

„Und was, wenn doch irgendwas passiert?"

„Keine Angst." Er streichelte ihr über den Rücken und versuchte, so optimistisch wie möglich zu wirken. „Es wird alles gut werden."

„Ich habe aber Angst."

Kevin hielt sie im Arm und wusste genau, was sie meinte. Er wollte nichts lieber tun, als die beiden Babys zu beschützen und aufzupassen, dass es ihnen gut ging. Ihren Verlust, fürchtete er, würde Jenny nicht verkraften.

Und Gott, du weißt, dass ich dann nicht stark genug bin, für sie da zu sein.

Kevin wollte daran glauben, dass jemand seine Hand hielt, der alles unter Kontrolle hatte. Sehr sogar. Aber er hatte dieses ungute Gefühl zu fallen.

Brüchig

Der Mann im abgewetzten Arbeitsoverall, der Lynn gegenüberstand, war so vernünftig und großzügig gewesen, sie vor einem Jahr in den Wohnwagen ziehen zu lassen. Aber Lynn wusste, dass auch seine Großzügigkeit ihre Grenzen hatte. Mr Sinclair war ein zäher Bursche. Das konnte sie an seinem Blick sehen. Er kannte sich mit Menschen aus. Sie brauchte gar nicht erst mit ihm zu diskutieren. Schon bevor sie am Morgen vor seiner Tür aufgetaucht war, um über die Miete zu reden, hatte er bestimmt mit so etwas gerechnet.

„Ich bin Ihnen für alles dankbar, was Sie getan haben", sagte Lynn.

Die Furchen in seiner Stirn blieben. „Hab überhaupt nichts getan. Wusste nur nicht, dass in dem alten Kasten so viel Arbeit drinsteckt. Vielleicht hätte ich es mir dann noch mal überlegt."

„Wir sind froh, dass Sie es nicht getan haben."

„Ich kann bis zum ersten Januar warten, aber dann brauche ich das Geld."

Lynn nickte. „Ich verstehe."

„Wollte mir die ganze Zeit schon mal den Wohnwagen vorknöpfen, aber hab's nie geschafft. War einfach das Geld nicht wert. Aber so ganz ohne Miete geht es auch nicht."

„Sie bekommen Ihr Geld", beteuerte Lynn.

Sie hatte Mr Sinclair nicht die ganze Wahrheit gesagt. Nur, dass die Miete dieses Mal später kommen würde und sie es wahrscheinlich nicht bis zum Monatsende schaffte. Dass sie auf einmal ohne Job dastand, hatte sie ihm verschwiegen.

Weil ich bis dahin hoffentlich etwas Neues gefunden habe.

„Ihr Junge hat nach Arbeit gefragt. Er kriegt Bescheid, sobald ich etwas habe."

Sie konnte es nicht glauben. Nicht, dass Tom bei Mr Sinclair nachgefragt hatte, sondern dass es so schnell gegangen war.

„Danke schön", sagte sie.

„Gar nicht so leicht, eine Familie zu ernähren, was?"

Sie schüttelte den Kopf. Er hatte nie nach ihrem Hintergrund gefragt. Weder, ob es da noch Verwandte gab oder wo ihr Mann war oder sonst irgendetwas. Mr Sinclair hatte nur gesehen, dass sie Hilfe brauchte.

Lynn war schon am Gehen, da rief er ihren Namen. „Kleinen Augenblick."

Er verschwand und kam mit einem eingepackten Karton wieder. „Ist ein Weihnachtsgeschenk."

„Nein ... bitte, wir müssten Ihnen doch Weihnachtsgeschenke machen."

„Ach, ist nichts Besonderes. Liz wollte Ihnen ein bisschen Marmelade schenken. Hoffe, Sie mögen Marmelade, der Karton ist nämlich voll davon. Sie macht das alles selbst. Sind bestimmt zwölf Gläser drin."

„Danke. Ja, wir lieben Marmelade."

„Ich auch. Ist nicht das tollste Weihnachtsgeschenk, aber ..."

„Ihre Geduld ist uns Geschenk genug", sagte Lynn. „Vielen Dank."

Es geschah nicht ohne Grund, dass Lynn mit ihren Kinder nie zu den Verwandten in Greer fuhr. Ihre Eltern lebten beide nicht mehr und ihre jüngere Schwester war nach New York gezogen. Ihr älterer Bruder Jesse war der Einzige, der noch übrig war. Und das war das Problem.

„Warum willst du ihn eigentlich nie besuchen?", hatte Tom letztens gefragt.

Die Frage war berechtigt, hatte aber jede Menge schlechte Erinnerungen geweckt. Bisher hatte sie immer gesagt, dass sie den

Kontakt zu ihrem Bruder verloren hatte, aber Tom kaufte ihr das nicht mehr ab.

„Und was, wenn mal was passiert?"

„Was soll denn passieren?"

„Na, wenn du keinen Job mehr findest? Wenn wir hier nicht mehr wohnen können? Was, wenn wir zu ihm ziehen müssen?"

„Kommt nicht infrage."

Sie würde lieber nach Georgia zurückkehren, als plötzlich bei ihrem Bruder vor der Tür zu stehen. Nachdem sie erfolglos versucht hatte, Tom die Gründe klarzumachen, beschloss sie, es ihm einfach zu zeigen. Schließlich wollte sie, dass er diesen Teil ihres Lebens verstand, diesen Teil seiner Familie.

Auf der anderen Seite dachte sie darüber nach, ob Tom vielleicht recht hatte. Was, wenn sie die Dezembermiete tatsächlich nicht bezahlen konnten? Wenn der Januar kam und sie immer noch im selben Schlamassel steckten? Wohin würden sie dann gehen?

Manchmal bleibt einem nichts anderes übrig. Also luden sie sich bei Onkel Jesse zum Abendessen ein.

Es dauerte ungefähr zehn Minuten, bis sie merkte, dass keine zehn Pferde sie je wieder in dieses Haus bringen würden.

Onkel Jesse hatte zwei Pitbulls, die so rasend waren, als ob sie Tollwut hätten. Sie kläfften den ganzen Besuch über, ununterbrochen. Jesse sagte nicht viel zu den Hunden, abgesehen von ein paar Flüchen, die er dann und wann in ihre Richtung ausstieß. Die beiden waren in entgegengesetzten Ecken des Hofes angeleint, auf dem sich Müll und Autoteile stapelten. Lynn war sich nicht sicher, ob die Hunde sich gegenseitig anbellten oder gemeinsam gegen ihre Anwesenheit protestierten. Sie waren mit alten Schnittwunden und Kratzern übersät, woraus sie schloss, dass ihr Bruder sie wohl zu Kämpfen mitnahm.

Nichts konnte sie bei Jesse überraschen. Überhaupt nichts.

Aber dann belehrte er sie eines Besseren.

„Willst du meine Gatlingkanone sehen?", fragte er Tom.

Das Abendessen war noch nicht fertig und sie waren alle in der Küche, in der es nach Hühnchen und gebratenen Okraschoten roch. Jesses zwei Kinder waren jünger als Tom und Sara. Sie hatten nur kurz Hallo gesagt und waren gleich wieder im Wohnzimmer verschwunden, um fernzusehen. Tom und Sara blieben in der Küche, wo Onkel Jesse und Tante Susan so taten, als wären sie wahnsinnig vertraut mit den beiden. Sie sprangen beiläufig von einem Thema zum nächsten.

Als Jesse das Gewehr erwähnte, tat Tom so, als wäre er nicht sicher, ob er richtig verstanden hätte.

„Na kommt schon. Ich zeig sie euch."

Im Hof, wo alte Reifen, Motorteile, Autotüren und sonstige Teile von längst verblichenen Autos zeugten, stand ein windschiefer Schuppen. Daneben, unter einer mit Holzscheiten beschwerten und mit einem Strick befestigten Plane, stand ein alter VW auf vier Betonsteinen.

„Zuerst zeig ich euch mal ein nettes kleines Projekt von mir", meinte Jesse.

Er ging voraus in den Schuppen, der noch mehr vollgerümpelt war als der Hof. Wenn Lynn nicht mit dem rundlichen, kahl werdenden Mann aufgewachsen wäre, dessen Jeans immer wieder herunterrutschen wollte, hätte sie sich nie mit ihm in einen Holzschuppen getraut. Aber Jesse war harmlos. Na ja, bisher zumindest.

„Das habe ich letztens erst gebastelt. Hier."

Knapp über der oberen Türkante hing eine Rattenfalle neben einem gut sichtbaren Loch in der Wand. Ein Faden ging vom Draht der Falle am Holz entlang und durch einen Schlitz nach draußen.

„Das wird 'ne hübsche Überraschung geben."

„Was ist das?", fragte Sara und betrachtete die eigenartige Konstruktion.

„Meine Falle. Vor Kurzem hat irgendjemand die Reifen von meinem Volkswagen geklaut und ich glaube, die kommen wieder. Für die Frontscheibe."

„Und wofür ist die Rattenfalle?", fragte Lynn und wollte die Antwort eigentlich gar nicht hören, aber war zugleich irgendwie fasziniert davon.

Jesse kratzte sich am Bauch, wo das T-Shirt zu Ende war. Lynn fragte sich, ob das hier wirklich passierte, ob sie tatsächlich mit diesem Mann verwandt war und ob er absichtlich den Hinterwäldler spielte.

„Hab ein Loch in den Sparren gebohrt und die Falle angenagelt. Das Loch ist groß genug für 'ne Patrone und zeigt genau auf den VW. Ist grad eine drin, Kaliber 12, allzeit bereit. Hab sie mit Steinsalz und Tätowiertinte gefüllt. Der Faden da ist am Auslöser dran. Und der geht bis zu meinem Fenster. Der Dieb soll ruhig noch mal kommen. Ich tätowier ihm ordentlich den Hintern, damit ich weiß, wer das ist."

„Jess", sagte Lynn und starrte ihren Bruder ungläubig an.

„Was ist?" Er sah aus, als könnte er ihre Bedenken überhaupt nicht nachvollziehen.

„Das heißt, das Ding könnte losgehen? Jetzt?"

„'türlich. Wenn ich dran ziehe."

„Und wenn es jemand aus Versehen auslöst? Eins der Kinder?"

„Quatsch. Ja, ja, die kleine Lynn. Macht sich gleich wieder in die Hose." Er kicherte mit einer hohen Stimme, die wie bei einem Teenager klang.

Er ist immer noch dreizehn und kein Stückchen reifer geworden.

„Warum hetzt du ihm nicht einfach die Polizei auf den Hals?", fragte sie.

„Hier geht's ums Prinzip."

Lynn nickte nur.

„Und wenn das Ding nicht funktioniert, hole ich eben die große Wumme."

Und tatsächlich, in einer Ecke des Schuppens stand ein Gatlinggeschütz wie eine kleine Kanone auf Rädern. Die Läufe waren lang, der Griff sah aus, als käme er direkt aus dem Film *Terminator*. Wenn man sich das Klebeband wegdachte.

„Damit dürfte es dann klappen", meinte Jesse und erklärte ihnen in gepfefferter Sprache, wie er den verdammten Eindringling über die Wiese pfeffern würde.

„Sag mir bitte, dass die nicht geladen ist."

Jesse schüttelte den Kopf und zeigte ihnen einen Blecheimer voller Geschosse, die so lang waren wie Lynns Hand.

Das festigte endgültig ihren Entschluss, nie, *niemals* bei Jesse und seiner Familie einzuziehen. Sie fragte sich, ob sie jemanden anrufen sollte. Die Behörden zum Beispiel. Oder die Männer mit der Zwangsjacke. Später, als sie am Tisch saßen, fiel Lynn die ausgehöhlte Kokosnuss mitten auf dem Tisch auf.

Erst eine Rattenfalle mit Schrotmunition, dann ein Gatlinggewehr, und jetzt eine Kokosnuss als Tafelaufsatz?

„Wir wollen Fred danken", sagte Jesse und zwinkerte Lynn zu. Dann betete er. „Hühnchen im Bauch, wir wolln auch. Amen."

Lynn warf einen Seitenblick auf Sara, die ihren Onkel anstarrte, als käme er von einem anderen Stern. Tom sah anders aus – völlig verunsichert.

„Und wer ist bitte Fred?", fragte Lynn.

„Ich bin Fred, du Nuss", sagte Jesse, ohne seine Lippen zu bewegen und zeigte auf die Kokosnuss, als wäre er der schlechteste Bauchredner aller Zeiten. „Er ist der Kopf der Tafel. Hier, komm mal auf meine Seite und sieh dir das Gesicht an."

Tatsächlich, Fred, die sprechende Kokosnuss, der sogenannte Kopf der Tafel, hatte ein aufgemaltes Gesicht.

Lynn sah Tom an und fragte sich, ob er genug gesehen hatte. Ob er endlich kapierte, warum sie keine Sekunde in Erwägung gezogen hatte, zu diesem Mann zu ziehen. Der Wahnsinn hatte einen Namen und er fing mit *J* an.

Die halbe Heimfahrt kamen die drei aus dem Lachen nicht heraus. Sie lachten so sehr, dass Lynn langsamer fahren musste, weil ihr die Tränen kamen.

„So, jetzt wisst ihr Bescheid", sagte sie, als sie sich endlich gefangen hatte.

„Worüber?", fragte Sara.

„Warum wir nicht zu Onkel Jesse gezogen sind."

„Wieso?", sagte Tom voller Ironie. „Wäre doch total super, dort zu wohnen."

„Ja, wenn du gepfeffert werden willst."

Das Lachen fing von vorne an.

„Warum will jemand die Scheibe von dem Auto klauen?", fragte Sara.

„Die Menschen stehlen alles", antwortete Lynn. „Aber ich kann mir nicht vorstellen, dass jemand auf Jesses Grundstück geht, weil er nach etwas Wertvollem sucht."

„Ich habe ein paar Reifen gesehen", meinte Tom. „Die sahen ganz neu aus. Vielleicht sollten wir heimlich hinfahren und sie klauen. Wir könnten sie gebrauchen."

„Hier gejt's omms Prinnziip", äffte Lynn den Akzent ihres Bruders nach.

„Warum redest du eigentlich nicht so?", fragte Tom.

„Weil ich mir Mühe gebe. Oder vielleicht, weil euer Vater mich vor einem Leben hier gerettet hat."

„Wie hat er dich gerettet?", wollte Sara vom Rücksitz aus wissen.

Lynn seufzte und merkte, dass das Lachen eine gute Medizin gegen die letzten Tage gewesen war.

„Die Familie eures Vaters … nun, sie waren sehr arm. Die hatten überhaupt nichts. Ich habe seinen Papa nie lächeln sehen. Und nüchtern war er auch nie. Als wir zusammenkamen, versprach mir Daryl, er würde mir die große weite Welt zeigen."

„Und wo seid ihr dann hin?"

„Nach Georgia." Lynn musste lächeln. „Atlanta war die große weite Welt, jedenfalls für euren Vater. Außerhalb von Greer in

South Carolina fing die Welt an. Er wollte nicht so enden wie sein Vater. Oder wie meine Familie."

„Und warum hat's dann nicht geklappt?", wollte Tom wissen.

„Tom …" Es war nicht die Frage, die Lynn ärgerte, sondern der Tonfall.

Tom sah sie vom Beifahrersitz aus schweigend an und wartete auf eine Antwort.

„Dein Vater war wirklich anders. Er war nicht so wie die anderen."

Ein paar Sekunden lang sah sie still in den Lichtkegel, mit dem die Scheinwerfer die Wildnis durchtrennten. Hier gab es keine Laternen, hier sagten sich Fuchs und Hase Gute Nacht. Aus diesem dunklen Nirgendwo war sie einst geflohen.

Aber dann hat uns die Dunkelheit gefunden. Sie ist uns gefolgt und hat uns gefunden.

„Als ich deinen Vater kennenlernte, war er dir gar nicht mal so unähnlich."

„Wie denn?"

„Na ja, er war einfach … ach, in vielen Dingen."

„Und was …"

„Was dann passiert ist?", beendete sie für ihn die Frage. „Ich weiß es nicht. Manchmal kommen wir eben nicht weg von unseren Wurzeln. Oder wir schaffen es, aber können trotzdem nicht ändern, wer wir im Kern sind."

„Heißt das, ich werde so wie Dad? Oder Onkel Jesse?"

„Nein", erwiderte Lynn schnell. „Das heißt nur, dass Umziehen nicht immer alle Probleme löst."

Selbst im dunklen Wageninneren konnte Lynn sehen, wie Tom sie mit diesem *Ach-nee*-Blick ansah.

„Also war er nicht immer so?", fragte er.

Lynn sah im Innenspiegel, wie Sara aufmerksam zuhörte.

„Wie denn?"

„So gemein."

„Nein. Dein Vater war nicht immer so. *Sein* Vater schon. Das war der fieseste alte Gauner, den ich je gesehen habe. Deswegen wollte dein Vater ja weg. Von seiner Familie, von meiner Familie. Weg von dem ganzen Wahnsinn."

„Und was ist dann passiert?"

Lynn hielt an einem Stoppschild und überlegte.

„Manchmal ist das Leben schwerer, als man es sich vorgestellt hat, wenn man einmal erwachsen ist."

„Ich will überhaupt nie erwachsen werden", sagte Sara plötzlich.

„Ja, das ist ziemlich beknackt, oder?"

„Nein", meinte Tom. „Wenn hier einer beknackt ist, dann Dad."

Sie tippte ihm aufs Bein. „Dein Vater ist kein schlechter Mensch. Er ist nur … es sind eben harte Zeiten. Und er ist nicht anders als wir. Mit Fehlern und Schwächen. Manch einem fällt es schwer, sich helfen zu lassen."

„Mom – wie kannst du nur so reden, nach allem, was passiert ist?", fragte Tom.

„Gehen wir zurück nach Hause?", fügte Sara hinzu.

„Nein. Ich bin nur … nein, Sara, wir gehen nicht zurück nach Hause. Wir … uns fällt schon was ein. Vielleicht müssen wir umziehen."

„Zu Onkel Jesse?"

„Nein. Dahin definitiv nicht."

„Und wohin dann?"

„Ich weiß es nicht. Aber ich möchte lieber nicht bei jemandem wohnen, der Pitbulls und ein Gatlinggewehr hat."

Sie erreichten ihren Wohnwagen, eine schwarze Kiste, die eher wie ein einsamer Eisenbahnwaggon abseits der Schienen aussah. Bevor Lynn den Motor abstellte, drehte sie sich zu ihren Kindern um.

„Ich möchte, dass ihr mir jetzt gut zuhört. Ihr sollt euren Vater nicht hassen. Wir haben alle unsere Fehler und Gott arbeitet an jedem von uns. An mir, an dir, an Sara und an euerm Vater."

„Wird Daddy besser werden?", fragte Sara.

„Wenn man älter ist, ändert man sich nicht mehr so leicht", sagte Lynn. „Ich weiß nicht, warum. Manchmal muss man erst ganz unten ankommen, bis einem manche Dinge klar werden. Und … manche Leute ändern sich nie."

„Meinst du, dass er sich ändert?", fragte Tom.

„Ich weiß es nicht. Ich weiß es wirklich nicht."

Dougs Fahrradladen

Er fühlte sich wie ein Motivationsposter, das die Seiten gewechselt hat.

Kevin erinnerte sich noch gut an die Poster in der Firma, in der er vor Jahren gearbeitet hatte. Deren Design war nicht nur so simpel, dass er und seine Kollegen es heute im Halbschlaf hätten entwerfen können. Es standen auch noch platte Klischees darauf wie: „Manche Menschen träumen vom Erfolg … andere wachen auf und klemmen sich dahinter." Dazu gehörte dann noch ein rührendes, prägnantes Bild wie das Grün auf einem Golfplatz, auf dem der Morgentau noch glänzte, oder eine Schiffsmannschaft, die ihr Schiff durch einen Sturm brachte.

Er saß in seinem Büro, surfte auf einer lustigen Antimotivationsseite und suchte etwas zum Lachen. Das war eins seiner Ventile. Der Humor war niveaulos, aber manchmal half es. Da gab es das Plakat über Ehrgeiz, auf dem stand: „Auch der erste Schritt kann schon in die falsche Richtung gehen." Darüber war ein Fisch abgebildet, der flussaufwärts einem Bär entgegenschwamm.

Das ist nicht nur witzig, es stimmt auch noch.

„Nicht jeder kann Astronaut werden", zum Bild eines Mannes bei McDonald's, der Pommes machte.

Oder sein Lieblingsplakat: „Der größte Loser hat eins von diesen ‚Du bist ein Gewinnertyp'-Postern", mit einem Foto, auf dem viele Hände eine Siegertrophäe in die Höhe reckten.

Manchmal arbeitete man sich halb zu Tode und trotzdem kam nichts dabei heraus. Es wäre zu schön, wenn das Leben nach Schema F funktionieren würde, aber je älter Kevin wurde, desto mehr verstand er die Idee hinter dem Motto „Das Leben ist nicht fair". Das war nicht nur ein ganz nützlicher Spruch, wenn man einem Kind erklären musste, dass das tolle Fahrrad im Laden stehen bleiben musste. Das Leben war wirklich nicht fair.

Welchen Grund habe ich überhaupt, mich zu beschweren?

Wenn er sein Büro nicht verließ, dann, ja, dann hatte er Grund zu meckern. Er könnte über die Kundschaft reden, die ihm wegbrach, oder über die unbezahlten Rechnungen der Kunden, die noch geblieben waren. Er könnte sich darüber aufregen, dass er womöglich seine Mitarbeiter entlassen oder gar die ganze Firma dichtmachen musste, die er Stück für Stück aufgebaut hatte.

Aber wenn er sich von seinem bequemen Ledersessel erheben und nach draußen gehen würde, dann würde sich seine Perspektive ändern. Er würde nicht weit laufen müssen, um jemanden zu finden, der noch verletzter, ängstlicher und verzweifelter war als er.

Wie seinen Kumpel Seth zum Beispiel, der nach vierzehn Jahren Ehe nicht nur eine schwere Scheidung durchmachen musste, sondern zugleich auch noch arbeitslos geworden war.

Oder Ray, der in derselben Situation steckte, nur mit Kindern.

Er musste zugeben, es könnte schlimmer sein. So lange er in diesen vier Wänden steckte, auf den Bildschirm starrte und die Stimmen in seinem Kopf widerhallten, war es nur eine Frage der Zeit, bis die Sorgen überhandnahmen. Aber sobald er aufstand und das Leben um sich herum wahrnahm, sah er nicht nur Verzweiflung, sondern auch Hoffnung. An den unscheinbarsten Orten.

Oscar war so ein Kandidat. Der gute alte Oscar, der wahrscheinlich noch nicht einmal wusste, wie ein Motivationsplakat aussah.

Oscar war ein älterer Afroamerikaner, knapp einsneunzig groß, mit einer Reibeisenstimme wie ein Bluessänger. Er trug das ganze Jahr über einen Wollmantel. In seinen Taschen hatte er stets Kaugummi für die Kinder auf der Straße. An den Kaugummistreifen klebten nicht nur Fusseln, sie waren auch noch eigenartig verformt, weil Oscar darauf saß oder schlief. Aber die Kinder kauten sie trotzdem.

Oscar trieb sich gern im Zentrum von Greenville herum, und man konnte ihn stets schon von Weitem sehen, weil er wie ein dunkles Haar in der Milch einfach herausstach. Es konnten dreißig Grad im Schatten sein – Oscar trug seinen Wollmantel. Er schien nicht der Typ, der viele Freunde hatte, aber jeder kannte ihn. Und niemand legte sich mit ihm an.

Kevin war gewohnt, Oscar hier und da zu sehen, mal vor einem Kino oder an der Ecke bei *Tony's* Eisdiele. Aber sein Lieblingsplatz war anscheinend *Dougs Fahrradschmiede*. Dort hatte er ihn auch zum ersten Mal wahrgenommen. Der Eigentümer des Geschäfts hatte Oscar hereingebeten, um die Kundschaft mit ein paar Witzen zu unterhalten. Sie waren nicht immer lustig, aber es gefiel den Leuten.

Vor ein paar Monaten hatte Oscar angefangen, eine Straßenzeitung namens *StreetSounds* zu verkaufen, die er in Greenville mitgegründet hatte. Alle vier Wochen kam eine neue Ausgabe heraus und der Erlös kam den Obdachlosen oder ehemals Obdachlosen zugute. Zugleich wurde die Öffentlichkeit über ihre Bedürfnisse informiert.

Kevin wurde bewusst, wie sehr sich Oscars Leben von seinem unterschied. Er hatte eine Familie, ein Haus, ein Büro und einen Job. Alles Dinge, die ein Mann scheinbar brauchte. Aber Oscar schien es nicht sonderlich zu stören, dass er nichts davon hatte.

Vielleicht liegt es ja daran, dass Oscar Freunde hat und einen unerschütterlichen Optimismus.

Kevin wusste nicht, ob Oscar an Gott glaubte, aber es war gut möglich.

Was würde ich für Oscars Lebenseinstellung geben. Er hat sogar genug Kraft, um in einer Stadt wie Greenville so etwas wie StreetSounds *auf die Beine zu stellen.*

Manchmal konnte etwas so Simples wie eine Obdachlosenzeitung der Funke für etwas anderes sein. Etwas Größeres und Tiefgreifenderes.

Hoffnung. Einfach Hoffnung.

Vielleicht konnte Kevin ja Oscars Gehirn anzapfen? Womöglich würde ihm ja ein Slogan einfallen, der nicht so abgedroschen klang wie die Mottos der Motivationsplakate und nicht so zynisch wie die Sprüche der Webseite. Vielleicht hatte er einen weisen Satz parat, nach dem er selbst sein Leben ausrichtete.

Oder er und Oscar konnten einen Vertrag machen und Oscarismen verkaufen. Einen Dollar fünfundzwanzig, noch billiger, als einen Platten bei *Doug's Fahrradschmiede* flicken zu lassen.

Kevin beschloss, für heute das Büro Büro sein zu lassen. Er schaffte sowieso nicht viel mehr als Grübeln. Seine Versuche, neue Kunden an Land zu ziehen, waren allesamt gescheitert. Irgendwie machten alle dicht, wenn der 1. Dezember im Kalender erschien.

Es musste doch noch etwas anderes geben, was er tun konnte. Da fielen ihm die Geschenke ein, die er noch für einen Jungen namens Tom besorgen sollte.

Das war doch ein guter Zeitvertreib.

Kevin hatte immer noch Oscar im Hinterkopf, als er die Basketballschuhe von Nike aussuchte. Er wollte aufs Ganze gehen mit seinen Geschenken und keine halben Sachen machen.

Ja, meine Firma geht den Bach runter, aber noch ist sie da, und mein Kreditrahmen ist auch noch nicht ausgeschöpft. Also sei still, schlechtes Gewissen.

Nike Air Jordans hatte er selbst nie getragen, also wusste er nicht, ob sie wirklich so tolle Basketballschuhe waren. Aber der Kleine hatte sich ein Trikot von den Chicago Bulls gewünscht, also blieb ihm nichts anderes übrig, oder? Schuhe, wo *Kobe* oder *LeBron* draufstand, die falschen Basketballstars, kamen jedenfalls nicht infrage.

Als er mit dem ersten Paar Schuhe, das er dieses Jahr kaufte und noch nicht einmal selbst tragen würde, zur Kasse ging, hörte er seinen Namen. Er drehte sich um und sah Bruce Helton auf sich zukommen.

„Hey, Mann", sagte Kevin.

Bruce war früher der Jugendpastor in ihrer Gemeinde gewesen. Vor Kurzem hatte man ihn zum stellvertretenden Pastor für irgendwas befördert.

Vielleicht würdest du es wissen, wenn du öfter, äh, überhaupt mal zum Gottesdienst gehen würdest.

Bruce war in Kevins Alter und hatte vor ein paar Jahren für ein Gemeindeprojekt mit Precision zusammengearbeitet. Sie hatten ein paar Mal zusammen zu Mittag gegessen und darüber geredet, irgendwann einmal mit den beiden Familien etwas gemeinsam zu unternehmen. Aber im Leben gab es viele „Irgendwanns".

„Wie geht's Jenny?"

„Sie schlägt sich so durch. Jeden Tag wird es anstrengender."

Er dachte daran, den letzten Arztbesuch zu erwähnen, aber das war sehr viel Information für eine zufällige Begegnung in einem Sportgeschäft.

„Und wann hat sie noch mal Termin?"

„Na ja, vierzig Wochen, da haben wir es eigentlich Mitte Februar, aber die Ärzte sagen, es wird wahrscheinlich früher."

„Alle Achtung. Zwillinge. Da bist du aber früh dran mit der Sportlerkarriere."

Zuerst verstand Kevin nicht, was Bruce meinte, aber dann fielen ihm die Schuhe ein, die er in der Hand hielt. Er überlegte, Bruce von dem Wunschzettelbaum zu erzählen, aber dann kam es ihm zu angeberisch vor.

Weißt du, ich bin zwar selten im Gottesdienst und spende auch fast nie, aber hier, sieh dir diese tollen Schuhe an, die ein Junge von mir kriegt, den ich noch nicht mal kenne.

„Stimmt", meinte Kevin und versuchte, seine Gedanken wieder einzufangen. „Für den anderen habe ich Fußballschuhe gekauft. Ich gehe eben auf Nummer sicher."

Während sie erzählten, wartete Kevin die ganze Zeit darauf,

wann er kommen würde, der unausweichliche Satz: „Ihr wart schon länger nicht mehr da." Aber er kam nicht. Bruce tat so, als hätten sie gestern erst das gemeinsame Projekt gestemmt und wären auf dem Weg zum gemeinsamen Mittagessen und Plausch über ihre Familien.

„Erinnerst du dich noch an den Missionseinsatz, den ich vor ein paar Jahren in Äthiopien gemacht habe?", fragte Bruce.

Den, bei dem ich zuerst meinte, ich würde mitkommen?

„Ja, natürlich", sagte Kevin.

„Nächstes Jahr fahre ich noch mal hin."

Kevin wartete wieder auf den Satz, die Frage, die Einladung.

Wir kriegen bald Zwillinge und meine Firma steht am Abgrund. Ich kann nirgendwohin.

„Eigentlich wollte ich dich deswegen anrufen", sagte Bruce.

Jetzt kommt er.

„Ich plane da nämlich ein Projekt, bei dem ich dich und dein Team echt gut gebrauchen könnte. Und zwar einen Film."

Kevins Herz blieb kurz stehen, als hätte jemand eine lärmende Rassel endlich fallen gelassen. Er fühlte sich nicht nur dumm, sondern auch beschämt. Sein Gesicht wurde heiß und rot zugleich.

„Cool, ihr macht also einen Film?"

„Ja, so was in der Art. Wollen wir demnächst mal wieder Mittag essen? Ich würde total gern wieder mit dir zusammenarbeiten."

Arbeiten. Wieder.

„Sehr gern", sagte Kevin. „Schreib mir einfach eine Mail. Oder du kontaktierst mich über Facebook."

„Ich halte mich sowieso auf dem Laufenden, was euch betrifft."

„Wir laden bestimmt tausend Fotos hoch, sobald die Babys da sind."

Nachdem er sich verabschiedet hatte, rasten Kevin tausend Gedanken durch den Kopf. Seine letzte Begegnung mit Bruce war schon eine ganze Weile her. Und jetzt sah es so aus, als könnte es einen neuen Auftrag geben.

Noch ein Grund, mich endlich am Riemen zu reißen und wieder zum Gottesdienst zu gehen.

Beim Anlassen des Autos fiel sein Blick auf die Tüte, in der der Schuhkarton mit den sehr teuren Schuhen steckte.

Vielleicht waren sie es wirklich wert. Irgendwie.

Wäre schlecht

Die zwei Babywiegen standen Seite an Seite, wo früher sein Schreibtisch gewesen war. Das hier war sein ehemaliges Arbeitszimmer, und hier hatte Precision Design seinen offiziellen Anfang genommen, nachdem er sich selbstständig gemacht hatte. Das Kinderzimmer war im Prinzip fertig, auch weil Jennys Eltern viel geholfen hatten. Aber eine Sache fehlte noch.

Gerade gestern hatten sie sich wegen der Namen für die Jungen entschieden. Mark und Benjamin. Baby A war Mark und Baby B passenderweise Benjamin. Zur Feier des Tages war Jenny gleich losgefahren und hatte ein großes *B* und ein großes *M* gekauft, die sie über die Wiegen hängen wollte. Am liebsten wäre es ihr gewesen, wenn Kevin das gleich gemacht hätte, aber er hatte gezögert und gemeint, sie sollten das doch lieber ihrem Vater überlassen. Er war ein Perfektionist und bei ihm sah es am Ende meistens noch ein bisschen besser aus.

Aber eigentlich war das nur eine Ausrede gewesen.

Es gibt da noch einen anderen Grund, warum du die Buchstaben nicht an die Wand bringen willst, oder?

Es war spätabends und die Lampe auf der Wickelkommode brannte. Kevin saß in Jennys Schaukelstuhl, dem Ort, an dem sie so oft Gregory gestillt hatte. Er versuchte, sich die beiden Babys im Zimmer vorzustellen, aber es klappte nicht.

Du willst es einfach nicht.

Die Tür ging langsam auf und Jenny stand im Türrahmen. „Was machst du denn hier?", fragte sie.

Er wiegte den Kopf hin und her und zuckte die Achseln. „Nichts. Nachdenken."

„Über die Zwillinge?"

„Über alles."

Sie blieb in der Tür stehen und wartete, ob er darüber reden wollte. Jenny kannte ihn und wusste, dass er oft Redebedarf hatte, aber manchmal hatte er keine Lust, seine Gedanken zu teilen oder aufgemuntert zu werden.

„Weißt du, was ich an mir einfach nicht kapiere?", fragte er.

„Was?" Jenny kam herein und lehnte sich an eine der Babywiegen.

„Hier – setz dich", sagte Kevin und stand auf.

„Nein, geht schon."

„Komm. Du sitzt bald sowieso hier."

„Ja, ich weiß", sagte Jenny und ließ sich in den Schaukelstuhl sinken.

Einen Augenblick lang betrachtete Kevin die Wiege für Baby B. Für Benjamin. Für das Baby, über dem das hübsche große B hängen sollte.

„Manchmal frage ich mich, warum es mir so schwerfällt, optimistisch zu sein."

„Wegen Benjamin?"

„Ja. Und wegen … wegen allem."

„So bist du nun mal veranlagt."

Kevin sah sie an und nickte. „War ich denn schon immer so?"

„Glaub schon."

„Warum ist es einfacher, sich Sorgen zu machen, als auf ein gutes Ergebnis zu hoffen?", fragte Kevin in den Raum hinein und betrachtete das blaue *B*, das vor ihm an der Babywiege lehnte.

„Du machst dir also Sorgen", stellte Jenny fest.

Nein, Sorgen trifft es nicht. Ich habe eine Heidenangst.

„Ich mache mir einfach über alles Gedanken. Darüber, was passieren könnte, wenn dies oder jenes passiert oder eben nicht."

„Ich weiß", erwiderte Jenny. „Das kenne ich."

„Es tut mir leid", sagte Kevin, aber er sah Jenny dabei nicht an, sondern auf das Bettzeug in der Wiege.

„Was tut dir leid?"

„Das … na ja, das mit der Firma. Dass das gerade jetzt passieren muss …"

„Kev."

„Was?"

„Hör auf."

Sie hatte recht. Er fühlte sich überfordert und geriet in Panik.

„Alles wird gut", sagte sie sanft.

„Also, wenn dich eine Mutter, die Zwillinge erwartet und bei der die Hormone verrückt spielen, auffordert, ruhig zu bleiben, dann stimmt was nicht."

Jenny lachte. „Ich habe nicht ‚bleib ruhig' gesagt. Sondern dass alles gut werden wird."

„Ich weiß."

„Das glaube ich wirklich. Ich bin mir sicher, dass Gott auf uns aufpassen wird. Ohne diese Gewissheit müsste ich mir ja den ganzen Tag nur Sorgen machen."

So wie ich.

„Mich ärgert nur, dass das genau mit den Problemen bei Precision zusammenfällt …"

„Das soll eben so sein", sagte Jenny.

Er lächelte und gab ihr einen Kuss auf die Stirn. Dann half er ihr aufzustehen.

„Ich bin müde", meinte sie. „Und du siehst fertig aus. Komm, wir gehen schlafen."

„Wenn eine müde Mutter mit Zwillingen im Bauch einem sagt, dass man fertig aussieht, dann stimmt was nicht."

„Hör mit diesem ‚Dann stimmt was nicht'-Quatsch auf. Hör auf mit den negativen Gedanken."

Das sagst du so leicht.

„Mach dir keinen Kopf, ja?", fügte sie hinzu. „Das wird schon alles werden."

Jenny ging und im Zimmer herrschte wieder Stille. Kevin versuchte sich vorzustellen, wie sie jeder ein Baby im Arm hielten und Gregory herumflitzte und Schnuller, Feuchttücher, Windeln und Spucktücher holte. Er dachte an kleine runde Bäckchen, die noch ohne jede Angst und Sorgen lächeln konnten und einfach nur bei Mami oder Papi sein wollten.

Einen Augenblick hatte er das Gefühl, sein Herz würde mitten im Raum schweben.

Herr, bitte sei bei den beiden Jungs.

Es war schon lange her, dass er sich die Zeit genommen hatte zu beten. Ewigkeiten.

Kevin hoffte, dass Gott nicht die Tage gezählt hatte.

Gemeinsame Bande

Tom lag wach. Er musste die ganze Zeit an das Spiel denken. Sie hatten knapp gegen Wake Forest verloren, ein Basketballteam, das die Tar Heels hätten schlagen können. Haushoch. Aber sie hatten nicht gut gespielt, heute nicht.

Bei Spielen wie diesem juckte es ihm in den Fingern. Er wollte der Spieler mit dem Ball in der Hand sein, wenn nur noch zehn Sekunden zu spielen waren und seine Mannschaft zwei Punkte hinten lag.

Er wollte derjenige sein, der den Dreipunktewurf versenkte.

Sofort entstand vor seinem inneren Auge die Szene. Tom fing an zu träumen. Da merkte er zum ersten Mal seit Langem, dass ihm sein Vater fehlte.

Okay, er war ein mieser Kerl. Egal ob er betrunken war oder nicht, zärtlich oder warmherzig hatte er ihn noch nie erlebt. Aber er liebte Sport und vor allem das Team der Universität von North Carolina. Während seiner Zeit in der Highschool und am College war er selbst Aufbauspieler gewesen. Deswegen liebte er es so, sich im Sessel zurückzulehnen, das Spiel lauthals zu kommentieren, Bier zu trinken und ordentlich zu jubeln, weil die Tar Heels meistens gut spielten.

Es war einfach nicht dasselbe auf dem winzigen Fernseher im Wohnwagen neben dem nackten Weihnachtsbaum.

Und Tom wusste, warum.

Es lag nicht an der Größe des Fernsehers oder dem schlechten Empfang oder daran, dass Mom und Sara sich nicht für Basketball interessierten. Es lag daran, dass sein Vater nicht da war.

Die Saison hatte gerade angefangen und da war ihm aufgefallen, dass der Mensch, der sonst immer neben ihm vorm Fernseher gesessen hatte, schon ziemlich lange nicht mehr da war. Derselbe Mensch hatte einst selbst gespielt, Tom unterstützt und ermutigt.

„Du kannst um ihn herumdribbeln. Du bist doch schneller als er", sagte Dad ihm oft nach einem Spiel. „Den Wurf schaffst du. Du bist größer."

Es war eine gemeinsame Leidenschaft. Und jetzt wurde Tom erst klar, wie viel sie ihm bedeutete. Nicht seinem Vater, sondern ihm.

Und genau dasselbe traf auf das Spiel im Fernsehen zu: Mit mehreren Personen war es doppelt so schön.

Sein Vater hatte nicht nur die Tar Heels mit Gelächter, Rufen, Fluchen und Jubeln begleitet, sondern auch seinem Sohn so einiges über das Spiel beigebracht.

Wenn ich ihm erzählen würde, dass ich wegen einer blöden Schulregel nicht spielen darf, würde er ausflippen.

Manchmal fragte er sich, ob er seinen Dad je wiedersehen würde und was er dann sagen sollte.

Heute Abend hatte er das Bedürfnis, ihn wiederzusehen. Er brauchte das. Vielleicht dachte er auch deswegen an Dad, weil Mom auf dem Heimweg von Onkel Jesse über ihn gesprochen hatte.

„Ihr sollt euren Vater nicht hassen. Wir haben alle unsere Fehler und Gott arbeitet an jedem von uns. An mir, an dir, an Sara und an euerm Vater."

Er arbeitet an jedem von uns.

Ob Gott wirklich auch an seinem Vater arbeitete? Würden sie es je erfahren? Er konnte nur für ihn beten.

Ob er gerade sturzbetrunken im Sessel sitzt und über das Spiel nachdenkt? Oder denkt er vielleicht … auch an mich?

Eine winzige Spur Hoffnung

Es war Sonntag, aber bisher hatte Lynn vom Ruhetag nicht viel gehabt, und von Gott erst recht nicht. Es war spätabends und die Kinder waren im Bett. Sie saß auf der Couch und war sogar fürs Fernsehen oder Lesen zu müde. Das Einzige, wofür ihre Kraft noch reichte, war, die Stellenanzeigen in der Zeitung noch einmal durchzusehen. Als ob sie auf wundersame Weise wie im Internet aktualisiert worden wären.

Ein paar Minuten später fielen ihr die Augen zu und der Frust kochte über.

Jetzt war ein guter Zeitpunkt für ein kleines Gespräch. Das hatte sie schon eine Weile vor sich hergeschoben.

„Warum tust du das?" Sie war wütend auf Gott und wollte eine Antwort. Sie brauchte eine Antwort. Aber ihr Gefühl sagte ihr, dass da keine Antwort kommen würde.

„Ich will nur wissen, womit ich das verdient habe. Was habe ich falsch gemacht?"

Er sagte nichts.

Er schwieg schon seit dem Tag, an dem sie ihn kennengelernt hatte. Und vor allem, seitdem mit Daryl alles den Bach hinunterging.

„Aber fragen darf ich doch, oder?" Ihre Stimme hallte von den Blechwänden wider. Eine blecherne Stimme in einem Blechhäuschen. „Ich höre nämlich nicht auf zu fragen."

Vielleicht wusste er das schon. Ihn umstimmen konnte sie wohl nicht.

„Ich meine nicht Nashville und das Singen. Ich rede hier nicht von meinen Jugendträumen. Ich rede übers Überleben. Verstehst du? Ich will einfach nur *leben*. Ist das zu viel verlangt?"

Nichts. Stille.

Stille und dieser nackte Weihnachtsbaum in der Ecke, der sie anstarrte.

„Warum redest du nicht mit mir? Warum antwortest du mir nicht? Ich will nur eine Antwort. Irgendwas. Ich will einen winzig kleinen Hoffnungsschimmer an diesem Ort sehen. In meinem Leben. Unserem Leben."

Nichts.

„Bitte."

Stille.

„Wenn ich dafür auf die Knie gehen muss, dann mache ich das. Herr, du weißt, das mache ich sofort."

Und genau das tat sie auch.

Sie redete immer weiter, auch wenn sie das Gefühl hatte, er würde gar nicht zuhören. Aber Lynn gab nicht auf und ließ das einfach nicht so auf sich beruhen.

Gott hörte zu und tief drin wusste sie das. Auch wenn er nicht antwortete, er hörte sie.

Und vielleicht, vielleicht würde er ihr eine Antwort geben und die Tür einen klitzekleinen Spalt öffnen, damit etwas Hoffnung hineinschlüpfen konnte.

So arm wie ich bin

Der Montagmorgen brachte die bittere Realität, wieder zur Schule gehen zu müssen. Die Realität, auf Vic und das Basketballteam zu treffen, zu dem er nach wie vor nicht gehören durfte. Die Realität dieser ganzen Facebooksache, die er übers Wochenende einigermaßen verdrängt hatte. Und die Realität, dass in zwanzig Tagen Weihnachten war.

Egal, ob er die Geschenke von seinem Papierengel bekommen würde oder nicht, Tom freute sich auf das beste Geschenk von allen: schulfrei. Ein paar Wochen sogar. Und damit würde er mehr Zeit haben, um nach Arbeit zu suchen. Gleich nachdem Mom ihren Job verloren hatte, hatte er sich dahintergeklemmt.

Aber dafür muss ich die nächsten zwei Wochen überstehen.

Die ganze Zeit versuchte er schon, diese Facebookseite gelassen hinzunehmen. Aber es funktionierte nicht. Nach außen hin tat er so, als würde ihn das nicht kümmern, aber genau das tat es, und wie. Er wollte nur noch, dass das Schuljahr endlich vorüber war. Er wollte aufwachen, vierundzwanzig sein und ein neues Leben in einem anderen Bundesstaat führen.

Aber stattdessen durchbrach eine bekannte Stimme und das passende Gesicht dazu die Stille in seiner kleinen Kammer.

„Was machst'n?"

Sara ließ ihn morgens normalerweise in Ruhe, es sei denn, sie wollte irgendetwas. Und wenn sie etwas wollte, konnte er es ihr meist sowieso nicht geben. In dieser Hinsicht war die Beziehung sehr einfach. Er sagte immer wieder: „Hab ich nicht."

„Bitte sag, dass es dreißig Zentimeter Neuschnee gab und die Schule ausfällt", sagte Tom.

„Ich glaube, hier hat es noch nie dreißig Zentimeter geschneit."

Sara mochte vieles nicht sein, aber clever war sie. Und wie es Bruder konnte sie manchmal ein richtiger Klugscheißer sein.

Seine Haare waren vom Duschen noch nass. „Was willst du?"

Sie zuckte nur die Achseln, was so viel hieß wie: „Ich gehe nicht weg."

„Was?"

„Ich hab's gesehen."

„Was hast du gesehen?"

„Die Seite. Die Facebookseite."

„Wer hat dir davon erzählt?"

„So ziemlich alle."

„Ziemlich bescheuert, oder?"

Sie schüttelte den Kopf.

„So, und was willst du nun?"

„Lässt du die Seite nicht löschen?"

„Von wem? Der Facebookpolizei?" Tom griff nach seinem Rucksack, der nur noch einen intakten Träger hatte.

„Hast du denn *irgendwas* unternommen?", fragte seine Schwester.

„Der Bus kommt gleich."

Sie versperrte ihm den Weg. Er blieb stehen und wollte es nicht noch schlimmer machen.

„Vergiss es", sagte er. „Die ganze Sache ist einfach nur dumm."

Das hier regte ihn nicht nur auf, es machte ihn regelrecht wütend. Einen Augenblick lang überlegte er, was er seiner Schwester an den Kopf werfen konnte, aber dann sah er sie an und merkte, dass sie weinte.

„Warum heulst du denn jetzt?", fragte Tom.

Sie sah zu Boden und schüttelte den Kopf. Dicke Haare verdeckten ihr Gesicht.

„Sara?" Er positionierte sich so, dass sie ihn ansehen musste.

„Was?"

„Warum bist du so traurig?"

„Bin ich nicht."

Mädchen.

„Was ist dann?"

„Das ist peinlich."

Darauf konnte Tom nichts erwidern. Ja, es war peinlich. Aber bisher war ihm nicht in den Kopf gekommen, dass es noch für andere peinlich sein könnte außer für ihn.

Sie ist Teil meiner Familie. Das bedeutet, sie sieht genauso arm aus wie ich.

„Bald ist die Seite weg", sagte er.

„Ich kapier das nicht."

„Was?"

„Warum verteidigst du dich nicht?" Sie sah ihn vorwurfsvoll an.

„Ach komm, ist doch nur …"

Sie drehte sich um und war weg.

Während der Mittagspause lieh er sich noch einmal Carlos' Laptop. Auch dieses Mal wollte er nicht an einem Computer mitten im Computerraum sitzen, wo ihm jeder über die Schulter gucken konnte. Lieber zog er sich in die hinterste Ecke der Bibliothek zurück, wo er seine Ruhe hatte.

Als Tom sich auf seiner Facebookseite einloggte, wo nie wirklich etwas draufstand, fiel ihm Saras Kommentar ein.

Warum verteidigst du dich nicht?

Den ganzen Morgen hatte er über die Seite, über Vic und die Gründe nachgedacht, warum er so etwas tat. Aber dann gab es in ihm einen Ruck. Er wusste nicht, wieso oder woher genau es kam. Vielleicht hatte es mit Moms Situation zu tun, mit dem Leben im Wohnwagen, mit den Weihnachtsengeln. Auf jeden Fall hatte er plötzlich eine Idee. Wie bei anderen Ideen sagte ihm sein Bauchgefühl sofort, dass es das Richtige war. Er versuchte nicht, jemand zu sein, der er nicht war. Die Idee war einfach nur gut und Tom dachte, *warum nicht?* Was war das Schlimmste, das passieren konnte?

Er brauchte nicht lange, um die Seite zu finden, auf der die hässlichen Fotos von ihm waren.

Helft dem Bedürftigen

Tom starrte auf die Seite und bekam Zweifel.

Mach schon, sonst wird es nie was.

Er klickte auf „Gefällt mir".

Ein Kribbeln durchfuhr ihn.

Das Bild auf seinem Profil war zwar schon über ein Jahr alt, aber es passte noch ganz gut. Die Leute würden nun zweimal hinsehen, wenn sie merkten, dass er Fan dieser Seite geworden war.

Vielleicht denken sie, dass das Ganze ein Witz ist.

Er hatte aber noch mehr vor, als nur „Gefällt mir" zu klicken. Mitten auf der Seite, wo die Kommentare der Schüler von „Wer ist der Typ denn?" bis zu „Geil" reichten, schrieb Tom an alle hundertfünfundvierzig Fans:

Wollt ihr wirklich „den Bedürftigen helfen"? Wollt ihr dieses Weihnachten mal echt was Gutes tun?

Kauft ein Geschenk für jemanden, der nichts hat.

Jemand, der WIRKLICH nichts hat. Nicht nur ein Schüler, der zu wenig Klamotten besitzt. Ab sofort bis zu den Weihnachtsferien können alle Spenden am Spind Nr. 1700 abgegeben werden. Ich bringe sie in der Woche vor Weihnachten zur Heilsarmee.

Tun wir mal was Gutes. Als Schule.

Er veröffentlichte den Kommentar und fuhr den Laptop herunter.

So.

Kurz überlegte er, ob sich jemand an seinem Spind vergehen würde, aber zu klauen gab es da sowieso nichts. Jetzt galt es zu warten und herauszufinden, aus welchem Holz seine Mitschüler wirklich geschnitzt waren. Nicht Vic, sondern der Rest der Schule.

Als Nächstes wollte er Carlos und seinen Leuten von der Idee erzählen und sie für das Projekt gewinnen. Und vielleicht, ja, vielleicht …

Begegnungen

Niemand konnte Kevin vorwerfen, er habe es nicht versucht. Aber manchmal reichte es eben nicht aus, sich anzustrengen. Meistens gehörte zu den großen Erfolgen im Business oder in der Kunst eine Mischung aus Fähigkeit, Timing und Glück. Man musste im richtigen Moment mit der richtigen Idee am richtigen Ort sein. Aber Kevin ließ sich nicht entmutigen, auch nicht nach der Straßensperre, die für ihn endgültig zur Sackgasse werden konnte.

Ich kann trotzdem noch zur rechten Zeit am rechten Ort sein.

Also schrieb er sich jeden Morgen eine neue To-do-Liste, notierte sich mögliche Projekte und Chancen, wen er anrufen und bei wem er sich melden wollte. Er nutzte das Internet und die lästigen sozialen Netzwerke, um alte Kontakte aufleben zu lassen.

Normalerweise hatte er schon anderthalb Stunden Arbeit hinter sich, bevor er überhaupt das Büro erreichte. Aber heute Morgen standen zwei Termine bei Starbucks an. Der erste war eine Kontaktaufnahme und dem Wunsch nach dringend benötigter Ermutigung geschuldet. Der zweite … nun, das würde wohl eher ein Abschied werden.

„Und was genau willst du jetzt machen?"

Die letzte halbe Stunde hatte Kevin Matt Zay auf den aktuellen Stand bei Precision gebracht. Nachdem er ihm vom Verlust seines größten Kunden erzählt hatte, wollte sein alter Freund aus der Kirchengemeinde wissen, wie Kevin gedachte, seine Familie über Wasser zu halten. „Ich dachte, ich könnte vielleicht bei euch anfangen", scherzte Kevin.

Matt betreute Pflegekinder und sie beide wussten, dass die Arbeit hart und schlecht bezahlt war. „Kannst jederzeit kommen."

„Ich gebe hier Vollgas. Jeden Tag kontaktiere ich gut zehn meiner ehemaligen Kunden. Aber das Timing ist denkbar schlecht. Mitte Dezember machen alle dicht. Ich habe nur noch eine Woche, dann wird es eng."

Bevor die Schlinge mir die Luft abdrückt.

Matt nippte an seinem Kaffee und schlug die Beine übereinander. „Hast du es bei dem Verlag probiert, bei dem du mal warst?"

„Autumn House? Noch nicht."

„Wie seid ihr denn auseinandergegangen?"

„Sie mussten eine einstweilige Verfügung gegen mich erwirken, aber sonst, du kennst mich doch, keine Probleme. Quatsch, alles prima. Ich könnte mir sogar vorstellen, dorthin zurückzukehren. In den letzten Jahren mit Precision habe ich oft gedacht: ‚Mann, wäre es nicht toll, wenn sich jemand anderes über die Rechnungen und Abgaben den Kopf zerbrechen müsste?' Aber ich habe alles in die Firma gesteckt. Und ich meine wirklich *alles*."

„Du bist der dritte Bekannte in diesem Monat, der auf der Suche nach einem Job ist."

Kevin schüttelte den Kopf. „Ich versuche, meinen Job zu retten. Da ist ein Unterschied."

„Ja, hast recht. Jetzt, wo ihr Zwillinge erwartet, musst du vorbereitet sein."

Kevin musste über Matts Kommentar lachen. Der Kerl hatte ein gutes Herz und war ein hoffnungsloser Optimist. Seit Kevin und Jenny nach Gregorys Geburt in eine andere Gemeinde gingen, hatten sie sich aus den Augen verloren.

„Noch besser wäre ich vorbereitet gewesen, wenn ich geahnt hätte, dass die den Vertrag nicht verlängern", antwortete er. „Aber jedes Jahr muss man mehr E-Mails schreiben, mehr Briefe schicken …"

„Ja, aber dann bist du ja doch ganz gut gewappnet. Bald geht bei euch nämlich richtig die Post ab."

„Und wenn ich mir die Haare wachsen lasse, den Bart abrasieren und Mr Mama werde? Erinnerst du dich an den Film?"

„Und was ist mit Stillen?"

„Kann ich doch versuchen."

Es tat gut zu lachen und mit Matt darüber zu reden, was ihm auf der Seele lag. Die meisten Gespräche in letzter Zeit waren nämlich nett, aber kurz – Gespräche über gemeinsame Projekte, Zusammenarbeit und Ideen. Die meisten Leute zeigten sich begeistert, aber das war nur heiße Luft. Matt hatte das nicht nötig. Er konnte einfach zuhören, Kevin fragen, wie es ihm ging. Er musste keine Versprechungen machen oder falsche Hoffnungen wecken.

Es war angenehm, jemanden zum Reden zu haben, ohne eine bestimmte Reaktion auslösen zu wollen. Schon allein die Tatsache, dass er sich manches von der Seele reden konnte, verschaffte ihm etwas mehr Gelassenheit.

Auf das erste zwanglose Treffen folgte sein zweiter Termin, ein Businessmeeting. Schon nach wenigen Minuten bestätigte sich sein Verdacht.

„Tut mir echt leid, dass es so weit kommen musste."

Kevin nickte und nahm einen kalten Schluck Kaffee. *Sollte ich nicht derjenige sein, der ihm kündigt?*

Aber stattdessen reichte Zack, sein talentiertester Designer, selbst die Kündigung ein.

Als ob er nicht schon genug Sorgen hätte.

Vielleicht ist das letztendlich ein Segen. So muss ich mir wenigstens keine Sorgen um Zacks Zukunft machen.

Andererseits: Zack würde immer Arbeit finden. Kevin hatte schon Pete und die erst vor Kurzem angestellte Samantha, zwei seiner anderen kreativen Köpfe, ermuntert, sich nach anderen Möglichkeiten umzuschauen. Aber bei Zack konnte er sich nicht dazu durchringen.

Weil du stur bist und immer alles auf deine Weise lösen willst.

„Ich weiß, dass Pete und Samantha sich schon woanders bewerben."

Kevin konnte nicht viel mehr dazu sagen als Ja.

„Die bei Landmark bezahlen mir viel mehr. Auch die Arbeitgeberleistungen sind besser. Ich musste nur …"

Kevin nickte und nahm einen Schluck.

Zehn Jahre harter Arbeit, verstreut auf dem Tisch wie ein Puzzle. Und mir fehlt die Zeit, es zusammenzusetzen.

„Was soll ich sagen", meinte Kevin. „Ich will dich natürlich nicht verlieren. Aber ich weiß wirklich nicht, … ich kann eben überhaupt nichts versprechen."

„Ich weiß. Ich kann es mir nur nicht leisten, arbeitslos zu sein."

Und warum? Weil du die Raten für den teuren neuen Wagen bezahlen musst?

Der Kerl war fünfundzwanzig, ermahnte sich Kevin. *Nun mach mal halblang.*

Kevin hatte schließlich hart daran gearbeitet, Precision zu einer Firma zu machen, wo junge Leute wie Zack, die einen VW Touareg fuhren, Sonnenbrille trugen und unglaubliche, unersetzliche Ideen hatten, gern arbeiten wollten.

„Wenn die Situation anders wäre, würde ich dir ein Gegenangebot machen", sagte Kevin.

„Weiß ich."

„Sobald sich die Lage stabilisiert hat, rufe ich dich an. In Ordnung?"

Kevin ließ das Licht der Vormittagssonne auf sich wirken, das die Starbucksfiliale flutete. Der lange Schatten eines Sessels schien nach seinem Fuß zu greifen. Der Tag hatte so schön hell angefangen, mit neuen Ideen und Chancen, aber jetzt fühlte es sich so an, als würde jemand sich mit der ganzen Beute davonmachen.

Er brauchte Zack nur anzusehen und wusste, dass er wirklich nicht zu ersetzen war.

„Wann fängst du bei Landmark an?", fragte er.

„Am ersten Januar."

„Autsch."

„Ich weiß, Mann. Tut mir echt leid."

Kevin erinnerte sich an ihr letztes Treffen im Starbucks. Damals hatte er sich mit Zack darüber unterhalten, wie sich die Dinge ändern würden, wenn die Zwillinge da wären und dass sein aufstrebender Designer dann womöglich mehr Verantwortung in der Firma übernehmen müsste.

Tja, jeder ist sich selbst der Nächste.

Er hatte versucht, Zack klarzumachen, dass mehr Verantwortung ihm auch mehr Chancen bieten würde.

Da war es wieder. Das Wort. Das hübsche kleine Wort, das er jeden Tag schwerer zu fassen bekam.

Chancen.

Er konnte noch nicht einmal den Ansatz irgendwelcher Chancen versprechen, wenn er nicht imstande war, die Miete zu bezahlen, und alle seine Mitarbeiter entlassen musste.

„Ist mir echt unangenehm, dich hier so im Stich zu lassen. Aber ich kann nicht anders."

„Du lässt mich nicht im Stich. Du handelst nur vernünftig. Ich meine, du musst ja auch von irgendwas leben."

„Vielleicht wendet sich das Blatt ja noch."

„Die Tür ist immer offen", sagte Kevin. Und dann konnte er sich nicht verkneifen hinzuzufügen: „Wenn es überhaupt eine Tür gibt. Vielleicht ja nur die Tür zu unserem Kleinbus. Ich meine den, in dem wir dann wohnen werden."

Zack lachte immer über seine Witze, ob sie gut waren oder nicht.

Das Leben war schon verrückt. Man konnte jemanden tagein, tagaus sehen, fünfundneunzig Prozent des Jahres, und dann saß man plötzlich da, nippte am Kaffee, verabschiedete sich und wusste, es könnte das letzte Mal sein.

Kevin hing dem Gedanken nach und war selbst überrascht, als

er sagte: „Lass dich von denen nicht zu irgendwas machen, was du nicht bist, okay? Lass dich nicht in irgendeine Schublade stecken. Du hast echt Talent und ich wäre sehr traurig, wenn du aufhörst, dich zu entwickeln und deine Kreativität zu nutzen."

Zack sah einen Augenblick lang besorgt aus, als wüsste Kevin mehr als er. „Äh, danke."

„Mach dir keinen Kopf. Du wirst bei denen wahrscheinlich noch ein besserer Designer als unter mir. Du hast wirklich unglaublich viel Talent, Zack. Lass dich nicht davon abbringen, es voll auszuschöpfen."

Noch vor Kurzem hätte Kevin sich diese ehrlichen Worte verkniffen, weil er sich Sorgen gemacht hätte, wie das ankam. Aber jetzt war es egal.

Langsam dämmerte ihm, dass das Leben aus vielen einzelnen Momenten bestand. Es ging nicht darum, über der Vergangenheit zu brüten oder über die Zukunft zu spekulieren. Leben, das war der Moment, in dem er jetzt gerade war.

„Danke. Das bedeutet mir echt viel."

Es gab noch so viel zu tun. So viele Chancen und Möglichkeiten warteten darauf, genutzt zu werden. Aber nicht, bevor er mit Zack noch einen Kaffee getrunken und ihn ermutigt hatte, seine Träume zu verwirklichen.

Kevin versuchte, den Moment festzuhalten und nicht gleich fortzustürzen.

Keine leichte Aufgabe, aber es gelang ihm.

Wenn er doch nur genauso mit dem Rest seines Lebens umgehen könnte.

Der Zettel

Wenn sie ihn jetzt sehen könnte, seine Schwester wäre stolz auf ihn.

Tom lief auf den Spind zu, wo er auf Vic zu treffen hoffte. In der Hand hielt er Vics jüngsten und hoffentlich auch letzten Streich, den er ihm gespielt hatte. Das Maß war voll und Tom hatte genug. Die blöde Facebookseite, aus der er versuchte, etwas Gutes zu machen, war eine Sache. Aber Vic musste ja gleich am nächsten Tag nachlegen. Jetzt machte er sich mit etwas über ihn lustig, was noch weniger stimmte, ja, nicht stimmen *konnte.*

Ich lasse mich nicht ewig herumschubsen.

Vic war tatsächlich da, in Sportkleidung, als wollte er jeden Moment mit dem Training anfangen.

Tom wusste, wenn er jetzt stehen blieb, würde er das nie durchziehen. Also lief er weiter und rammte den überraschten Vic fast um, der gerade ein Buch aus seinem Spind nehmen wollte.

Tom warf den zusammengefalteten Zettel in den Metallschrank, als wäre es ein Mülleimer. „Sehr witzig", sagte er.

Vic drehte sich um.

Einen Augenblick sah er Zweifel in Vics Gesicht.

So wenig überzeugend, ja?

Vic zischte ein Schimpfwort und wandte sich ab.

„Ganz ehrlich, Mann. Der war echt gut", meinte Tom.

Vic hob den Zettel auf und faltete ihn langsam auseinander. „Was soll das?"

„Warum lässt du mich nicht einfach in Ruhe?"

Vic las die Notiz, sah Tom an und dann wieder auf den Zettel. „Du bist so ein dummer Hinterwäldler, weißt du das?"

„Musst du gerade sagen", erwiderte Tom und fühlte sich, als wäre er wieder in der dritten Klasse.

Einige von Vics Freunden kamen herbei, um die Prügelei aus erster Hand mitzuerleben.

„Was willst du, Junge?", fragte Vic.

„Ich habe die Scherze satt."

„Wie deine Facebookseite?", feixte Vic. Die anderen lachten.

„Ja, aber vielleicht solltest du sie dir besser noch mal ansehen", sagte Tom.

„Ach ja, und wieso?"

Tom ignorierte die Frage. „Was habe ich dir getan? Hm? Sag's mir."

„Pass auf, Kleiner, wenn du mit deinem knochigen Finger noch einmal vor meinem Gesicht rumfuchtelst, und ich meine, noch *ein Mal*, dann breche ich ihn in so viele Teile, dass er nie wieder zusammengeflickt werden kann."

Ruhig bleiben. Atmen. Nicht weglaufen. Nicht ohnmächtig werden.

„Ich habe gegen dich gewonnen. Na und? Kommst du nicht darüber weg, oder was?"

Vic warf den Zettel vor Tom auf den Boden.

„Wenn ich nicht mit Argusaugen beobachtet werden würde, dann würde ich dir deinen blöden Zettel ins Maul stopfen. Aber ich will in der Schulmannschaft spielen. Kapierst du? Ich spiele in der Schulmannschaft."

„Wart's nur ab", sagte Tom.

„Was?"

„Irgendwann sitzt du vielleicht am Rand und guckst zu, wie ich spiele."

Der Ausdruck auf Vics Gesicht verriet ihm, dass er mit seinem Kommentar gar nicht so falsch lag. Vic hatte genug. Bevor er sich abwandte, sagte er noch: „Und übrigens: Wenn ich dich durcheinanderbringen wollte, würde ich mir jemanden holen, der viel glaubwürdiger ist als Cass. Ich bin nämlich nicht der Einzige, der dich für einen Mutanten hält."

Vic verschwand und ließ Tom mit der Erkenntnis zurück, dass der Brief tatsächlich von Cass stammte.

Und ich habe es trotz Carlos' Kommentar nicht geglaubt.

Er hob den Zettel auf, der plötzlich nicht mehr nach dem hämischen Witz eines miesen Typen aussah, sondern nach einem netten Brief eines Mädchens, das offensichtlich etwas von ihm wollte.

Vorsichtig sah er sich im Flur um. Plötzlich hatte er noch mehr Angst als vor Vic.

Direkt und mit Handschlag

Kevin konnte das beständige Ticken hören, obwohl nirgendwo in seinem Büro eine Uhr stand. Minute um Minute verstrich an diesem Donnerstagabend und bald würde die Zeit abgelaufen sein. Genau wie seine.

Vor einer Stunde hatte er Jenny angerufen, um ihr zu sagen, dass er später käme und sie nicht mit dem Essen auf ihn warten solle. Er wolle aber sichergehen, dass es ihr einigermaßen ging und sie nichts brauchte. Sie hatte abgewiegelt, wie immer. Bequem sei es nicht, aber auszuhalten.

Nachdem um fünf der Letzte gegangen war, herrschte Stille im Büro. Es gab noch immer Arbeit, aber nicht mehr so viel, dass jemand Überstunden machen musste. Kevin versuchte, das Feuer zu löschen. Vielleicht konnte er die Flammen doch noch ersticken? Aber es brannte schon lichterloh und zerstörte alles, was sich ihm in den Weg stellte.

Steht es wirklich schon so schlimm um dich, Kevin?

Die Antwort auf diese Frage kannte er nur zu gut. Nachdem er im Internet den Kontostand überprüft hatte und in seinem Notizbuch die Liste der Kontakte durchgegangen war, wusste er, dass es wirklich schon so schlimm um ihn stand.

Morgen war Freitag und er war kein Stück vorangekommen. Es gab ein Dutzend Projekte und Kunden, aber alles von der Kategorie „Eventuell". *Eventuell melden wir uns bei Ihnen. Eventuell ergibt sich im neuen Jahr etwas. Eventuell werfen wir Ihnen einen kleinen Brocken zu.* Aber keins dieser Eventuells konnte das Nein ausgleichen, das von Silverschone gekommen war.

Er hatte es satt, dass sich die Leute hinter ihren digitalen Wänden versteckten. Per Handschlag arbeiten und sich ins Auge sehen wollte niemand mehr. Deswegen war er extra persönlich zu Dan bei Silverschone gefahren, um ihm Auge in Auge gegenüberzustehen und klarzumachen, dass Precision nicht einfach nur ein Kunde wie jeder andere war. Dahinter standen Menschen. Nicht nur Namen und Profile und lustige Karikaturen auf Twitter. Alle waren sie bei LinkedIn, aber eine richtige Verbindung gab es trotzdem nicht.

Ziellos durchforstete Kevin das Internet auf der Suche nach etwas, irgendetwas, wo seine allerletzten Rettungsversuche fruchten würden. Vielleicht eine Firma in der Gegend um Greenville, mit der er noch nie zusammengearbeitet hatte und die ideal zu ihnen passte? Er surfte andere Agenturen an, um sich Ideen zu holen. Aber immer wieder ertappte er sich dabei, wie er im Kreis lief und nach einem Knochen schnappte, den sein Herrchen sich nicht abjagen lassen wollte.

Am Ende würde er sich wohl zu der Schar der Arbeitslosen gesellen, die alle dasselbe machten wie er gerade. Offiziell natürlich nicht schon nächste Woche oder nächsten Monat – Precision hatte immer noch einige Projekte am Laufen, die kleine Beträge einspielten. Aber die Mitarbeiter, dieses Gebäude und das ganze herrliche Potenzial – hier gab es kein Eventuell. Sie waren verloren und Kevin war sich dessen bewusst.

Von den tausend „Freunden" auf Facebook hatte sich Kevin das Foto eines ehemaligen Kollegen beim Autumn House Verlag hervorgeholt. Sie hatten einige Zeit keinen Kontakt mehr gehabt und Kevin erwog, ihm eine Nachricht zu schreiben.

Hallo, alter Freund, wie geht's? Lange nichts gehört. Was macht das Leben? Ach, ehe ich's vergesse: Hast du zufälligerweise einen Job übrig?

Kevin konnte sich nicht durchringen. Das fühlte sich zu unpersönlich an, zu abrupt, und sah aus wie eine Verzweiflungstat.

Ich will dir nicht den Tag verderben, Kev, aber du bist ja auch ein bisschen verzweifelt …

Er stolperte über einen Link zu einem Regionalblatt, wo ein Collegestudent für ein Semester aussetzte, um sechs Monate für

Obdachlose durchs Land zu laufen. Der junge Mann, so stand im Artikel, hatte einen Abend lang in der Suppenküche in Greenvilles Innenstadt ausgeholfen. Nachdem er Obdachlosigkeit aus nächster Nähe erlebt habe, wollte er mehr tun, als nur ein paar Stunden Essen austeilen. Das könne schließlich jeder im Schlaf.

Vielleicht sollte ich das auch machen. Ich laufe für einen guten Zweck, bekomme öffentliche Aufmerksamkeit und letzten Endes öffnen sich neue Türen für mich.

Kevin schloss das Browserfenster und schämte sich für den Gedanken. In Greenville gab es kein gravierendes Obdachlosenproblem, aber es gab genügend andere Initiativen, die er unterstützen konnte. Sein letztes Engagement für andere war schon ewig her. Eigentlich war er die ganze Zeit nur damit beschäftigt gewesen, diese Firma profitabel zu machen und voranzubringen.

Der macht's richtig, dachte Kevin über den Collegestudenten.

Anstatt sich auf die Ausbildung, die Karriere und die Zukunft zu konzentrieren, machte dieser Junge etwas Konkretes, etwas Echtes, Sinnvolles. Für Menschen, die in Armut lebten. Die nicht nur keinen Job hatten, sondern auch kein geregeltes Leben.

Ihm fiel der Wunschbaum mit den Weihnachtsengeln ein. Schnell fuhr er den Computer herunter und verdrängte die melancholischen Gedanken. Er beschloss, auf dem Weg nach Hause im Apple Store vorbeizuschauen. Schließlich brauchte er noch den iPod für „Tom". Und vielleicht würde er sich noch ein wenig umsehen und die ganzen Spielzeuge angucken, die er gern eines Tages auf seine Liste schreiben würde.

Er war schon fast aus dem Laden heraus und nur noch wenige Schritte von der Glastür entfernt, als er Amanda entdeckte. Kevin zögerte und war sich nicht sicher. Aber sie erkannte ihn und lächelte überrascht. „Kevin … Kevin Morrell?"

Amanda Lake ging auf ihn zu und umarmte ihn. Ihr hübsches Gesicht strahlte.

„Was machst du denn hier?", fragte Kevin. „Ich dachte, ihr seid nach Texas gezogen."

„Wir wohnen jetzt in Nashville. Muss man einfach mögen. Wir sind gerade ein paar Wochen bei meinen Eltern, bevor wir nach Massachusetts fahren und Weihnachten bei den Schwiegereltern verbringen."

Amanda war braun gebrannt und sah durchtrainiert und jung aus, obwohl sie beide im selben Alter waren. Das Leben meinte es offensichtlich gut mit ihr.

„Bei euch gibt's bald Nachwuchs, oder?", fragte Amanda mit ehrlicher Begeisterung.

„Ja. Ein paar Monate noch. Hoffentlich jedenfalls."

„Zwillinge, richtig?"

„Woher weißt du das?", fragte Kevin.

„Jennys Facebookseite."

„Ach so."

Kevin erzählte kurz, wie es Jenny ging und was er sonst normalerweise berichtete. Dass er kurz davor war durchzudrehen, erwähnte er nicht.

„Bist du eigentlich immer noch bei derselben Firma?", fragte er.

„Nein, Gott sei Dank. Weißt du, die Firma in Texas war einfach nicht das Richtige. Das Geld stimmte, aber sonst … es passte hinten und vorne nicht. Und wir waren doch gerade erst dorthin gezogen. Das war schon ziemlich beängstigend, gerade wegen der Kinder und so. Aber dann kam ich zur Hotelanlage in Grapevine, Texan Resort heißt sie. Das ist das Schwesterhotel von dem, in dem ich bis dahin gearbeitet hatte. Was für ein Segen! Das war ein absolutes Wunder, ehrlich."

Kevin nickte und war neugierig, vor allem wegen des Teils mit dem Wunder. Er hatte Amanda vor fünfzehn Jahren kennengelernt, als er bei Autumn House gearbeitet hatte. Sie war damals bei einer großen Werbefirma in Greenville gewesen und ihre Wege hatten sich bei diversen Projekten gekreuzt. Kevin war natürlich neidisch auf die lässige Stimmung und das coole Profil von Amandas Agentur gewesen. Jedes Mal, wenn sie im Verlag war, hatte er sie darüber ausgefragt, wie der Hase bei ihnen lief und warum sie die Dinge so machten, wie sie es taten. Ein großer Teil der Struktur und des Arbeitsstils von Precision, die Amandas ehemaliger Agentur später Konkurrenz machte, war aus diesen Gesprächen gewachsen.

„Bist du immer noch in der PR-Abteilung?"

Amanda nickte. „Ja, und das ist ja gerade das Verrückte. Ich war vielleicht einen Monat in Texas und dann wurde ich schon in die Zentrale versetzt. Einfach so. Und jetzt wohnen wir also in Nashville."

„Näher an deinen Eltern", stellte Kevin fest.

„Genau. Texas war ja gut und schön, aber … na ja, es ist eben Texas. Aber diese Leute, ich sag's dir, für die arbeite ich unglaublich gern. Und seit der Flut in Nashville strengen sie sich mächtig an kundzutun, dass es sie noch gibt."

Kevin grinste sie an. „Kundtun ist doch genau dein Ding."

„Und wie."

Als sie nach Precision fragte, spielte er alles herunter. Er konnte ihr nicht die Wahrheit sagen, nicht hier im Apple Store vor so vielen Leuten.

„War schön, dich wiederzusehen", sagte Amanda. „Sag Jenny schöne Grüße und halte mich auf dem Laufenden, was die Zwillinge angeht."

„Klar, gerne."

Amanda umarmte ihn zum Abschied und Kevin verließ den Laden.

Ein Handschlag mag heutzutage eine Seltenheit sein. Aber manchmal wird man sogar umarmt.

Kevin machte sich einen imaginären Knoten ins Taschentuch, Amanda bald wieder zu kontaktieren. Sehr bald. Vielleicht gab es ja die Möglichkeit, mit ihr zusammenzuarbeiten und bei ihrer Hotelkette einen Fuß in die Tür zu bekommen.

Er sah auf die Tüte in seiner Hand und bekam Gänsehaut. Verblüfft blieb er stehen und sah sich um. Es hätte ihn nicht gewundert, wenn Weihnachtsmusik und Schneefall eingesetzt hätten. Irgendwie hatte er das Gefühl, dass jemand hier die Dinge in die richtigen Bahnen lenkte.

Etwas derartig Cooles

Es war nur eine Frage der Zeit, bis die Stunde der Wahrheit da war. Tom musste an den Klassiker *Zwölf Uhr mittags* denken, den er einmal mit seinem Vater gesehen hatte. Nur hatte er anders als Gary Cooper kein Schießeisen, war nicht vorbereitet und würde liebend gern den nächsten Zug aus der Stadt nehmen. Aber am Freitagmorgen vor der ersten Stunde merkte Tom, dass sein Stündchen geschlagen hatte und er stark sein musste.

„Hi Tom", sagte Cass und kam mit einer Einkaufstüte auf ihn zu. „Darf ich dir die noch geben?"

Einen Augenblick lang vergaß Tom, wofür die Tüten waren. Er vergaß, was darin war und warum Cass sie ihm geben wollte. Eigentlich vergaß er so ziemlich alles, außer der blonden Cheerleaderschönheit, die vor ihm stand, nachdem er ihr eine Woche lang aus dem Weg gegangen war.

„Ich kann sie auch jemand anderem geben, wenn dein Spind schon voll ist", meinte sie und sah ihn amüsiert an.

„Nein, schon gut", stammelte Tom und machte seinen Schrank auf. Daraus ergoss sich eine Lawine.

Tom stand bis zu den Knöcheln in Kleidung, Decken, Konserven, Computerspielen und zugeknoteten Tüten und merkte, wie er rot wurde. Mit einem unbeholfenen Lächeln wollte er Cass die Tüten abnehmen.

„Warte", sagte sie, stellte sie ab und half ihm, alles aufzuheben. „Hast du das alles diese Woche gekriegt?"

Er schüttelte den Kopf und war wieder in der Realität angekommen. „Das hier ist von heute Morgen."

„Willst du mich veräppeln?"

„Nein." Er lachte nervös. „Ist echt verrückt."

„Ich würde sagen, das ist echt cool."

„Ja, das auch."

„Und wo tust du das alles hin?"

„Leonard hat mir eine Abstellkammer zur Verfügung gestellt."

Cass hatte beide Arme voll. „Wer ist Leonard?"

„Der Hausmeister."

„Ach so", sagte sie.

Einen Augenblick lang wusste er nicht, ob er ihr die Sachen wieder abnehmen sollte oder ob sie sie selbst in den Spind stopfen würde.

„Zeigst du mir die Zauberkammer?", fragte Cass.

„Oh, sicher, klar."

Er stammelte schon wieder. Sie musste jeden Moment merken, dass er nicht der tolle Typ war, dem sie den Brief geschrieben hatte. Dieser Typ war der Neue, der Geheimnisvolle, der mit den großartigen Ideen. Vor ihr stand nur der Trottel namens Tom.

„Jetzt?"

Tom nickte, entschuldigte sich und wurde schon wieder rot. Als sie ihm folgte, fragte er sich, was sie jetzt wohl dachte. Zu seiner Überraschung fiel sie direkt mit der Tür ins Haus.

„Hast du meinen Brief gekriegt?"

Gerne hätte er irgendetwas Schlagfertiges erwidert, aber mehr als „Ja" fiel ihm nicht ein.

„Bescheuert, oder?"

Tom schüttelte nur den Kopf, weil seine Hände voll waren.

„Ich dachte nur, es wäre gut … dir zu zeigen, dass nicht alle hier Vollidioten sind. Aber ich hatte deine E-Mail oder Telefonnummer nicht."

„Danke. Ich wusste nur nicht, was ich …"

„Schon okay", erwiderte sie. „Mach dir keinen Kopf."

Bevor sie an der Abstellkammer angekommen waren, wo die Haufen der letzten Tage lagerten, sagte Cass: „Hey Tom?", in einem Ton, der ihn zum Anhalten zwang. Er fragte sich, ob ihr irgendetwas nicht passte.

„Ich wollte dir sagen, dass ich das total super fand, wie du reagiert hast. Ich glaube, so etwas Cooles wäre mir nicht eingefallen."

Er zuckte die Achseln. Das Kompliment war ihm unangenehm. Noch unangenehmer war ihm, dass es von Cass kam.

„Das bestätigt nur, was ich gedacht habe, als ich dir den Brief geschrieben habe", fügte sie hinzu.

„Und was war das?", brachte er mühsam heraus. Eine andere Reaktion gab es sowieso nicht.

Aber Cass lächelte nur geheimnisvoll.

Nackt und dürftig

Das hier war ihr viertes Bewerbungsgespräch in drei Tagen und wohl das Schlimmste von allen. Ihr Gegenüber hatte die ganze Zeit seinen Blick ausgiebig über ihren Körper wandern lassen und ihr nur mit halbem Ohr zugehört. Irgendwann war Lynn klar geworden, dass sie lieber auf der Straße landen wollte, als für diesen Mann zu arbeiten, selbst wenn das Gehalt höher sein sollte, als sie erwartete. Als er meinte, er würde sich bei ihr melden, klang es fast so, als würde er nicht wegen der Stelle anrufen, sondern wegen etwas anderem.

Dieser Job war sowieso nicht das Richtige für sie. Eigentlich suchte er eine Vorzimmerdame, aber ihr fehlte jede Erfahrung darin. Als Kellnerin arbeiten, das konnte sie. Ans Telefon gehen konnte sie auch. Aber als er über den Computer und Microsoft Excel und irgendwelche Tabellen sprach, da hatte sie passen müssen. Es fiel ihr schwer, das zuzugeben, aber mit Computern kannte sie sich nicht aus. Sie beherrschte noch nicht einmal das Zehnfingersystem. Als es nur noch darum ging, E-Mails zu schreiben und Briefe abzutippen, war ihr klar geworden, dass das hier der falsche Job war.

Und außerdem soll er sich jemand anderen suchen, den er anstarren kann.

Lynn ging die Straße entlang und dachte nach. Sie fand den Gedanken eigenartig, sich selbst als attraktiv zu sehen. Natürlich hatte sie sich für das Bewerbungsgespräch so gut wie möglich zurechtgemacht, aber sich selbst als hübsch empfunden hatte sie nicht mehr, seit sie Mutter geworden war. Als sie und Daryl sich kennenlernten und die ersten Male miteinander ausgingen, da trug er sie auf Händen und sie fühlte sich wie die schönste Frau der Welt. *Aber das Muttersein hinterlässt leider so seine Spuren*, dachte sie.

Wenn ihr jetzt jemand hinterherguckte, was nicht allzu oft geschah, dann hielt sie denjenigen für die Sorte Mann, der sich nach allen Frauen zwischen fünfzehn und fünfzig umdrehte.

Insgeheim wünschte sie sich natürlich, wieder schön zu sein. Zugeben oder jemandem erzählen würde sie das nie, denn solche Träume gingen nicht in Erfüllung. Eines Tages war sie nun mal aufgewacht und hatte festgestellt, dass anstatt der hübschen jungen Frau mit all ihrem Potenzial eine müde, alte Mami mit all ihren Falten aus dem Spiegel schaute.

Lynn wollte gerade in ihr Auto steigen, da schreckte sie eine Stimme auf. Sie blieb wie angewurzelt stehen, aber nicht weil die Stimme so unerwartet kam, sondern weil sie sie kannte.

„Lynn.“

Einen Augenblick lang meinte sie zu träumen.

Aber da stand er.

Direkt an der Ecke vor einem Geschäft und sah aus wie ein heruntergekommenes Straßenschild.

Daryl.

Sie konnte sich nicht bewegen. Vor Angst versagte ihr Fluchtreflex, vor Überraschung fehlten ihr die Worte.

„Wie geht's dir?“, fragte er.

Plötzlich meldete sich ihr Verteidigungsinstinkt.

Du willst wissen, wie's mir geht? Ach, wirklich? Nach dieser ganzen Zeit?

„Wie hast du mich gefunden?“

„Hat 'ne Weile gedauert.“

Sie erkannte ihn kaum wieder. Er sah dünn aus, fast krank, aber auch, als hätte er versucht, einen ordentlichen Eindruck zu machen. Er war geduscht, rasiert, trug die Haare nach hinten gegelt.

Ihr Ehemann, zumindest auf dem Papier, stand an der Straßenecke und suchte nach Worten.

Wenn er einem wehtun will, weiß er immer genau, was er sagen muss.

In allem anderen war Daryl nicht besonders gut.

„Hast du die Kinder gesehen?", fragte sie.

„Nein."

„Ich will keinen Ärger."

„Es wird auch keinen geben. Versprochen, Lynn."

„Das hast du mir schon mal versprochen."

„Ich weiß."

Sie sah sich um. Nicht dass sie befürchten musste, gesehen zu werden. Sie hatte ja niemanden. Außer ihrer Würde. Und die ließ sie sich nicht nehmen. Egal, wer hier gerade in der Nähe war – falls Daryl handgreiflich werden sollte, würde sie dafür sorgen, dass es wirklich jeder mitbekam.

„Ich will nur reden."

„Wir reden doch", erwiderte sie.

„Können wir nicht an einen ruhigeren Ort gehen?"

Sie sah ihm in die Augen. Da war kein glühender Zorn, keine eiskalte Entschlossenheit. Sein Blick war so leer wie ein kahl geschlagener Wald, öde und karg.

„Bitte, Lynn."

Sie hatte zwar schon fast ein Jahr lang nicht mehr mit ihm gesprochen, aber es half nichts. Sie liebte ihn noch immer, egal, was sie auch dagegen tat.

Wenig später saßen sie in einem kleinen Restaurant. Lynn bemerkte, wie er seine zitternden Hände vor ihr verbergen wollte. Als er die Kaffeetasse anhob, war es jedoch deutlich zu sehen.

„Wann hast du das letzte Mal getrunken?"

„Ist schon 'ne Weile her."

„Wann?"

„Zu Thanksgiving", sagte er dumpf.

Er sagte die Wahrheit, das konnte sie sehen. Seine Hautfarbe, sein abgemagertes Gesicht und sein ganzes Benehmen bestätigten das. Sie kannte Daryl und wusste inzwischen so einiges über Alkoholiker.

„Was ist an Thanksgiving passiert?"

„Genug."

Sie wollte es lieber nicht wissen. Sonst würde sie sich Sorgen machen und den Wunsch verspüren, alles wieder hinzubiegen. Aber davon hatte sie sich verabschiedet, nachdem ihr endlich klar geworden war, dass sie die Dinge nie würde hinbiegen können – ihre Ehe nicht, seine Alkoholkrankheit nicht und seine Gewalt auch nicht. Sein Schatten war auch auf das Leben der Kinder gefallen, und weil sie machtlos war, etwas daran zu ändern, hatte sie ihre einzige Chance ergriffen und war geflohen.

„Was machst du hier?", fragte Lynn.

Er nickte, als wolle er bestätigen, dass die Frage berechtigt war. „Ich wollte nur sehen, wie es euch geht."

„Wir kommen über die Runden."

„Du siehst gut aus."

Lynn erwog, ihm vom Bewerbungsgespräch zu erzählen, überlegte es sich aber anders. Er verdiente es nicht, das zu wissen.

„Wie geht es den Kindern?"

Du hast kein Recht, nach ihnen zu fragen.

Natürlich hatte er das Recht dazu. Er würde immer ihr Vater sein. Und irgendwie war sie auch froh, dass er nach ihnen fragte. Das zeigte, dass er sie vermisste, wenn auch auf seine spezielle Art.

„Gut."

„Spielt Tom noch Basketball?"

„Daryl ..."

„Spielt er oder nicht?"

„Ist das das Einzige, was für dich zählt?"

Er zögerte. Normalerweise kam spätestens jetzt die Kampfeslust in seinen Augen zum Vorschein, aber sein Blick blieb leer. „Ich ... hat mich nur interessiert."

„Nein. Er konnte sich noch nicht mal für die Schulmannschaft bewerben. Nicht dieses Jahr jedenfalls. Sich an eine neue Schule zu gewöhnen ist schon schwer genug. Und in unserer Situation ist es noch schwerer. Und der Arme darf noch nicht mal das machen, was er am liebsten tut."

„Das hört sich an wie ein Vorwurf", erwiderte Daryl.

„Es ist verdammt noch mal auch einer."

Für einen Augenblick flammte Wut in seinem Gesicht auf, verschwand aber schnell wieder. Ihr fehlte der Treibstoff. Daryl sah aus wie ein besiegter Mann. Besiegt und alt.

Viel zu alt für einen Mann Ende dreißig.

„Es tut mir leid, Lynn."

„Was tut dir leid?"

„Alles."

„Wir kommen nicht zurück nach Hause."

„Deswegen bin ich auch nicht hergekommen."

„Warum dann?"

Daryl nahm sich den Löffel und hielt ihn mit beiden Händen, als wollte er ihn verbiegen. Sein Blick wanderte durch den Raum und blieb dann wieder an ihr haften.

„Bald ist Weihnachten. Ich wollte nur gucken, ob es euch gut geht."

„Es geht uns gut."

Sein Gesicht war so gezeichnet, sein Blick so traurig, seine Augen so leer. Er starrte sie an und überlegte wohl, was er als Nächstes sagen sollte. Dann griff er in seine Jackentasche und zog einen gefalteten Umschlag heraus. Er legte ihn wortlos mitten auf den Tisch.

„Nimm es", sagte er nach einer Weile. „Es gehört dir. Viel ist es nicht. Ich habe nicht viel, das weißt du. Hab fünf Monate gespart."

Lynn schluckte. *Das* war die Antwort auf ihr Gebet? Das hier?

Sie wollte von diesem Mann keine Almosen annehmen. Auf keinen Fall.

Du hast gefragt und Gott hat geantwortet.

Es kostete sie ihre gesamte Willenskraft, die Hand über den Tisch zu bewegen und den Umschlag aufzuheben.

„Das sind siebenhundert Mäuse", sagte er. „Ist nicht viel, aber du weißt ja …"

„Wo hast du das her?"

Er schüttelte den Kopf. „Komm, hör auf."

Sie redeten immer noch wie Mann und Frau. Es musste nicht alles gesagt werden, denn jeder wusste genau, was der andere dachte.

„Du hattest nie auch nur sieben Dollar übrig, geschweige denn siebenhundert", sagte Lynn.

„Nimm es einfach. Und sag ihnen … sag Sara und Tom, dass ich sie vermisse. Dass ich sie liebe."

Sie griff zu. „Das kann ich nicht tun."

„Warum?"

Lynn sah ihren Mann an wie schon so oft – wie man ein Kind ansieht, das etwas längst besser wissen sollte. „Ich denke, du weißt warum."

Wenn ich ihnen sage, dass Daddy sie vermisst und liebt, macht es das Ganze nur noch schwerer für sie.

„Werdet ihr zu mir zurückkommen? Irgendwann?"

Lynn schwieg.

„Ich bemühe mich ja", sagte Daryl. „Ich versuche, mein Leben zu ordnen. Ehrlich."

„Ich habe dich jahrelang darum gebeten. Und du hast mir nie zugehört. Wieso sollte ich dir jetzt glauben?"

Er nickte. Sie hatte recht und er war sich dessen bewusst. Der Alkohol war nur das Streichholz, das die Flamme entzündete. Die Art, wie er in Rage geriet und seine Familie vernachlässigte, da half kein „Tut mir leid" mehr.

„Ich bemühe mich ja, Lynn", sagte er.

„Du ‚bemühst‘ dich schon dein ganzes Leben."

Er schüttelte den Kopf und wischte sich den Schweiß von der Stirn. „Das hier ist anders."

Sie verkniff sich einen verletzenden Kommentar. Er schien wirklich anders zu sein. Er benahm sich anders. Und das Geld war auf jeden Fall anders.

Vielleicht bemüht er sich ja wirklich.

„Das hier ist ein erster Anfang, okay?", sagte sie. „Du musst einen Tag nach dem anderen angehen. Genau wie wir."

„Kann ich sie sehen?"

„Nein."

„Das sind auch meine Kinder."

„Nicht mehr." Sie beugte sich über den Tisch, damit er ihr Flüstern gut hörte. „Du hast sie lange genug ignoriert. Du hast ihnen etwas versprochen und dann dein Versprechen gebrochen. Du hast ihnen etwas versprochen und sie dann angelogen."

„Ich kann mich ändern", seufzte Daryl. „Was meinst du, wie ich jeden Tag daran arbeite."

„Schön für dich", sagte Lynn. „Aber ich fürchte, das wird nicht reichen."

Damit stand sie auf, wünschte ihm alles Gute und verließ das Restaurant, um in ihr Auto zu steigen und nach Hause zu ihren Kindern zu fahren.

33

Nett wie ein Autoaufkleber

Kevin konnte sich nicht erinnern, wann er das letzte Mal im Gottesdienst gewesen war. Auf jeden Fall war es lange her. Er sollte eigentlich der Predigt lauschen, aber immerzu musste er an Jenny denken, die sich zu Hause herumquälte, oder an Gregory, der wohl im Kinderzimmer spielte. Kevin dachte an Baby A und Baby B und fragte sich, wann er sie wohl endlich Mark und Benjamin nennen konnte. Ihm fielen die Mitarbeiter von Precision ein. Und beim Gedanken an seine Firma schossen ihm gleich wieder Jenny, Gregory und die Babys durch den Kopf. Vor allem Baby B.

Vor wenigen Minuten war im Vorraum genau das passiert, was immer kam, wenn er nach langer Zeit wieder auf Bekannte traf. Die Kommentare hallten in seinem Kopf wider:

„Wie geht's den Kindern?"

„Und, wie hält sich Jenny?"

„Zwillinge, was? Da habt ihr euch ja was vorgenommen."

„Habt ihr denn schon Namen?"

„Genieß deine Haare, so lange du noch welche hast."

„Ruh dich lieber noch mal richtig aus."

„Leg schon mal Geld fürs College zurück. Und für den Rechtsanwalt."

Kevin lachte und flachste mit. Er mochte das Wort *flachsen*. Es klang kurz, ein bisschen billig, und genau so waren seine Witzeleien auch. Sie verbreiteten eine lockere Stimmung und die Leute fragten sich nicht, wann er wohl unter der Last zusammenbrechen würde.

Ihm fiel ein Zitat aus einem Film ein und er fand, er könnte das ohne Weiteres hier lautstark verkünden. „Keine Angst, ich werde nicht das tun, was ihr wahrscheinlich alle erwartet ... *Ich flippe nicht aus!*" Nach außen hin machte er einen guten Eindruck, aber innerlich stürmten tausend Gedanken auf ihn ein. Bald hatten sie wieder einen Termin beim Arzt. Bald würden sie wieder etwas über Baby B erfahren.

In der Zwischenzeit blieb ihnen nichts anderes übrig, als weiter zu beten. Das sagte Jenny die ganze Zeit.

„Weiter zu beten" setzt aber voraus, dass man vorher auch schon gebetet hat.

Vielleicht war jetzt eine gute Gelegenheit, damit anzufangen. Schließlich war er in der Kirche. Pikanterweise war das Predigtthema heute aus Matthäus 6, als hätte Jenny vorher den Pastor angerufen. Die Botschaft war: „Don't worry! Macht euch keine Sorgen!" Eigentlich sollte ihn der Text aufbauen und beruhigen, aber Kevins Qualen wurden immer schlimmer.

Na schön, wenn man diese Probleme vor dem Maßstab der Ewigkeit betrachtete, lohnte es sich dann, sich darüber zu zermürben? Nein.

Trotzdem war die Angst sein ständiger Begleiter. Sie saß beim Frühstück auf seinem Schoß, schrieb ihm den ganzen Tag Nachrichten und fuhr abends mit ihm nach Hause. Sie stand sogar neben ihm, wenn er sein Bestes gab, sie zu vertreiben oder mit geistreichen Bemerkungen zu verdecken.

„Sorgt euch nicht um morgen, der morgige Tag wird für sich selbst sorgen", sagte der Pastor von vorn.

Was wohl Jenny dazu gesagt hätte? Wahrscheinlich hätte sie genickt und ihn angestoßen: *Sage ich dir doch auch die ganze Zeit.* Sie war so stabil, so ausgeglichen. Selbst auf ihrer hormonellen Berg- und Talfahrt mit Zwillingen im Bauch brachte sie nichts aus der Ruhe. Er war derjenige, mit dem die Hormone durchgingen. Er war derjenige, der tief ein- und ausatmen musste, um nicht zu hyperventilieren.

Vielleicht müssen die mir am Ende noch Bettruhe verordnen.

„Wem willst du dienen?", fragte der Pastor in die Runde.

Er sagte Dinge wie: „Vertrauen wächst aus Gehorsam und Hingabe."

Dann habe ich die Zügel meines Lebens wohl noch nicht abgegeben, oder?

Im Nachrichtenblatt für den Sonntag waren die zentralen Punkte der Predigt aufgeführt:

Gott ist treu.

Das konnte Kevin unterschreiben.

Du bist wertvoll.

Keine Frage.

Gott sorgt für dich.

Dito.

Warum war es dann so schwer, ihn ans Steuer zu lassen?

„Achtung: Gott am Steuer" taugt vielleicht als Autoaufkleber, aber wenn man sich fragt, wie man die Rechnungen bezahlen und ein Baby im Bauch zum Wachsen bringen soll, und man selbst nicht das Geringste tun kann, dann hilft der Spruch nicht gerade weiter.

Er konnte die belehrende Stimme seines Vaters hören, dies sei eine Lernerfahrung. Für Dad war *alles* eine Lernerfahrung.

Danke, Dad. Danke, da fühle ich mich gleich wieder wie dreizehn.

„Sorgen ändern nichts."

Danke, Pastor. Schön, dass Sie mich daran erinnern, was ich für ein Versager bin.

Kevin ballte eine Hand zur Faust, so fest wie er konnte, und verdeckte sie mit der anderen.

Warum bin ich so schwach?

Frauen waren das starke Geschlecht. Warum sonst sollte Gott sie auserwählt haben, die neunmonatige Schwangerschaft zu überstehen? Männer würden irgendwann an die Decke gehen oder zusammenbrechen. Sie konnten dem Druck einfach nicht standhalten.

Er seufzte.

Es ist einfach so schwer, dich machen zu lassen, Gott.

Während vorn das Abschlussgebet gesprochen wurde, betete

Kevin leise. Schlicht, aber ehrlich. Es fühlte sich eigenartig an, bei jemandem an die Tür zu klopfen, den er schon lange nicht mehr besucht hatte.

„Hilf mir, Herr. Hilf uns. Nimm das … das alles einfach in die Hand. Bitte hilf einfach."

Gott hatte ihn sicher gehört. Aber alles darüber hinaus fiel ihm schwer zu glauben.

Für seine Firma konnte er hart arbeiten und sich ein Bein ausreißen, um sie zum Laufen zu kriegen, und trotzdem konnte es schiefgehen. Mit dem Beten war es genauso. Er konnte Tag und Nacht beten, aber es lag immer noch an Gott. Ihm blieb nur, loszulassen und an sein Wirken zu glauben.

Aber für deinen Glauben hast du schon lange keinen Schweißtropfen mehr vergossen, oder, Kev? Woher nimmst du dann das Recht zu glauben, dass gerade dein Gebet erhört werden sollte?

Während das Orgelnachspiel lief und die Leute zufrieden aus dem Saal strömten, saß Kevin da und hatte schreckliche Angst.

Er hatte so lange so hart gearbeitet. Aber langsam dämmerte ihm, dass all seine Arbeit nur einer Person galt: ihm selbst.

34

Familienbild

„Wenn er das sieht, flippt er aus."

Kevin hielt das signierte Chicago-Bulls-Trikot in den Händen, mit der Unterschrift des Basketballstars Michael Jordan. Ray hatte nicht zu viel versprochen.

„Ich sollte auch mal so was Nobles machen wie du mit deinem Weihnachtsprojekt", sagte Ray, machte zwei Bier auf und gab eins Kevin. In Rays Welt ging es darum, wen man kannte und wie viel man für ihn springen ließ.

„Weihnachtsengelprojekt."

„Meine ich doch."

Kevin folgte Ray in seinen Hobbyraum im Keller, wo der Flachbildfernseher stand. Ray würde bestimmt wieder vergessen, was es für ein Projekt war. Für Details dieser Art hatte er keine Zeit und keine Energie. Für die Footballspiele der Clemson Tigers oder sein Golfspiel war natürlich genug Zeit vorhanden, aber das war ja auch einfacher geworden, jetzt, wo er mitten auf einem Golfplatz wohnte. In einer millionenschweren Villa.

Dies war eine Welt, in die Kevin gehofft hatte, eines Tages einzutreten. *Auf einmal fühlt sie sich leer und hohl an.*

Kevin nahm einen Schluck und setzte sich auf das bequemste Zweiersofa der Welt. Das dachte er jedes Mal, wenn er auf dem weichen Leder Platz nahm. Ihm fiel der wunderbare Spruch ein: „Wer mit dem meisten Spielzeug stirbt, gewinnt." Dass das nur ein Mythos war, wussten alle, auch die mit vielen Spielzeugen. Es ging nicht darum, mit den meisten Spielzeugen zu sterben. Es ging darum, mit ihnen zu leben und zu spielen.

Nein, tut es nicht, ermahnte sich Kevin. *Es geht darum, Spielzeug zu verschenken. Und das kapiert sogar Ray.*

Ray hatte mit Glauben nichts am Hut, aber so langsam wurde er offener dafür, seit er erlebte, wie Kevin für ihn da war. Das Trikot von Michael Jordan war Rays Art, sich zu bedanken. Beziehungen und Geld war die einzige Sprache, die er beherrschte.

Kevin bedankte sich noch einmal bei Ray, der gerade den gewaltigen Flachbildfernseher einschaltete.

„Sie will das halbe Haus. Ist das zu fassen?" Rays Fluchen übertönte die Kommentatoren, die sie aus riesigen Lautsprechern beschallten. „Wie stellt sie sich das vor? Soll ich das Ding mit einer Kettensäge halbieren?"

„Und was ist mit den Mädchen?"

„Beiderseitiges Sorgerecht. Sie weiß, wie wichtig sie mir sind. Und ich lasse sie mir nicht wegnehmen."

Das große Spiel am Samstagabend lief, aber Ray starrte nur an die Decke.

„Ich habe mir den Hintern aufgerissen für dieses Haus und was macht sie, ein Jahr, nachdem wir eingezogen sind? Ich meine … muss ich das verstehen?"

Kevin hatte inzwischen begriffen, dass es das Beste war, seinen Freund einfach reden zu lassen. Er wollte keiner von denen sein, die Rays Stimmung mit hohlen Phrasen aufzuhellen versuchten. Und Rays Frau schlecht machen wollte er auch nicht.

„Manchmal, da … ich weiß nicht." Ray nahm den letzten Schluck aus seiner Flasche und schüttelte den Kopf. „Manchmal begreife ich das Leben nicht."

„Ich auch nicht."

„Sag mal, du musst hier nicht ständig herkommen und mir beim Jammern zuhören."

„Macht mir nichts aus, solange es Bier gibt", scherzte Kevin.

„Ich hatte echt keine Ahnung. Null. Und dann komme ich eines Tages vom Golfen nach Hause und sie knallt mir das um die Ohren. Ich meine, wenn da wenigstens ein anderer Kerl wäre oder ich sie schlecht behandelt hätte oder so. Nicht zu wissen warum, macht mich fertig. Diese Unwissenheit geht an die Substanz."

„Ja."

„Und dieser Ort deprimiert mich, weil sie fast alles ausgesucht hat. Abgesehen von diesem Zimmer – das war alles ich."

Kevin konnte nicht umhin, die Ironie an der Sache zu entdecken. Ray und sein Hobbyraum im Keller, in so einem Haus!

Reichtum, Besitz und Sicherheiten waren manchmal nur leere Räume, in denen das Echo hallte. Sie waren Füllmasse und Beiwerk.

„Manchmal denke ich an die kleine Bude, die wir hatten, kurz nach unserer Hochzeit. Aber weißt du was? Wir waren schon damals nicht glücklich. Hört sich natürlich toll an: Wir zwei lebten in der winzigen Wohnung unser hübsches kleines Leben. Aber das stimmt nicht. Ich habe geschuftet wie ein Blöder und Stef war unglücklich. Ich dachte immer, in dem Moment, wo wir den Durchbruch schaffen, kann ich etwas kürzertreten und ihr geht es besser. Aber diese Frau wurde schon unglücklich geboren. Jedenfalls kenne ich sie nur so."

Ein paar Minuten später im Spielverlauf stand Ray auf, um sich ein neues Bier zu holen.

„Danke, ich hab noch", sagte Kevin. Seine Flasche war noch halb voll.

Er sah das Spiel auf dem unglaublichen Fernseher in diesem perfekten Haus und dachte darüber nach, was einem das Leben für Streiche spielen konnte. Immer, wenn man dachte, jetzt habe man den Bogen raus, passierte etwas Unvorhergesehenes.

Unser Leben ist wie ein Puzzle. Aber die Teile zusammenfügen, das können wir nicht.

Sein Blick fiel auf das Familienfoto an der Wand und er seufzte. Gott versuchte, ihm etwas klarzumachen. Kevin hoffte, dass er es richtig verstand. Und nicht nur verstand, sondern auch umsetzte.

35

Besser und schlechter

Tom kam vom Schulbus, ging zu seinem Spind und sah Carlos
daneben stehen. Es war schon komisch, Freunde an der Schule zu
haben, dachte er. Plötzlich fühlte sich die Fahrt mit dem Bus
nicht mehr so schlimm an. Er betrat auch die Schule nicht mehr
voller Grauen, wie die Hauptfigur aus einem Zombiefilm. Ihn
plagte nicht mehr die Frage, was ihm heute noch blühte. Stattdessen lächelte er den großen Kerl neben seinem Spind an.

Das Leben war gleich viel schöner, wenn jemand auf einen
wartete.

„Hey Mann, sag mir, dass du gestern online warst", sagte Carlos.

„Ich war gestern online."

Carlos sah erschrocken aus. „Echt?"

„Nein. Ich hab dir doch gesagt, wir haben kein Internet."

„Dann solltest du dir das hier reinziehen. Pass auf."

Carlos zog sein Smartphone heraus und tippte auf dem Display
herum. Dann hielt er es Tom hin.

Zuerst wusste Tom nicht, worauf er reagieren sollte. Auf dem
Bildschirm war die besagte Facebookseite zu sehen.

„Ja, und?"

„Siehst du das?" Carlos zeigte auf etwas.

„Was denn?"

„Über achthundert Leute haben ‚Gefällt mir' geklickt!"

„Echt?"

„Ja. Und du solltest mal die Kommentare lesen. Echt unglaublich."

„Gucke ich mir nachher im Computerraum an."

Während sie sich unterhielten, kamen zwei Mädchen und
überreichten Tom einige Plastiktüten.

„Wir waren am Wochenende bei Target", sagte die eine. „Die Preisschilder sind noch dran."

„Ist nicht viel, aber vielleicht hilft es ja", meinte die andere.

„Tschüs, Tom", rief die Erste beim Weggehen.

Carlos stand nur da und lächelte. „Was machst du eigentlich mit dem ganzen Zeug?"

„Das kommt zur Heilsarmee. Irgendwann dieses Wochenende."

„Brauchst du Hilfe beim Hinbringen?"

Tom nickte und merkte, dass er noch gar nicht so weit gedacht hatte. Eigentlich suchte er immer noch Arbeit und wollte Mom irgendwie helfen. Die Facebooksache hatte als nette Idee angefangen – in letzter Zeit hatte er irgendwie öfters solche Ideen –, doch so langsam uferte es aus. Aber auf eine gute Art und Weise.

„Ach, eins noch."

„Ja?", sagte Tom, öffnete nebenbei seinen Spind und entdeckte noch mehr Geschenke darin.

„Hast du das von Vic gehört?"

Was kommt jetzt?

„Nein", meinte Tom und drückte die Metalltür wieder zu. Er musste pünktlich zur ersten Stunde da sein. Die ganze letzte Woche war er zu spät gekommen. Aus gutem Grund zwar, aber zu spät war zu spät.

„Vic hat einen Verweis gekriegt. Er darf erst im neuen Jahr wiederkommen. Ich hab davon gehört, weil der Trainer ihn am Wochenende nicht aufgestellt hat."

Aus welchem Grund auch immer konnte sich Tom nicht freuen. Es fiel ihm schwer, das zu glauben, aber er empfand tatsächlich Mitleid mit Vic.

„Warum? Wie kam das denn?"

„Jeder hier an der Schule kennt die Seite", meinte Carlos. „Selbst die Lehrer."

„Oh Mann."

Carlos lachte in sich hinein. „Der Kerl ist jetzt bestimmt tierisch sauer."

„Ich sollte mich wohl lieber in Acht nehmen."

„Wir passen schon auf dich auf. Keine Angst."

Carlos schlurfte lässig davon und Tom stopfte schnell die Tüten in seinen Spind.

Die passen vielleicht auf mich auf, aber sie sind nicht immer in der Nähe.

Tom fragte sich, ob er nicht alles nur noch schlimmer gemacht hatte.

Wie im Zirkus

Kevin war am Mittwochmorgen gerade mit den jetzt schon verspäteten Geschenken (es war eine Woche vor Weihnachten und der Termin zum Abgeben schon verstrichen) auf dem Weg zur Heilsarmee, als der Anruf wegen Jenny kam. Nicht *von* Jenny, *wegen* Jenny.

In letzter Zeit bekam er feuchte Hände, wenn das Telefon klingelte. Eines Abends hatte er Jenny davon erzählt und sie hatte ihn als paranoid ausgelacht. Aber genau das war er: paranoid. Bei jedem Anruf, bei jedem Klopfen an der Bürotür und bei jedem plötzlichen Aufstöhnen von Jenny sah er sofort *Wehen* und *Kreißsaal* und *Babys* vor sich. Aber er wollte noch ein bisschen mehr Zeit. Zeit, um Wonkas Goldenes Ticket zu finden, ein Wunder unterm Weihnachtsbaum zu entdecken, aufzuwachen und seinen Angestellten sagen zu können, dass die Auftragsbücher voll waren, vielen Dank, stoßen wir aufs neue Jahr an.

Aber der Anruf auf dem Weg zur Heilsarmee änderte alles.

„Kevin, wir sind im Krankenhaus." Jennys Mutter war dran, die mehrmals in der Woche bei Jenny nach dem Rechten sah.

Das war's. Showtime.

„Was ist passiert? Geht es Jen gut? Mom?" Unglaublich, wie lange er reden konnte, ohne zu atmen.

„Es geht ihr gut. Sie ist nur heute Morgen umgekippt."

„Umgekippt? Hat sie … geht es dem Kind gut? Ich meine, geht es den Kindern gut?"

„Ja, alles in Ordnung. Sie hat nur etwas Flüssigkeitsmangel und ist müde."

Hinter ihm hupte es und Kevin merkte, dass die Ampel längst

grün geworden war. Er fuhr das Fenster herunter und war drauf und dran, dem Kerl zu sagen, er solle gefälligst zu Fuß gehen.

Was tust du da, Kev?

Er gab Gas und fuhr los. Nach wenigen Metern wurde ihm klar, dass das Krankenhaus in der entgegengesetzten Richtung lag. Das Herz schlug ihm bis zum Hals und er musste sich zusammenreißen, um nicht zu rasen. Zur Ablenkung schaltete er das Radio ein und drehte einen rockigen Sender auf.

So laut, um deine Sorgen zu übertönen, kannst du gar nicht aufdrehen, Kev.

Er starrte auf die Straße und wusste, dass er nicht die leiseste Ahnung hatte, wohin sie führte. Alles, was er tun konnte, war, in der Spur zu bleiben, sich an die Geschwindigkeitsbegrenzung zu halten und zu hoffen, dass er ohne Unfall, Strafzettel oder einen Zusammenbruch in einem Stück ankam.

Es ging allen gut. Kevin verbrachte eine Stunde mit Jenny im Krankenhaus und seine Schwiegermutter fuhr wieder nach Hause, wo der Opa auf Gregory aufpasste.

Auf dem Weg nach draußen hielt Kevin Jennys Hand und schwieg. Endlich hatte er sich wieder unter Kontrolle und konnte die Sorgen halbwegs abstellen.

Als sie im Auto saßen, fing Jenny an zu weinen.

„Hey, Süße, was ist los?"

Er nahm sie einige Zeit in den Arm, während sie leise schluchzte. „Es ist nichts", sagte sie mehrmals. Nur die Nerven, ihre Ängste und die Hormone gingen mit ihr durch, meinte Jenny.

„Du hast einfach Angst gekriegt", sagte Kevin. „Mach dir keine Sorgen. Alles wird gut."

„Es ist nur … ich wüsste nicht, was ich machen würde, wenn … Kev …"

„Ich weiß."

Mehr musste sie nicht sagen. Er kannte den Rest.

Kevin sah durch die Frontscheibe, die dringend eine Reinigung nötig hatte.

„Weißt du, morgens, wenn ich aufwache, und abends, wenn ich einschlafe, denke ich immerzu über unsere Familie und die Zukunft nach", sagte er. „Als wir frisch verheiratet waren, war das ganz anders. Weißt du, was ich meine? Ich war schon immer ein ängstlicher Typ und habe mir viele Sorgen gemacht. Aber als Gregory auf die Welt kam, da wurde mir klar, dass ich mich nun um euch beide kümmern muss. Dass ich für euch sorgen muss. Aber das schien mir machbar. Nur jetzt, da … ich weiß nicht."

Jenny setzte sich wieder gerade hin und wischte sich mit einem Taschentuch aus ihrer Handtasche die Tränen ab. „Was weißt du nicht?"

„Der Gedanke, jetzt für drei zu sorgen. Ich meine, *drei* Kinder!"

Jenny nickte.

„Man sagt, Gott mutet einem nicht mehr zu, als man tragen kann, aber ich weiß nicht, Jen. Ich weiß wirklich nicht. Es ist … ach, ich mache mir schon wieder viel zu viele Gedanken."

„Ja, tust du", erwiderte sie.

„Auch wenn es eigenartig klingt: Irgendwie habe ich das Gefühl, es ist meine Aufgabe, mir Sorgen zu machen."

„Wo hast du das nur her?"

Kevin zuckte die Achseln. „Weiß ich nicht. Es ist nur … meine Eltern mussten damals so viel durchmachen, als ich noch klein war. Meinem Dad wurde gekündigt und sie hatten es wirklich schwer. Ich habe zwar das Gefühl, wirklich alles für unsere kleine Familie getan zu haben. Aber irgendwie komme ich nicht vom Fleck."

Jenny griff nach seiner Hand. Ihre Augen waren noch rot. „Niemand ist je so richtig bereit. Vor allem nicht für Zwillinge."

„Ja, schon. Aber wenn du in meinen Kopf gucken könntest …" Er musste lachen. „Da läuft ein richtiger Zirkus drin ab."

„Soll das jetzt eine große Überraschung sein?", fragte Jenny.

„Was?"

„Das weiß ich seit unserem ersten Date."

„Tatsächlich?" Kevin musste grinsen.

„Deswegen mochte ich dich ja auch gleich."

„So ein Quatsch", sagte Kevin.

„Na gut, unter anderem. Aber es stimmt. So bist du nun mal."

Er seufzte, hielt Jennys Hand und sah nach draußen. „Wir kommen jetzt eine Weile nicht mehr hierher, okay?"

„Ich versuch's", meinte Jenny. „Aber das liegt nicht nur in meiner Hand."

„Ja, das macht mir ja gerade Angst."

Verlorener Fall

Es war Donnerstagmorgen. Um halb acht hatte sich Lynn hinter der Lagerhalle angestellt, um die Geschenke abzuholen. Für ihre Kinder. Eigentlich hatte sie erst um zehn einen Termin, aber um diese Zeit sollte sie schon bei einem Vorstellungsgespräch sein. Also hoffte sie, dass sie hier früher drankam.

Unglücklicherweise musste sie tatsächlich warten, bis alle, die auf acht und auf neun bestellt waren, bedient worden waren. Und wie sich herausstellte, wollten *sehr viele* Leute Geschenke abholen.

Die Sache war bis ins Kleinste durchorganisiert. Pünktlich um acht ging der Hintereingang des Eisenwarengeschäfts auf, und drinnen liefen mehrere Leute von der Heilsarmee herum. Die Lagerhalle war einmal ein Holzhandel gewesen, zu der die Eisenwarenhandlung gehörte. Eine Frau ließ sich die Ausweise zeigen, während eine andere die Namen auf der Liste überprüfte. Sobald der Empfänger identifiziert war, rief sie eine Nummer. In der Zwischenzeit fragte die nächste Person danach, welches Geschenkpapier gewünscht war. Am Ende der Reihe standen noch zwei ältere Männer und verteilten kleine Neue Testamente an jeden, der wollte.

Abgesehen von den Bibelverteilern und einigen Leuten, die von hinten die Geschenke herausholten, trugen alle Mitarbeiter der Heilsarmee Uniform. Die Frauen trugen lange Röcke, die Männer Hosen, und alle Uniformjacken und Krawatten.

Nachdem Lynn zum dritten Mal gefragt hatte, ob sie früher aufgerufen werden könnte, willigte die Frau, die ihren Ausweis kontrollierte, ein. Lynn nannte ihren Namen und die restlichen Daten und sagte, sie wolle für Tom und Sara Geschenke abholen.

Die Nummern wurden gerufen und mehrere Leute gingen in den hinteren Teil der Lagerhalle, um die richtigen roten Tüten herauszusuchen. Da nahm Lynn sie zum ersten Mal richtig wahr. Die Tüten.

Das müssen Hunderte sein. Vielleicht sogar Tausende!

Eigentlich waren es rote Müllsäcke mit Geschenken drin. Nach kurzer Zeit bekam Lynn den Sack mit den Geschenken für Sara überreicht. Dann wartete sie. Und wartete. Und wartete immer noch.

Mit jeder Minute, die verstrich, wuchs ihre Sorge.

Bitte lass seine Geschenke da sein. Bitte, Herr, bitte.

Das Geld von Daryl war bereits eine riesige Gebetserhörung gewesen. Sie hatte den Kindern noch nichts von ihrer Begegnung mit ihm erzählt, aber das wollte sie noch. Sie hatte es sich fest vorgenommen. Das Geld war ein echter Segen gewesen, aber sehr lange hatte es nicht gereicht. Immerhin, die Miete für diesen Monat war bezahlt.

Aber im Januar wird wieder Miete fällig. Und im Februar. Und so weiter und so fort.

„Tut mir leid, Ma'am, aber für Sie ist nur eine Tüte da."

Lynn sah sich um. Sie konnte es nicht glauben. Da war eine ganze Lagerhalle voller Tüten und ausgerechnet ihre fehlte? „Das muss ein Fehler sein."

„Tut mir leid. Wir sind mehrmals durchgegangen."

Oh nein.

„Für wen sollte die Tüte sein?"

„Tom Brandt. Können Sie bitte noch einmal nachsehen?"

Die Leute hinter ihr in der Schlange sahen genervt aus, aber das war Lynn egal.

„Ma'am, rufen Sie bitte morgen im Büro an, dann wissen wir vielleicht, was damit passiert ist."

Lynn stand da und rührte sich nicht vom Fleck. Die lange Schlange hinter ihr interessierte sie nicht. Sie war hier, um die Geschenke für ihre Kinder abzuholen. Dafür hatte sie sich bei der

Heilsarmee angemeldet und war eine Woche vor Weihnachten hierher bestellt worden.

Tom hatte recht. Hatte er nicht gesagt, dass für ihn nichts da sein würde?

„Kriege ich sie denn noch vor Weihnachten, wenn es heute nicht klappt?"

Wahrscheinlich würde ihr die Frau jetzt erzählen, dass sie die Geschenke auf jeden Fall bekommen würde. Aber selbst wenn sie tatsächlich auftauchten – bei ihrem Glück wäre das wohl eher zu Ostern.

Die Frau in Uniform schenkte ihr ein entschuldigendes Lächeln. Sie hätten die Bestände schon zweimal durchgesehen. Eine verlorengegangene Geschenktüte zu finden sei fast unmöglich.

„Nicht alle Weihnachtsengel finden einen Paten. Aber weil viele Leute besonders großzügig sind, haben wir auch Geschenke für unsere vergessenen Engel."

Lynn war enttäuscht, wütend und fühlte sich gedemütigt.

Tut mir leid, Tom, deine Geschenke waren nicht dabei. Aber du bist jetzt etwas ganz Besonderes: ein vergessener Engel! Möchtest du dein T-Shirt haben, wo das draufsteht?

„Wenn Sie morgen wiederkommen, dann werden wir auch ein paar Geschenke für Ihr anderes Kind haben", sagte die Frau geduldig.

„Ein paar Geschenke? Ich will keine ‚paar Geschenke'. Ich will die haben, die er sich gewünscht hat. So funktioniert das doch, oder? Ich meine – so sollte es funktionieren. Oder etwa nicht?"

Lynn merkte, wie alle sie anstarrten. Die hinter ihr waren genervt, weil sie eine Szene machte und alles verzögerte, und die gut zwanzig Mitarbeiter hatten diesen mitleidigen Blick, der sie nur noch wütender machte.

Das sind Geschenke, Lynn. Du hast kein Recht darauf. Du hast sie nicht bezahlt.

Nur wusste hier niemand, wie viel Überwindung sie es gekostet hatte, sich überhaupt anzumelden. Als sie Tom und Sara vom

Weihnachtsengelprogramm erzählte, hatte es ihr das Herz gebrochen.

Eltern sollten ihren Kindern die Weihnachtsgeschenke kaufen können.

Lynn wollte weiter kämpfen, aber es ging nicht. Die Sache war verloren.

„Tut mir leid", sagte die Frau.

„Ja, mir auch."

Lynn seufzte und hob die rote Tüte mit den Geschenken für Sara hoch. *Warum, Gott? Warum ausgerechnet Tom? Warum jetzt?*

Sie verließ die Lagerhalle und spürte die eisige Kälte. Ihre Hände und ihr Herz wurden taub. Sie wusste nicht wohin. Daryls Geld war für Rechnungen draufgegangen. Sie hatte nicht genug, um Tom noch Geschenke zu kaufen.

Im Auto merkte sie, dass sie eine halbe Stunde zu spät zum Vorstellungsgespräch kommen würde.

Vor Wut und Frustration schrie Lynn die Frontscheibe an.

Ich hasse dieses Leben der Entbehrungen. Ich hasse es einfach.

Sie drehte den Anlasser des Maxima. Und natürlich machte er keinen Mucks.

Lynn wollte wieder schreien, blieb dann aber einfach in der Kälte sitzen.

Beim dritten Versuch sprang der Wagen an.

Lynn parkte aus und fühlte sich viel zu erschöpft und ausgedörrt, um Tränen zu vergießen.

Ein Held

Dank Vic kannten ihn auf einmal fast alle. Sie kannten ihn nicht nur, sie wollten ihm das auch zeigen. Und das waren nicht nur die, die Geschenke für den guten Zweck mit zur Schule brachten, der aus einer Facebookseite entstanden war. Wenn Tom den Flur entlanglief, nickten ihm Schüler zu, deren Namen er nicht kannte. Manche sagten sogar: „Hey, Tom."

Währenddessen war irgendwo auf der Greer High ein Kerl namens Vic West, der wahrscheinlich schon Rachepläne schmiedete.

Manche laufen hier mit Waffen rum, und hin und wieder begeht dann einer eine riesige Dummheit.

Tom wusste, dass er sich in Acht nehmen musste.

Aber zum Glück war es Freitag, der letzte Tag vor den Ferien. Als der Direktor ihn plötzlich zur Mittagspause zu sich bestellte, befürchtete Tom das Schlimmste. Aber stattdessen hatte Mr Thornton überraschende Neuigkeiten für ihn.

„Da wartet ein Kamerateam vom Fernsehen auf dich."

Mr Thorntons buschige Augenbrauen wackelten so sehr, dass Tom fast lachen musste. Der Direktor hatte mehr Haare in den Augenbrauen als auf dem restlichen Kopf.

„Sie wollen mit dir über dein Heilsarmeeprojekt reden."

Tom überlegte. Es überraschte ihn, dass selbst der Direktor Bescheid wusste.

Er hat der Sache einen Namen gegeben. Jetzt heißt es „Heilsarmeeprojekt".

Mr Thornton führte Tom vor die Schule. Dort fühlte der Fünfzehnjährige sich die nächste halbe Stunde wie ein Prominenter, während die Reporterin ihm Fragen stellte. Die Mittagspause hatte angefangen und lauter Schüler beobachteten ihn. Aber zum ersten Mal seit … nein, zum ersten Mal überhaupt störte ihn das nicht. Wahrscheinlich wussten sie alle, dass er die abgewetzten Jeans und den Zwei-Dollar-Pullover aus dem Secondhandshop anhatte, aber das machte ihm nichts aus. Weil sie sich hoffentlich gleichzeitig darüber freuten, dass er so eine tolle Idee gehabt und aus etwas Schlechtem etwas so Gutes gemacht hatte.

„Woher hattest du denn die Idee?", fragte Jill, die hübsche Reporterin.

„Weiß ich nicht", antwortete er zuerst. Glücklicherweise lief die Aufnahme noch nicht. Wahrscheinlich befragte sie ihn schon vorher, damit er sich ein paar gute Antworten überlegen konnte.

Aber ich weiß wirklich nicht, warum.

„Ich glaube, ich wollte einfach herausfinden, ob es Schüler gibt, die gern Menschen in Not helfen", antwortete er.

Die Frau vom hiesigen NBC-Nachrichtenkanal brachte immer wieder die Worte *Mobbing* und *Facebook-Mobbing* ins Spiel. Aber Tom reagierte nicht darauf. Er wollte nicht über Vic reden oder darüber, Mobbingopfer zu sein.

Ich will nicht, dass Vic sich das hier anguckt und dann noch zehn Gründe mehr findet, warum er mich mit seinem Pick-up überfahren sollte.

„Ich bin sowieso nur selten auf Facebook", meinte er. „Das war nur ein dummer Streich. Wahrscheinlich steckte überhaupt nichts dahinter."

Als die Aufnahme lief, stellte Jill ihm ganz ähnliche Fragen. Kurz vor Ende kam aber eine unerwartete Frage von ihr.

„Was ist das für ein Gefühl, dass aus dem Scherz auf deine Kosten so eine überwältigende Aktion der ganzen Greer Highschool geworden ist?"

Tom zuckte die Achseln. „Für mich zählt nur, dass … dass es eine Menge Leute gibt, die die ganzen Sachen gut gebrauchen können. Ich hätte nie erwartet, dass so ein großes Ding daraus würde."

„Und warum hast du dir die Heilsarmee als Empfänger der Geschenke ausgesucht?", fragte Jill.

„Weil sie den Leuten helfen. Ich dachte nur … die machen ja schon so viel zu Weihnachten. Warum sollte man nicht einfach mal mitmachen?"

Jill sprach in die Kamera, sagte Wörter wie *mutig* und *kreativ* und Tom merkte, wie er rot wurde. Eine Menschentraube hatte sich um sie versammelt, und er wollte nur noch fertig werden und in sein normales Leben zurück.

Nachdem das Interview vorbei war und er sich von der Reporterin verabschiedet hatte, entdeckte er Cass neben dem Haupteingang.

„Hey", sagte er.

„Du bist ein Held", meinte Cass.

„Quatsch. Ich hatte nur eine Idee, die funktioniert hat."

„Aber nur wenige Leute tun das, was funktioniert, Tom. Wer weiß schon, wie man so was auf die Beine stellt? Und so richtig was verändert? Deswegen finde ich das hier ja so cool."

Tom musste einen Augenblick darüber nachdenken.

Wie man etwas verändert.

Da begriff er. Das war sein Gebet. Er hatte das gebetet. Er hatte Pastor Grady zitiert und gesagt, er wolle etwas verändern und die Welt ein Stückchen besser machen.

„Hier, für dich", sagte Cass und gab ihm einen Zettel.

„Was ist das?"

„Eine Wegbeschreibung zu mir nach Hause."

Er musste ziemlich verdutzt geguckt haben, denn Cass lachte nur und fügte hinzu: „Für meine Silvesterparty."

„Oh."

„Carlos hat dir doch bestimmt davon erzählt."

„Ja, ich glaub schon", meinte Tom.

Wahrscheinlich kaufte sie ihm die Beiläufigkeit nicht ab. Natürlich wusste er davon. Natürlich hatte er gehofft, sie würde es ihm gegenüber erwähnen.

„Tja, Mr Ich-verändere-die-Welt-mit-Facebook, wenn du tatsächlich mal auf deiner Seite vorbeischauen würdest, hättest du gesehen, dass ich dich schon vor einer Woche eingeladen habe."

„Tut mir leid."

Cass lachte wieder und strich sich die blonden Locken aus dem Gesicht. „Das wird eine große Party mit 'ner Menge Leute. Wird bestimmt lustig. Und das Beste: Du hast mich angesteckt. Ich habe mir überlegt: Jeder, der kommt, muss eine Sache mitbringen, die wir dem Sozialkaufhaus spenden."

„Wow."

„Ich ahme dich nur nach. Aber macht nichts. Hier ist die Wegbeschreibung, falls du dich nicht bei Facebook einloggst." Sie zeigte auf den Zettel, den Tom noch immer in der Hand hielt. „Dann sehen wir uns wohl nicht mehr bis zur Party, oder?"

Einen Augenblick sah Cass so aus, als wartete sie auf etwas. Tom hielt den Zettel hoch, bedankte sich und meinte, er würde sich freuen.

Erst später im Unterricht dämmerte ihm, dass ihre Frage nicht nur eine einfache Feststellung gewesen war.

Das war eine Steilvorlage. Deine große Chance.

„Dann sehen wir uns wohl nicht mehr bis zur Party, oder?"

Das war der Moment, in dem er „Nicht unbedingt" hätte sagen sollen. Oder „Es sei denn, wir sehen uns heute Abend". Oder ein halbes Dutzend anderer Dinge, anstelle von einem dürftigen „Danke".

Von Mädchen hatte er wirklich überhaupt keine Ahnung.

Noch ist der Tag nicht vorbei. Noch nicht. Du hast noch Zeit.

Stille Nacht

Der letzte Arbeitstag vor der Weihnachtspause war für alle Mitarbeiter von Precision zum letzten Arbeitstag überhaupt geworden.

Kevin hatte alles versucht, um diesen Freitag abzuwenden, aber er war unvermeidbar. Zu jedem der Mitarbeiter war er persönlich gegangen, damit es keine große Überraschung mehr war, als er in der Gruppensitzung die Nachricht verkündete. Es hatte Umarmungen, Tränen und viele lange Gesichter gegeben. Nicht nur, weil alle ihren Job verloren, sondern auch, weil Kevin seine Firma schließen musste.

Dieser Tag kam ihm unwirklich vor und kostete ihn eine Unmenge an Kraft.

In einer Woche war Weihnachten und Kevin fühlte sich wie ein Versager. Er war das Gesicht des zeitgenössischen Amerikas: ein geplatzter Traum, eine Reise in die Sackgasse. Wie so viele andere, die Kevin in den Nachrichten gesehen oder über die er im Internet gelesen hatte, würde er auch bald arbeitslos sein.

Er ging als Letzter aus dem Gebäude. Bevor der Vermieter die Schlüssel bekam, hatte er noch ein wenig Zeit, um ein paar Handgriffe zu machen und die Schreibtische leer zu räumen. Aber eigentlich wollte er nur nach Hause und diesen Tag und dieses stürmische Jahr endlich hinter sich lassen.

Am Abend stellte sich heraus, dass ihm der Sturm gefolgt war. Genauer: das Gewitter.

Das Donnergrollen begann, kurz nachdem sie Gregory ins

Bett gebracht hatten. Kevin hatte gerade einen einsamen Chocolate Chip Cookie gefunden, den Jenny ihm abtreten wollte, als Gregory losbrüllte. Die ängstlichen Schreie ihres Sohnes ließen Kevin die Treppen hinaufeilen.

Das Donnern schien Gregory nicht nur zu erschrecken; es lähmte ihn vor Angst.

„Bleib hier, Daddy. Geh nicht weg."

Der Chocolate Chip Cookie musste warten.

„Ich bleib hier", sagte Kevin.

Gregory kuschelte sich wieder ein und Kevin legte sich neben ihn aufs Bett. Es donnerte, Blitze erhellten die Nacht und der Regen prasselte auf das Dach.

„Daddy?", sagte das kleine Stimmchen.

„Ich bin hier."

„Ich hab Angst."

„Du brauchst keine Angst zu haben. Daddy ist bei dir."

Gregorys Hand berührte seinen Arm, sein Kopf lag an Kevins Schulter. Kevin streckte sich aus und sah zur Decke.

Es war friedlich hier. Er rief keine Mails ab, hörte nicht den Handyanrufbeantworter ab, loggte sich nicht bei Facebook oder Twitter ein und ließ den ganzen Zirkus ruhen. Er war nicht erreichbar, und das fühlte sich gut an. Kevin lag nur neben seinem Sohn und versicherte ihm, dass alles gut werden würde.

Und es wird wirklich gut werden.

Der Blitz konnte zwar in einem Baum einschlagen und diesen auf ihr Haus krachen lassen, aber das war sehr unwahrscheinlich. Die gefährlichen Geräusche und die grellen Blitze waren eigentlich überhaupt nicht gefährlich. Und Gregory fühlte sich sicher, solange sein Daddy bei ihm war.

Je mehr Kevin sich auf diesen Gedanken einließ, desto kleiner kam er sich vor. Stille Tränen liefen ihm die Schläfen hinunter.

Wieso kann ich nicht einfach Gott so vertrauen wie Gregory mir? Er ist doch mein Vater.

Kevin musste noch viel lernen. Sehr viel.

Er schloss die Augen und bat Gott, Gregorys zwei kleine Brüder zu beschützen. Er wollte fest daran glauben, dass Gott ihn hörte. Ihm fiel eine Textzeile aus „Stille Nacht" ein, das vorhin im Auto im Radio gelaufen war: „Da uns schlägt die rettende Stund".

Er wollte fest daran glauben, dass auch für ihn in Greenville, South Carolina, die rettende Stunde geschlagen hatte.

Regen

40

Der Regen prasselte auf das dünne Blechdach und sickerte irgendwo in Toms winziges Zimmer. Tom hörte es tropfen, aber er konnte nicht mal das Licht einschalten, um die undichte Stelle zu suchen. Der Strom war weg. Mom und Sara saßen bei Kerzenlicht im Wohnzimmer. Tom hatte gesagt, er wolle schlafen gehen, aber so richtig müde war er nicht.

Er war es nur leid, nichts tun zu können.

Vielleicht bin ich ein Held an der Schule, aber hier bin ich einfach nur ein Teenager, der nicht für seine Mom und seine Schwester sorgen kann.

Eigentlich sollte da noch jemand anderes sein.

Jemand, der stark und vertrauenswürdig war.

Jemand, zu dem sie aufschauen konnten.

Aber sein Vater fiel schon lange aus.

Tom erinnerte sich daran, dass er früher wirklich zu seinem Vater aufgeschaut hatte. Das war, bevor die Trinkerei Dad zu einer emotionalen Statue hatte erstarren lassen und ihn so unzuverlässig gemacht hatte wie das Blechdach über ihm. Dad war nicht immer so gewesen. Als er noch jünger war, hatte er nicht nur herumgesessen. Er hatte das repariert, was kaputt war, und sogar ab und zu mit ihnen herumgeblödelt.

Als Mom von ihrer Begegnung mit Dad erzählt hatte, war in Tom die Hoffnung erwacht, dass der Mann aus seiner Erinnerung noch existierte. Vielleicht hatte er sich verändert, aber dieses Mal zum Guten. Tom musste Gewissheit haben. Und er wollte, dass sein Vater wusste, wie es ihnen ging.

Ich werde ihn besuchen. Und zwar noch vor Weihnachten.

Mom hatte noch immer keinen Job gefunden und seine eigene Suche war auch erfolglos gewesen.

Irgendwie habe ich das Gefühl, Mom hat Dad nicht die Wahrheit über unsere Situation gesagt.

Der Regen beruhigte ihn nicht. Mit jedem Tropfen stürmten neue Fragen auf ihn ein: Was würde morgen werden? Und übermorgen? Und am Tag danach? Er musste einen Job als Aushilfe finden, Mr Sinclair überzeugen, das Dach zu reparieren …

Dad muss einfach erfahren, wie wir hier hausen. Vielleicht kann er uns helfen? Vielleicht kapiert er dann endlich, dass wir nicht allein klarkommen.

Kinder hatten nicht nur zwei Elternteile verdient, sie brauchten auch ihre Unterstützung und Hilfe, und das nicht nur ausnahmsweise. Mom schaffte es allein einfach nicht. Und Tom konnte nicht alles auffangen.

Ich fahre zu Dad und sage ihm Bescheid.

In seinem kalten Zimmerchen fasste Tom den Entschluss. Er wollte noch einmal Böses mit Gutem bekämpfen.

Mom durfte davon natürlich nichts wissen. Aber Dad würde endlich erfahren, wie sie wirklich hier lebten und was er ihnen angetan hatte. Und dann würde es vielleicht endlich besser werden. Vielleicht würde Dad sagen, wie er sie vermisste und dass ihm alles leidtat?

Das wird mein Weihnachtsgeschenk für Mom, dachte er, während es unaufhörlich in sein Zimmer tropfte. *Dann schöpft sie vielleicht neue Hoffnung.*

Und wer wusste es schon, vielleicht wurde aus einem Elternteil wieder zwei? Das wäre ein echtes Weihnachtswunder.

41

Der Mann im Innern

Wird man durch die Fehler der Eltern automatisch zum Versager?
Tom konnte die Frage nicht beantworten.

Sie haben nur Entscheidungen getroffen wie jeder andere auch.

Er saß auf der gegenüberliegenden Straßenseite von ihrem alten Haus in einem kleinen Waldstück und beobachtete es nun schon seit Stunden. Mittlerweile musste es Mittag sein.

Dank eines Schulfreunds von Carlos und eines Brummifahrers hatte er es bis hierher geschafft. Wenn Mom wüsste, dass er bis nach Georgia getrampt war, würde sie ihn umbringen. Aber zum Glück dachte sie, er wäre zu Besuch bei Carlos. Sie war der Meinung, er tat etwas Gutes, pflegte seine Freundschaften und fing an dazuzugehören.

Sie weiß immer noch nichts von der Facebookseite. Aber das erzähle ich ihr bald.

Ob er wollte oder nicht, er war aufgeregt. Er wollte es mit eigenen Augen sehen. Was genau, das wusste er nicht, aber er beobachtete das Haus trotzdem. Der alte Pick-up stand da. Die Eingangstür war bisher nicht ein Mal aufgegangen.

Seit sie vor einem Jahr abgehauen waren, hatte Tom seine Mutter nie gefragt, warum. Das wusste er nämlich selbst. Die Frage, die ihn viel mehr umtrieb, war, ob ihr Verschwinden Dad verändert hatte. Er wollte nur einen Blick erhaschen. Eine Berührung. Irgendwas.

Manche Dinge im Leben ergaben einfach keinen Sinn. Wie zum Beispiel die Tatsache, dass viele böse Menschen reich waren, aber andere wie seine Mutter überhaupt nichts hatten. Oder dass Leute wie sein Dad von morgens bis abends wütend auf das Leben waren. Meistens betraf das Männer. Warum waren manche

Kerle so gemein? Tom hatte sein ganzes Leben darunter gelitten und immer ging das von Männern aus. Und bei seinem Vater fing es an.

Wenn es Ärger gab, dann wegen des Geldes. Lief alles gut, kam er ohne Alkohol aus. Gab es aber keine Arbeit, dann hörte sein Vater auf, sich zu rasieren. Die schwarzgrauen Stoppeln waren immer das erste Warnsignal. Dahinter verbarg sich eine Mir-ist-alles-schnurz-Haltung und es war wieder Zeit für die Flasche. Und die Flasche bedeutete, dass der böse Mann wiederkam.

Dads Hände waren nicht besonders groß. Aber sie taten verdammt weh, wenn er ihm eine verpasste. Er schlug zwar nie so hart zu, dass Tom ins Krankenhaus musste. Aber blaue Flecke hatte er im Lauf der Zeit genügend gehabt.

Dads Wut war dummerweise nicht immer vorhersehbar. Sie folgte nicht dem Schema A+B+C=D. Sie trat auch willkürlich auf, ohne jeden Grund.

Wie zum Beispiel an dem Tag, an dem Tom mit dem Fahrrad einen Unfall gebaut hatte und zu spät nach Hause kam, weil er es mit dem kaputten Reifen tragen musste. Dad war ausgeflippt und hatte einen Monat lang nicht mehr mit ihm gesprochen. Schläge gab es dieses Mal keine, aber stillen Zorn. Dabei passte das überhaupt nicht zu der Situation. Es war doch nur ein Fahrradreifen.

Tom dachte noch an den Vorfall, da kam jemand die Straße heruntergeradelt. Schnell duckte er sich und hielt die Luft an. Es war sein Vater auf *seinem* Fahrrad. Genau das Rad hatte er stehen gelassen.

Wieso fährt der auf meinem Fahrrad?

Dad stieg ab und lehnte den rostigen Drahtesel an die Hauswand. Er stapfte die Stufen der Veranda herauf und drehte sich dann auf einmal um.

Eine Sekunde lang meinte Tom, er sei entdeckt worden. Aber dann ging sein Vater ins Haus und ließ die knarrende Moskitotür zuknallen.

Tom starrte auf das Haus und dachte über den Mann darin nach.

Jetzt bist du bis hierher gefahren, Tommy. Du gehst jetzt da rein.

Eine lange Zeit blieb er noch in seinem Versteck auf gefrorenen Blättern hocken. Der Wind kühlte ihn aus und es war eigentlich Zeit, zum Rastplatz zu gehen und bei den Brummifahrern zu fragen, ob ihn jemand nach Greenville mitnehmen konnte. Er hatte Gewissheit gewollt, ob sein Vater noch lebte. Und er lebte noch.

Du willst aber mehr und das weißt du auch.

Tom hatte keine Ahnung, was ihn hinter der Haustür erwartete. Aber es war noch immer ihr Haus und er hatte jedes Recht, die Tür zu öffnen. Vielleicht las Dad in der Bibel, streichelte einen Hund namens Sparky und lauschte alten Gospelsongs?

Stattdessen fand er genau das Bild vor, das er nie wieder sehen wollte.

Die Flasche Whiskey stand auf der Anrichte und war zu zwei Dritteln leer.

Dad saß im Wohnzimmer in seinem Sessel, das Glas in der Hand. Der Fernseher lief. Er war jetzt eine Stunde zu Hause. So lange hatte Tom gebraucht, um sich zu überwinden. Jetzt wünschte er sich, er wäre einfach nach Hause gefahren.

Als Tom ins Wohnzimmer kam, knarrte der Fußboden und sein Vater drehte sich um. Sein Kopf ging so langsam herum, als wäre es ihm egal, selbst wenn Einbrecher alles leer räumen und ihn erschießen wollten.

„Was machst du denn hier?", fragte Dad.

Er klang nicht böse oder gemein. Aber definitiv betrunken.

„Ich wollte dich sehen."

Sein Vater nickte und sah wieder zum Fernseher. Es liefen Nachrichten.

„Jetzt hast du mich gesehen. Und nun kannst du alles deiner Mama petzen."

Tom stand da und wusste nicht, was er tun sollte. So viel war passiert, seitdem er das letzte Mal hier gestanden hatte. Aber trotzdem war er genau da, wo er vor einem Jahr gewesen war. Derselbe Junge stand demselben Vater gegenüber und es hatte sich nichts geändert.

„Mom geht es nicht gut."

„Ach ja? Ist sie krank geworden oder was?"

„Sie ist gekündigt worden", sagte Tom und stand extra gerade, um zu zeigen, dass er keine Angst hatte. „Sie findet nichts Neues. Und ich suche auch einen Job, aber viel verdiene ich bestimmt nicht."

„Hat sie euch erzählt, dass ich bei ihr war? Dass ich sie gefragt habe, wann ihr wiederkommt?"

Tom nickte, schwieg aber.

„Na also. Dann verstehst du mich. Das ist also der Dank dafür, dass ich mich verändern wollte. Dass ich etwas Gutes tun wollte."

„Hast du dich denn verändert?"

Der Blick seines Vaters erinnerte ihn an die alten Zeiten. Einen Augenblick überlegte Tom, ob er die Beine in die Hand nehmen sollte. Er war schneller als Dad, so viel stand fest. Vielleicht sollte er verschwinden, sich das Fahrrad schnappen und bis nach Hause fahren.

„Geholfen hat es jedenfalls nicht gerade", sagte Dad und sah wieder in Richtung Mattscheibe.

Irgendetwas an der Art, wie er da saß, so leicht vornübergebeugt, ausgemergelt, kränklich und ziemlich traurig, weckte ein ganz neues Gefühl in Tom.

Mitleid.

„Ich habe ihr gesagt, dass es mir leidtut, und das sage ich dir auch. Es tut mir leid. Aber ich kann die Vergangenheit nicht ändern, Tommy."

„Warum bist du mit meinem Fahrrad gefahren?"

Dad zuckte die Achseln und leerte das Glas. „Das passiert, wenn man zu oft betrunken am Steuer erwischt wird."

Tom merkte, wie in ihm Wut aufstieg. Er war den ganzen Weg hierher gefahren, um seinen Vater um Hilfe zu bitten. Aber dieser war exakt derselbe Mann, den sie verlassen hatten. Das letzte Jahr hatte überhaupt nichts geändert. Nicht ein Stück.

„Ich habe deiner Mutter so viel Geld gegeben, wie ich konnte", sagte Dad. „Wenn ich wieder welches habe, schicke ich es."

Tom nickte.

Mehr brauchen wir von dir auch nicht, und bald noch nicht mal mehr das.

Er sagte nichts und sah den alten Mann nur wütend an. Vater konnte er ihn wohl kaum nennen.

„Willst du was?"

„Ja", meinte Tom. Dann schüttelte er den Kopf. „Aber hier werde ich es wohl nicht finden. Nicht in diesem Haus."

Mit diesen Worten drehte sich Tom um und ging.

Bei all den großen und ergreifenden Szenarien, die er sich ausgemalt hatte, hätte er nie erwartet, dass es so laufen würde. Das hier war nur die x-te Wiederholung einer Sendung, die er Abend für Abend gesehen und gründlich satt hatte.

Wenigstens habe ich jetzt Gewissheit.

Tom überlegte, ob er das Fahrrad mitnehmen sollte, schließlich gehörte es ihm. Aber er brachte es nicht übers Herz. Sein Vater konnte es haben. Aber das war auch schon alles.

42

Weihnachtsgeschenk

Kevin starrte auf den Bildschirm, aber ihm fielen die Augen immer wieder zu. Es war Zeit für eine Pause. Alle seine Rechercheversuche endeten sowieso in einer Sackgasse. Aber für Pausen hatte er keine Zeit. Er musste aus jeder Sekunde das Maximum herausholen. Vor allem weil sein Girokonto im Dispo war und er keine weiteren Zahlungen erwartete.

Der Weihnachtsmann mag vieles bringen, aber leider keine dicken Schecks.

Jennys Weihnachtsgeschenk hatte er auch noch nicht besorgt und er wusste auch überhaupt nicht wann. Es lag noch nicht einmal am Geld. Der Gedanke schien ihm nur absurd, angesichts der ganzen Situation – die Zwillinge im Anmarsch, Jenny erschöpft und seine Firma gescheitert – seiner Frau Handschuhe, Schmuck oder irgendetwas *Normales* zu schenken. Wenn, dann sollte sie etwas Besonderes bekommen.

Aber in letzter Zeit habe ich alle Zeit und Energie in Precision Design gesteckt.

So war es nicht immer gewesen. Kevin konnte sich noch gut an Jennys dreißigsten Geburtstag erinnern, als er eine Überraschungsparty mit Freunden und Familie vorbereitet hatte. Die Überraschung war ihm wirklich gelungen und er war stolz darauf, so etwas auf die Beine gestellt zu haben.

Aber die Ranken des Lebens waren im Lauf der Zeit Stück für Stück um ihn herumgewachsen. Und jetzt hatte er das Gefühl, sie wollten ihn ersticken und überwuchern.

Und dabei sind die Zwillinge noch nicht mal da. Wie soll das erst nach der Geburt werden?

Der nächste Arzttermin war nicht weit und auch Weihnachten

stand vor der Tür. Kevin machte sich schon wieder Sorgen und konnte nichts dagegen tun.

Er sah auf das Foto auf seinem Schreibtisch, das jemand von ihm und Jenny auf Rays Hochzeit gemacht hatte. Demselben Ray, der sich jetzt scheiden ließ.

Die Augenblicke rauschen an einem vorbei und man begreift zu spät, dass man sie nicht wiederkriegt. Und für eine Entschuldigung ist es dann auch zu spät.

Kevin stand auf und überlegte, einen kleinen Spaziergang zu machen. Auf einen Kaffee, ein Bier oder irgendetwas. Aber sein Blick fiel wieder auf den Schreibtisch.

Lass diese Gefühle nicht in dir schmoren. Mach etwas damit. Lass Jenny dran teilhaben.

Kevin setzte sich wieder hin. Er öffnete ein neues Dokument und begann, mit zwei einfachen Wörtern sein Herz auszuschütten:

Liebe Jenny,

Kevin überlegte. Dann schrieb er einfach los.

Du hast viel mehr verdient als das hier, mehr als mich. Wir stecken grad in der größten Sache unseres Lebens und ich grüble nur über die Zukunft. Du machst mir Mut, dabei sollte es andersherum sein. Und mir wird allmählich klar, wie gedankenlos und ichbezogen ich bin.

Tut mir leid, Jen. Es tut mir leid, dass ich so selten für Dich da war. Ich wache morgens auf und weiß genau, was ich alles tun sollte, aber Du stehst irgendwie nie auf meiner To-do-Liste. Du solltest meine Nummer eins sein, aber ich kriege es einfach nicht hin.

Um ehrlich zu sein: Ich habe Angst. Ich weiß, wir sollen auf Gott vertrauen, aber die Last auf meinen Schultern ist zu schwer, um sie abzugeben. Die Firma – meine Firma. Manchmal hätte ich mir einen einfacheren Weg gewünscht. Und Du hättest etwas viel Besseres verdient. Wahrscheinlich würdest Du jetzt sagen, dass Du einfach nur mich willst, aber selbst davon hast Du in letzter Zeit nicht viel bekommen.

Ich habe lange darüber nachgedacht, was ich Dir zu Weihnachten schenken soll. Aber eigentlich ist das bescheuert. Ich kann Dir jeden Tag etwas schenken. Kleine Dinge, einfache Dinge. Warum bin ich nicht einfach für Dich da? Manchmal habe ich das Gefühl, ich wäre derjenige, dessen Hormone verrückt spielen und der Zwillinge im Bauch hat. Der eine heißt Sorgen, der andere Arbeit. Schöne Zwillinge sind das.

Kevin überlegte, die letzten Sätze wieder zu löschen, aber schrieb dann weiter.

Manchmal habe ich Angst, aufzuwachen und zu denken: Wofür habe ich eigentlich so lange so hart gearbeitet? Wofür? Denn ich habe all die Geschenke verpasst, die die ganze Zeit direkt neben mir lagen. Dich und Deine Ausstrahlung. Dich und Deine Schönheit.

Dich.

Noch ist es nicht zu spät. Noch kann ich mich ändern. Noch kann ich der Mensch und der Ehemann werden, den Du verdienst.

Vielleicht. Hoffentlich.

Das ist mein Weihnachtsgeschenk für Dich. Nicht das Einzige, aber vielleicht das Wichtigste. Mein Versprechen.

Ich verspreche Dir, mein Bestes zu geben. Jeden Tag von heute an.

Okay?

Ich liebe Dich. K.

Kevin speicherte das Dokument, aber druckte es nicht aus. Dieses Mal stand er nicht nur auf, sondern verließ das Büro.

Er war sich nicht sicher, ob er ihr den Brief geben würde. Aber er würde darüber nachdenken.

Vielleicht später.

43

Ihr Kleiner

Das ist das letzte Mal, dass ich mich auf andere verlasse. Egal womit.

Lynn schenkte der Frau im verschrammten Spiegel überhaupt keine Aufmerksamkeit. Sie putzte sich nur leise die Zähne und versuchte, die Kinder nicht aufzuwecken. Ihr Spiegelbild zu betrachten, war Zeitverschwendung – sie kannte es sowieso schon viel zu gut. Da war es wieder, das altbekannte Stechen: die unterdrückte Wut, die Verbitterung, die vielen *Warums*, die ihr überallhin folgten.

Beim Aufwachen war ihr klar geworden, dass heute der 23. Dezember war. Nach drei weiteren erfolglosen Versuchen bei der Heilsarmee hatte sie begriffen, dass Tom seine Geschenke nicht bekommen würde. Manchmal passierte das leider, hatten sie gesagt. Tom könnte die Geschenke für einen vergessenen Engel haben, aber Lynn machte die ganze Sache nur wütend. Sie wollte keinen Trostpreis. Sie wollte Tom das geben, was er sich gewünscht hatte.

Heute Morgen hatte sie ein klein wenig Zeit, um ihm noch irgendetwas zu besorgen. Dann standen ein paar Vorstellungstermine an, die aber wahrscheinlich wieder zu nichts führen würden.

Ist das wirklich dein Ernst, Gott?

Sie selbst wollte oder brauchte nichts, aber, meine Güte!, die Kinder hatten es verdient. Irgendwas.

Wirf uns mal einen Brocken hin, ja?

Vielleicht war dieser kleine Wohnwagen nicht auf Gottes Karte eingezeichnet. Und wer wusste schon, wie lange sie hier noch wohnen würden?

Immer wenn sie die Angst an sich heranließ, schien diese ihr gleich an die Kehle zu springen.

Nachdem sie den Wohnwagen durch die quietschende Tür verlassen und das Auto durch eine knarrende Tür betreten hatte, merkte sie, dass ihre Jacke sie überhaupt nicht vor der Kälte schützte. Sie saß kaum auf dem zerschlissenen Sitz und zitterte schon.

Der Schlüssel ließ sich nicht drehen.

Sie versuchte es ein gutes Dutzend Mal und sah sich dann um, ob irgendwo ein Kobold saß und sie mit einem teuflischen Grinsen anstarrte.

„Ist das dein Ernst?", fragte sie laut.

Immer wieder versuchte sie den Schlüssel zu drehen, aber ohne Erfolg. Am Motor lag es dieses Mal jedenfalls nicht. Der Schlüssel bewegte sich keinen Millimeter.

Lynn umklammerte das Lenkrad und zog so kräftig daran, wie sie konnte.

„Komm schon!"

Den Sitz neben ihr zu schlagen erzeugte nur eine große Staubwolke. Sie fummelte so lange am Zündschloss herum, bis der Schlüssel abbrach.

Entnervt ließ Lynn einige Flüche vom Stapel. Dann lehnte sie die Stirn gegen das Lenkrad und fing an zu weinen.

In der Stille dieses Morgens flossen ihre Tränen. Tränen, die sie kaum als ihre eigenen erkannte, tropften ihr in den Schoß. Es war noch dunkel und so gespenstisch still, dass sich das alte Auto wie ein Sarg anfühlte.

Lynn merkte erst, wie sehr sie schluchzte, als jemand an das Autofenster klopfte und sie aufschreckte.

Draußen im fahlen Licht stand der große Schatten ihres Sohnes.

Einen Augenblick war sie verblüfft, wie groß er war.

Du wirst immer mein Kleiner bleiben, egal, wie groß du noch wirst.

Sie machte die Tür auf.

„Mom?"

„Alles in Ordnung."

„Stimmt was nicht?" Seine Haare standen überallhin, wie immer, wenn er gerade aufgewacht war.

Sie seufzte.

Stimmt denn irgendetwas? Sag mir das, Tom.

„Das Auto."

„Na komm", sagte er und griff nach ihrer Hand.

„Wieso?" Lynn saß da und versuchte so zu tun, als wäre nichts.

„Es ist kalt hier draußen."

„Es geht mir gut."

„Mom." Er zog an ihrem Arm.

„Was denn?"

„Komm, wir gehen rein."

Sie zog ihre Hand zurück und sah durch die Frontscheibe. Es war ihr unangenehm, dass er sie so gesehen hatte.

„Wieso denn?", fragte sie.

„Das ist besser, als hier draußen nur herumzusitzen."

Sie sah, dass er nur im kurzen Nachtzeug da stand.

„Oder?", fragte Tom.

Lynn stieg aus dem Auto und folgte ihrem Sohn in den Wohnwagen.

Nachdem sie sich einige Minuten aufgewärmt hatten, beschloss Lynn, ihm die Wahrheit zu sagen.

„Deine Geschenke sind nicht gekommen."

Tom sah aus, als wüsste er nicht, wovon sie redete. „Die Weihnachtsgeschenke?"

Lynn nickte und knetete den Stummel des Autoschlüssels in der Hand, als würde der Rest nachwachsen, wenn sie ihn nur richtig massierte.

„Wieso denn nicht?", fragte Tom und füllte sich ein Glas mit Leitungswasser.

„Ich weiß es nicht, und die Notfallgeschenke für vergessene Engel wollte ich einfach nicht …"

Tom wartete, ob ihr Bericht noch weiterging, aber da kam nichts mehr.

„Und was ist mit Saras Geschenken?"

„Die habe ich bekommen. Man hat mir gesagt, dass das ab und zu passiert, dass ein registrierter Weihnachtsengel hängen bleibt."

„Das heißt, Saras Name wurde gezogen, aber meiner nicht?", fragte Tom. „Vielleicht denkt der Weihnachtsmann, dass ich dieses Jahr nicht artig war. Ich hätte nicht hinter Mr Sinclairs Haus schleichen und seinen Selbstgebrannten klauen sollen."

„Das ist nicht lustig", erwiderte Lynn. „Und mit dem Weihnachtsmann hat das nichts zu tun."

Der würde niemals so gemein sein.

„Tut mir leid, Tom. Ich weiß, dass du kein leichtes Jahr hattest. Und die Sache mit dem Basketballteam zählt da mit dazu …"

„Mom?"

„Ja?"

„Gibt es viele von diesen ‚vergessenen Engeln'?"

Lynn zuckte mit den Achseln. „Weiß ich nicht. Vielleicht."

„Wenn ich jetzt einen großen Haufen Zeug hätte wie Kleidung und Schuhe, Spiele und Spielzeug und alles Mögliche, meinst du, das könnten dann die vergessenen Engel kriegen?"

„Ich will aber, dass du das kriegst, was du dir gewünscht hast", erwiderte Lynn.

Toms Augen sahen müde aus und seine Haare standen immer noch sonstwohin, aber sein Gesicht strahlte.

„Was ist?", fragte sie.

„Irgendwann wollte ich es dir sowieso erzählen."

„Was denn?"

„Wenn wir das Auto zum Laufen kriegen, fährst du mich dann zur Schule?" Tom lächelte ununterbrochen.

„Okay. Aber zuerst müssen wir eine Zange holen. Und den Ersatzschlüssel finden."

44

Das Einzige, was zählt

„*Kevin.*" *In dem Augenblick,* als Jenny seinen Namen sagte, wusste er Bescheid.

Sie hatte sich wie sonst auch umständlich aus dem Bett gequält. Jedes Mal fühlte er mit ihr, wenn sie nach Luft schnappte, mühsam aufstand und langsam durch das dunkle Schlafzimmer tapste. Erst hatte er sie gehört, dann die Toilettenspülung und kurz darauf seinen Namen. Und ihr Tonfall verhieß nichts Gutes.

„Ja."

Es ist so weit.

Natürlich sagte er das ungefähr hundertmal am Tag. Er war das Kind, dass vom Rücksitz aus fragte: „Sind wir bald da?"

„Irgendetwas stimmt nicht."

Kevin machte die Badezimmertür auf und seine Augen gewöhnten sich an das Licht. Aber er musste die Tränen in Jennys Augen nicht erst sehen. Er hatte sie längst an ihrer Stimme gehört.

„Ich blute."

Sie war in der vierunddreißigsten Woche. Nächste Woche hatte sie einen Termin in der Gynäkologie und Geburtshilfe. Auf Empfehlung des Arztes hin sollte sie Medikamente bekommen, damit die Lungen der Zwillinge sich besser entwickelten, falls …

Falls so etwas passiert.

Das hier kam vier Wochen zu früh.

Aber das Leben, so viel hatte Kevin in letzter Zeit verstanden, folgte seinen eigenen Gesetzen.

Aber doch nicht gerade jetzt, einen Tag vor Heiligabend. Es ist noch so viel zu tun …

Für einen Moment stand die Zeit still.

Eine Reihe von Erinnerungen flackerte vor seinem inneren

Auge auf – der Tag, an dem Jenny ihm aufgefallen war; ihr erster Kuss; der Moment, als sie Ja sagte; der Augenblick, als sie endlich mit Gregory schwanger war.

„Okay", sagte Kevin.

Da nahm ihr Adrenalin das Heft in die Hand und sie waren bereit.

Bereit durchzustarten.

Bereit loszufahren.

Bereit für alles, wonach das hier aussah.

Bleib ruhig. Für Jenny. Bleib ruhig.

„Ruf Mom an", sagte die Ruhigere von beiden.

„Okay."

„Und hol meine Tasche."

„Okay."

Er machte das Licht im Schlafzimmer an und holte ihre Sachen, dann rief er Jennys Mom an. Gerade wollte er Gregory wecken und aus dem Bett holen, als Jenny ihn aufhielt.

„Du solltest dir vielleicht was anziehen."

Kevin sah an sich herunter und merkte, dass er in Unterhosen, Mantel und Schuhen dastand. Alte Unterhosen, die Gregory ihm ausgesucht hatte. Mit Rudolf dem Rentier darauf.

„Ja, okay", meinte er.

Kevin spürte, wie alles in ihm bebte. Sein Kopf war so voller Gedanken, dass er nichts anderes zu sagen wusste.

Aber das war okay.

Zum Reden war jetzt sowieso der falsche Zeitpunkt. Jetzt war Handeln gefragt.

Sein Albtraum, im Auto zu sitzen und Jenny vergessen zu haben, erfüllte sich glücklicherweise nicht. Alles ging ruhig und gemächlich zu, um sie nicht noch mehr zu belasten. Sie hatte zwar keine Schmerzen, aber an ihrem Gesichtsausdruck und der Art, wie sie sich bewegte, konnte er ihre Sorgen ablesen. Jennys Mom wartete vor dem Krankenhaus. Kevin hatte Gregory ins Auto gesetzt und war froh, dass er nach wenigen Minuten Fahrt wieder eingeschlafen war.

Kevin fuhr und ließ Jennys Hand nicht los.

„Alles wird gut", sagte er.

Jenny nickte, aber sie wussten beide, dass es auch anders kommen konnte. Viele Dinge im Leben waren nicht gut, und das hier konnte eins davon werden.

Die ganze Welt schien noch zu schlafen und sich für die kommenden Weihnachtsfeiertage auszuruhen. Der Zeitpunkt stimmte einfach nicht. Es war weder Heiligabend noch der erste Weihnachtstag. Es war der dreiundzwanzigste.

Gottes Nähe hatte er schon lange nicht mehr gesucht. Aber jetzt zögerte er keine Sekunde.

Bitte, Herr, lass es ihnen gut gehen. Bitte!

Jenny betete bestimmt auch gerade. Und ihre Gebete hatten wahrscheinlich noch mehr Gewicht. Sie war schließlich die Mutter. Sie war diejenige mit dem stärkeren Glauben und hatte sich öfter bei Gott blicken lassen als nur alle Jubeljahre.

Lass Jenny jetzt nicht allein und gib ihr Kraft.

Die Fahrt verging wie in Zeitlupe. Alles kam ihm unendlich langsam vor, obwohl er etwas schneller als erlaubt fuhr. Die Sekunden krochen nur so dahin, die Verkehrsschilder verschwammen, nur seine Gedanken, Erinnerungen und Ängste schwirrten umher wie ein Schwarm Hornissen, der wütend ein zerschlagenes Nest umkreiste.

Auf einmal schmolzen all die Gedanken, Sorgen und Befürchtungen dahin, die ihn wegen seiner Firma die letzten Wochen und Monate geplagt hatten.

All das war auf einmal bedeutungslos.

Alles, was noch für ihn zählte, war die Frau neben ihm und die zwei Leben in ihrem Bauch.

Bitte, Herr ... Gott wusste garantiert längst, wofür er gleich beten würde. Wenn einer das wusste, dann er.

Das Gewicht der Welt

Er lief im Krankenhauskittel auf und ab wie ein verlorenes Kind, das hilflos umherirrte.

Und genauso fühlte er sich. Hilflos und verloren. Er konnte nichts tun, außer warten und beten.

Die Ärzte waren irgendwo im OP und bereiteten Jenny auf einen Notkaiserschnitt vor. Kevin sah aus wie ein Statist in einer Krankenhausserie, der darauf wartete, aufgerufen zu werden, damit er im Bild herumstehen und beschäftigt aussehen konnte.

Rastlos lief er hin und her und hatte dabei eine Erkenntnis, die für ihn völlig neu war.

Wir sind alle Kinder, verloren und hilflos, und wir brauchen eine Hand zum Festhalten.

So wie Gregory.

Seine Hand.

Kevin schloss die Augen und stellte sich Gott vor, der ihm seine Hand hinhielt. Es klang nach einem Klischee und hörte sich abgedroschen an, aber für ihn ergab es Sinn. Es war wahr und greifbar.

Ich möchte das Gewand von Jesus berühren.

Manchmal genügte das, um gesund zu werden und Hoffnung zu schöpfen.

Manchmal genügte eine einzige Berührung.

„Bitte schenk uns beide, Herr. Schenk uns beide."

Das betete Kevin.

Er betete für Benjamin und Mark. Sie waren real und hatten schon ihre eigene Persönlichkeit: Benjamin war aktiv und ständig auf Achse, während Mark ruhig und still war, dafür aber stark. Sie lebten nun seit vierunddreißig Wochen.

„Lass ihre Zeit noch nicht ablaufen. Bitte."

Kevin dachte über das Leben nach und was für ein wunderbares Geschenk es doch war. Da fielen ihm die Weihnachtskarten und Weihnachtsbriefmarken und Weihnachtsmänner und Weihnachtslieder ein, die gerade die Welt überschwemmten.

Es geht nicht um Wunschzettel; es geht darum, beschenkt zu werden. Weihnachten ist nicht das Fest der Geschenke; es ist das Fest des Geschenks!

Ihm fiel ein kleines Kreuz an der Wand auf; irgendjemand Religiöses musste es dort hingehängt haben. Kevin starrte eine lange Zeit darauf. Vor seinem geistigen Auge sah er die arme Mutter, die neben der Krippe lag. Den entsetzten Vater, der nicht mehr aus noch ein wusste. Und das Gewicht der Welt auf ihren Schultern, während die ganze Schöpfung den Atem anhielt und auf die Herrlichkeit wartete, die jeden Moment das Licht der Welt erblicken würde.

Ihr Sohn. Sein Sohn.

„Ich würde meinen Sohn nie hergeben. Niemals und auch nicht für eine Sekunde würde ich meinen Sohn hergeben, Herr."

Sein Puls raste und er fragte sich, wie Gott das übers Herz bringen konnte. Er wollte nur eins: Jennys Hand halten, ihr einen Kuss auf die Wange geben und sicher sein, dass es ihr gut ging. Und die engelsgleichen Gesichter seiner zwei Söhne sehen und erfahren, dass sie gesund waren.

Und doch hast du zugelassen, dass dein Sohn in dieses finstere Loch stieg, um zu sterben.

Plötzlich wurde ihm mit voller Wucht klar, was das Wort *Geschenk* eigentlich bedeutete.

Die Tür ging auf und eine Schwester bat ihn mitzukommen. Kevin nickte stumm und folgte ihr.

Bitte, komm herunter und hilf uns. Bitte, Herr!

Er lief den weißen, sterilen Flur zum OP entlang, wo Jenny auf ihre Notgeburt wartete, und begriff noch etwas.

Er lief nicht als Designer, Geschäftsmann, Unternehmer oder Künstler diesen Flur hinunter.

Er war nur ein Vater, der inständig hoffte und betete, dass es seinen Kindern gut ging.

Das war alles. Der Rest interessierte ihn nicht.

Empfangen

Die ersten Minuten des vierundzwanzigsten Dezembers waren angebrochen, als Kevin und Jenny ihre Antwort bekamen.

Er stand neben ihr, beruhigte sie, lächelte und küsste ihre Stirn. Ihr strahlendes Gesicht war alles, was er sah. Die anderen Geräusche im Kreißsaal nahm er überhaupt nicht mehr wahr. Für ihn gab es nur sie beide, wie an ihrem Hochzeitstag, nachdem ihr Vater sie ihm übergeben hatte.

Was auch immer kommt, wir werden das zu zweit durchstehen.

Zugleich hatte Kevin aber das eigenartige Gefühl, als wäre eine Vielzahl von Augen auf sie gerichtet. Gesichter, die zusahen und warteten. Zusahen und halfen. Nicht die Ärzte und Schwestern, sondern der ganze OP-Saal voller Engel, die für sie da waren.

Der Gedanke tat ihm gut. Vielleicht war er allzu hoffnungsvoll und ein Fantasiegebilde, aber er erfüllte ihn und gab ihm die Kraft zu lächeln.

Das Schreien des ersten Babys klang rau und unterdrückt. Der Arzt redete beruhigend auf es ein. Kevin stand bei Jenny hinter dem blauen OP-Tuch und konnte es kaum erwarten zu sehen, wie ihr Weihnachtsgeschenk aussah. Er wollte es auspacken und an sein Herz drücken. Mit feuchten Augen und Freude im Gesicht sah er zu Jenny herunter.

Bisher hatte er immer gedacht, die Vorfreude sei das Schönste an Weihnachten. Aber wie bei so vielen anderen Dingen wurde Kevin klar, dass er falsch gelegen hatte.

Nicht die Vorfreude war das Schönste.

Sondern die Tatsache, dass man beschenkt wurde.

Das Zeichen

Mom war mit ihnen zu einem einfachen und kurzen Weihnachtsgottesdienst gegangen. Am Ende hielt jeder im Saal eine Kerze in der Hand und es wurde „Stille Nacht" gesungen. Tom war froh, dass sie seit Langem einmal wieder in der Kirche waren, aber er konnte sich einfach nicht konzentrieren. Die ganze Zeit saß er auf seinem Platz und dachte an seinen Vater, der wahrscheinlich zu Hause in seinem Sessel saß, sich volllaufen ließ und alle Sorgen, die ihm einfielen, ertränkte. Dass sie hier waren und ihr Vater dort, machte Tom wütend. Es machte ihn wütend, dass die Zeit an dem Mann, den er zwar noch liebte, aber nicht mehr respektierte, völlig spurlos vorübergegangen war.

Als sie sich auf den Heimweg machten, entdeckte Tom einen beleuchteten Schaukasten neben dem Kirchenparkplatz, den er beim Ankommen übersehen hatte. Unter dem Namen der Baptistengemeinde und der Uhrzeit für den Weihnachtsgottesdienst stand:

„Jesus sind die Menschen keine Last, er trägt ihr Kreuz."

Tom fragte sich, ob während des Gottesdienstes ein Engel den Text genau für ihn dort angesteckt hatte. Sie setzten sich ins Auto, fuhren vom Parkplatz raus und Tom war froh, dass es schon dunkel war.

So konnte Mom nicht sehen, wie er mit den Tränen kämpfte.

48

Von ganzem Herzen

Kevin schlug im Dunkel des ersten Weihnachtsfeiertages die Augen auf. Er konnte hören, dass Jenny noch schlief. So hörte sich das abgespannte Atmen einer Frau an, die Schmerzmittel intus hatte und völlig erledigt war. Eine Frau, die dreißig Stunden Ruhe brauchte, nachdem für sie ein Boxkampf und die Fußballweltmeisterschaft alle auf einen Tag gefallen waren.

Leise zog sich Kevin Schuhe an und schlich aus dem Krankenhauszimmer. Er fühlte sich leer, obwohl es sieben Uhr morgens war und er allen Grund hatte, erfüllt zu sein. Jetzt versammelten sich überall die Familien um die Weihnachtsbäume und packten Geschenke aus, aber das lag schon hinter ihm und Jenny.

Sie hatten einen ganzen Tag Zeit gehabt, um sich auf die Neuigkeiten des Heiligen Abends einzustellen.

Kevin lief über den stillen, mittlerweile vertrauten Gang.

Alles wird gut.

Er konnte das schaffen. Was blieb ihm auch anderes übrig? *Immer schön ein Atemzug nach dem anderen. Eine Stunde nach der anderen, ein Tag nach dem anderen.*

In seiner Brust schlugen zwei Herzen.

Es waren nur ein paar Schritte bis zum Ziel. Er führte das übliche Ritual durch: sich eintragen und Schutzkleidung anziehen. Dann trat er neben die halb geschlossenen Vorhänge.

Sie lagen in einzelnen Bettchen, waren winzig und schliefen. Offensichtlich ging es ihnen gut.

Allen beiden.

Kevin wusste nicht, zu wem er zuerst gehen sollte. Er entschied sich für den Kleineren, der in einem Brutkasten lag.

„Guten Morgen, Benjamin."

Der Säugling, nur dreieinhalb Pfund schwer, aber zufrieden und glücklicherweise *gesund*, schien seine Stimme zu hören. Er zuckte leicht, bewegte sich und öffnete die Augen.

Und dann tat er etwas Unerwartetes für ein Baby, das einen Tag alt ist. Benjamin lächelte.

Vielleicht war es nur der Versuch, die Lippen zu bewegen, aber Kevin sah das anders. Er sah den Winzling lächeln, der ihnen so viel Sorgen bereitet hatte, um den Kevin mit Gott gerungen hatte, und der es nicht erwarten konnte, zur Welt zu kommen und sie kennenzulernen.

Kevin stand vor dem Kind, nach dem sich Jenny sofort nach der Geburt erkundigt hatte.

„Wie sieht er aus?", hatte Jenny ängstlich gefragt.

So wie sein Zwillingsbruder war Benjamin verschrumpelt und hatte das Gesicht eines alten Mannes, aber Kevin hatte nur gemeint: „Wunderschön."

Die ängstliche Sorge war trotzdem geblieben, bis man die zwei Babys kurz zu ihnen brachte, damit sie Mama und Papa kennenlernen konnten. Sie schrien nach Leibeskräften und ihre Köpfchen berührten sich. In diesem Augenblick war bei Kevin die Erkenntnis eingeschlagen.

Es geht ihnen gut. Allen beiden.

Er hatte sich solche Sorgen gemacht, sich so hilflos und schwach gefühlt, und dabei …

Jetzt stand er hier, einen Tag später, und bekam von Benjamin ein Lächeln geschenkt, das zu sagen schien: *Jetzt mach dir mal keinen Kopf, Papa. Warum hat das überhaupt so lange gedauert, bis du mal loslassen konntest?* In diesem unschuldigen, hilflosen Lächeln steckte einfach alles drin.

Aus Benjamins Nase ragte ein Schlauch. Die Ernährungssonde. An seiner Hand lag ein anderer Zugang. Die Kulisse sah für Kevin science-fiction-mäßig aus. Aber ihm war nur wichtig, dass es Benjamin gut ging, so wie seinem Bruder Mark. Alles in allem waren sie beide wohlauf, gesund und in guten, fähigen Händen.

Kevin ging an einem Vorhang vorbei zu Benjamins Bruder. Die beiden sahen sich ähnlich, zugleich aber auch nicht. Mark war etwas stämmiger und schien den Schlaf richtig zu genießen. Er hatte mit dem Kopf nach unten im Bauch gelegen.

Glücklich betrachtete Kevin seinen Sohn und dankte Gott für seine beiden Geschenke.

Kevin saß in der Cafeteria und verschlang einen Bagel und einen Joghurt. Er ritt noch immer auf der Welle des Adrenalins und des Schlafmangels. Trotzdem nahm er sich einen Augenblick Zeit, sah aus dem Fenster und beobachtete den Sonnenaufgang.

Was für ein wunderbarer Tag.

Er trank noch einen Schluck Kaffee und überlegte. Der Tag hatte doch längst mit zwei der herrlichsten Sonnenaufgänge angefangen. Es war eigenartig, aber plötzlich kam ihm das Leben so sinnvoll vor. Alles hatte mehr Bedeutung und erschien in neuem Licht.

Hilf mir, der Vater zu sein, der ich sein will. Bitte lass mich ein guter Ehemann und guter Vater sein!

Immerhin, eine Sache wusste er genau. Er würde diese zwei Söhne von ganzem Herzen lieben. Natürlich würde er sie auch enttäuschen, aber er würde das wiedergutmachen. Schließlich waren sie ein Geschenk, seine zwei Engel, und sie hatten einen Vater, der alles daransetzen würde, ein guter Vater zu sein.

Mit Mamis Hilfe natürlich.

Das Leben stand gerade auf Pause. Es war im Ruhezustand. Jenny erholte sich vom Kaiserschnitt in ihrem Zimmer. Gregory war zu Hause bei den Großeltern. Die Babys lagen auf der Frühchenstation und wurden von Krankenschwestern gut umsorgt: von Jean, der Geduldigen, Julie mit dem britischen Akzent, und Stef, der vermeintlich Strengen, die aber einen guten Kern hatte. In seinem Zustand konnte er froh sein, dass er überhaupt ihre Namen und Gesichter auseinanderhalten konnte.

Kevin seufzte erleichtert und dankbar. Dann nutzte er den Morgen und die leere Cafeteria, um zu beten.

„Danke, Herr. Danke, dass du uns geholfen hast. Du hast mich an der Hand genommen. Meine ganzen Sorgen und Ängste hast du ausgehalten …" Kevin betrachtete die leuchtende Morgensonne. „Danke, dass du meinen Namen gezogen hast und mir zwei so tolle und wunderbare Geschenke gemacht hast, die ich niemals verdient hätte."

Plötzlich machte es Klick.

Die Geschenke für Tom.

„Oh nein!"

Es war der fünfundzwanzigste Dezember und die Geschenke, die er für den Papierengel namens Tom gekauft hatte, lagen noch im Kofferraum. Der Junge war mit Sicherheit enttäuscht. Bestimmt fragte er sich, warum aus ihnen nichts geworden war.

49

Wohin du gehst

Sara und Tom hatten für Mom alles zusammengekratzt, was sie hatten, und ein kleines Häufchen Geschenke besorgt. Sie hatten sie extra einzeln eingepackt, damit es ein besonderer Weihnachtsmorgen wurde. Es waren zwar nur Kleinigkeiten, die sie im Ein-Dollar-Laden und bei Target für wenig Geld gekauft hatten. Aber Mom machte das nichts aus. Sie packte jedes Geschenk aus, als wäre teurer Schmuck darin, und an ihren feuchten Augen konnten die beiden ihre Dankbarkeit erkennen.

Sara hatte ihre Geschenke längst aufgerissen und war begeistert, dass alle ihre Wünsche in Erfüllung gegangen waren. Tom merkte, dass es ihr peinlich war, weil von seinem Weihnachtsengel nichts gekommen war, aber ihn störte das nicht. Was das Schenken betraf, war dieses Weihnachtsfest auch so zu einem ganz besonderen für ihn geworden: Er hatte die ganzen gespendeten Geschenke zur Heilsarmee gebracht und damit die vergessenen Engel unterstützt. Dieses Jahr würde er deswegen immer in Erinnerung behalten. Und weil Mom wegen der Kleinigkeiten weinen musste.

Die drei saßen in ihrem Wohnwagen, der Weihnachtsbaum war mit selbst gebasteltem Baumschmuck und Papiergirlanden geschmückt, im Radio lief Weihnachtsmusik. Da stand Mom auf, verschwand und kehrte mit einer Schachtel zurück.

„Du hast ja leider nicht das bekommen, was du dir gewünscht hast", sagte Mom und überreichte ihm das in rotes und grünes Papier eingepackte Geschenk. „Aber das hier ist von deiner Schwester und mir. Sara wollte extra, dass du weißt, es ist auch von ihr."

„Oh, oh", sagte Tom.

„Mach schon auf", drängte Sara.

Tom hatte sofort eine Ahnung, was darin sein könnte. Aber er wollte es nicht wahrhaben. Unmöglich.

Als er den Aufdruck sah, traute er seinen Augen nicht. Vorsichtig hob er den Deckel des Schuhkartons an.

„Die sind leider nicht von Nike, aber sie sind neu und sehen aus, als würden sie einiges aushalten."

„Und ich habe aussuchen geholfen", rief Sara.

Es waren neue Basketballschuhe.

Die Marke war ihm egal, auch welches Muster sie hatten. Es waren *nagelneue* Basketballschuhe.

„Mom", sagte Tom und fragte sich, woher sie so viel Geld hatte.

„Du brauchtest doch neue. Ich wünschte nur …"

Bevor sie weiterreden konnte, war Tom schon aufgesprungen und hatte sie umarmt.

Später am Morgen saß Tom in seinem Zimmer, trug die neuen Schuhe und klappte seinen Block auf. Es war Zeit für einen Brief. Er dachte daran, wie er das Schild vor der Kirche entdeckt hatte, nachdem er den ganzen Gottesdienst mit seinem Groll gegen seinen Vater verbracht hatte.

Ich will nicht mehr meine Zeit damit verschwenden, diesen Mann zu hassen.

Er stellte sich vor, wie sein Vater auf seinem Fahrrad fuhr. Wie er in ihrem alten Haus wohnte. Wie er mit dem Gemäuer und seinen Gewohnheiten alt wurde.

Die Hoffnung darf man nie aufgeben. Vielleicht überrascht er mich ja eines Tages doch.

Es war still. Wie immer war ihm kalt. Was sollte er schreiben? Was sagte er einem Mann, der sie alle so verletzt hatte? Tom sah auf das leere Papier. Einen Moment lang überkamen ihn Zweifel. Alles fühlte sich falsch an – das Papier, dieser Versuch, einfach alles.

Normalerweise war Tom nicht so hilflos. Aber das hier war anders. In gewisser Hinsicht schrieb er an sich selbst, für sich selbst, für seine Familie.

Ich schreibe einem Kerl, der selbst mal fünfzehn war.

Tom war jetzt fünfzehn, aber er wusste, dass die Welt groß war und ihm viele Türen offenstanden.

Was zählt, ist nämlich nicht, woher du kommst, sondern wohin du gehst.

Vielleicht, ja vielleicht konnte er es doch schaffen, seinem Vater zu schreiben, die Vergangenheit ruhen zu lassen und sie beide in die Gegenwart zu bringen.

Hallo, ich bin's, Tom, dein Sohn. Dein einziger Sohn.

Tom zwang sich loszuschreiben. Es sollte so natürlich klingen, als wäre es ein persönliches Gespräch. Er schrieb und hoffte nebenbei immer noch auf seine Weihnachtsgeschenke. Vielleicht würden sie ja doch plötzlich vor der Tür stehen?

Kerle wie Vic konnten ihn ruhig belächeln, auslachen oder schneiden. Aber das, was er als seine größte Stärke betrachtete, konnte ihm niemand nehmen. Die Fähigkeit, an das Gute zu glauben. Und diesen verrückten Einfall, aus etwas Schlechtem etwas Gutes zu machen.

Tom seufzte und füllte die Seite mit Worten, die sein Vater bestimmt nicht hören wollte. Nachdem er fertig war, betrachtete er die beiden Wörter, die über seinem Namen standen.

Fröhliche Weihnachten. Das kam einem so beiläufig über die Lippen. *Weihnachten muss nicht nur einmal im Jahr sein. Es kann jeden Tag passieren.*

Tom hatte verstanden, warum es dieses Fest überhaupt gab. Das eine Geschenk reichte für den Rest des Jahres, für den Rest der Ewigkeit.

Er faltete den Brief zusammen und legte ihn auf die winzige Kommode in der Ecke. Den konnte er auch noch nach Weihnachten abschicken. Schließlich kamen nicht immer alle Geschenke pünktlich zum Fest. Und Weihnachten musste auch nicht immer am selben Tag sein.

Wie zu Hause

Das Schöne daran, ein Kind zu sein, waren die Träume und Sehnsüchte. Man hatte sie immer bei sich, diese Hosentaschen voller Möglichkeiten.

Lynn kannte das sehr gut. Aber sie kannte auch noch etwas anderes: die Gefahr, erwachsen geworden zu sein. Irgendwann hatte man ein Alter erreicht, an dem man die Hände in die Hosentaschen steckte und ins Leere griff. Die Träume wohnten jetzt in einem Schuhkarton irgendwo im Keller oder auf dem Dachboden. Und viel zu oft fehlte einem die Kraft oder die Zeit, den Schuhkarton zu suchen, abzustauben und hineinzuschauen.

Erwachsen zu sein hieß viel zu oft, dass der Schuhkarton auf Nimmerwiedersehen verschwunden war.

Lynn meinte damit gar nicht ihr eigenes Leben, sondern das von Tom und Sara. Wenn sie sich irgendetwas sehnlichst wünschte, egal was nun der heutige, morgige oder sonst irgendein Tag bringen würde, dann, dass die beiden sich ihre Träume erhielten. Und damit das eintraf, musste sie ein Vorbild sein. Sie musste wieder lernen zu träumen und dafür brauchte sie einen festen Stand, musste ihren Stolz überwinden und einen Tag nach dem anderen bewältigen.

Es ist Weihnachten und Tom, Sara und ich haben ein leckeres, hausgemachtes Essen verdient.

Also sagte sie den Kindern, sie sollen ins Auto steigen, und betete, dass es ansprang. Glücklicherweise hatte der Maxima noch etwas Leben in sich. Als sie verkündete, sie würden auswärts essen, erntete sie von Tom und Sara enttäuschte Blicke und Sara fragte, ob sie zu Onkel Jesse fuhren. Lynn verneinte und meinte, sie würde ihnen das nicht antun.

Beim Fahren dachte sie über Toms Reaktion auf die Schuhe nach. Für einen Augenblick war er wieder ihr kleiner Junge gewesen, nicht dieser große Teenager. Tom war ein sanfter Mensch, aber obwohl sich daran nichts geändert hatte, sah sie immer mehr den Fünfzehnjährigen in ihm. Sein Gefühlsausbruch konnte eigentlich nur bedeuten, dass sie auf die fehlenden Geschenke überreagiert hatte. Sie war wirklich wütend gewesen und hart mit Gott ins Gericht gegangen, aber der Herr hatte ihr mal wieder gezeigt, wer das Sagen hatte und was wirklich zählte. Tom gab nicht viel auf eine heruntergeratterte Wunschliste. Er war anscheinend einfach froh, da zu sein und Sara und sie zu haben.

Leider gefällt mir nicht immer die Art, wie Gott mir das zeigt.

Es war kurz nach zwölf und Lynn hatte ihre Entscheidung getroffen. Manchmal war es alles andere als leicht, seinen Stolz über Bord zu werfen. Oder angesichts der Trümmer nach einem heftigen Sturm noch dankbar zu sein.

Sie verriet den Kindern nicht, wohin sie führen. Sie fuhr einfach. Die Adresse war in der Innenstadt und es würde sicher überlaufen sein. Mit noch mehr Leuten wie sie oder welchen, die noch mehr in der Klemme steckten und auf ein warmes Essen hofften. Denn eine einfache Seele konnte in allem Trost finden, was gut schmeckte und den Magen füllte.

Einfach etwas zu essen.

Niemand war zu gut, um sich dort anzustellen. Sie nicht, Tom nicht und Sara nicht. Niemand.

Sie parkten in der Nähe und gingen ineinandergehakt einer besseren Zukunft entgegen.

Auf dem Schild am Ziel stand nur „Weihnachtsschmaus". Dass Tom lächelte, war für Lynn Geschenk genug. Sie traten ein und Lynn spürte, dass dies nicht das Ende, sondern der Anfang von etwas Besonderem war. Es war alles eine Frage der Perspektive.

Die Welt da draußen mag gemein und grausam sein, aber Gott ist trotzdem gut.

Der Saal war voll. Gespräche und Gelächter erfüllten die Luft.

Es war keine Schande, hier zu sein, jetzt, wo sie den Irrglauben abgelegt hatte, sie wäre zu gut dafür. Erleichtert lächelte sie ihre Kinder an und führte sie ans Ende einer Schlange. Der Duft von gefülltem Truthahn, Bratensoße und kandierten Süßkartoffeln umgab sie.

So oder so ähnlich musste es im Himmel riechen, fand Lynn. Wie zu Hause.

Unter dem Baum

Es war Montagnachmittag, der 26. Dezember. Sara war bei einer Freundin zu Besuch und Tom spielte irgendwo Basketball. Lynn war zu Hause und freute sich auf die Rückkehr ihrer Kinder, insbesondere auf Tom.

Vier Dinge warteten auf ihn. Vier Päckchen, die sie vorsichtig beäugte, als wären es magische Illusionen, die bei einer Berührung verschwanden.

Die vier Geschenke waren so extravagant eingepackt, wie sie es noch nie gesehen hatte. Und auf wundersame Weise stand auf allen vier Geschenken handschriftlich Toms Name. Eine Frau hatte sie abgegeben, sich entschuldigt und gesagt, sie täte das für den völlig hektischen Mann, der sie zu spät gebracht habe.

„Er ist gerade Vater von Zwillingen geworden und war wohl ziemlich überfordert", hatte die Frau mit dem runden Gesicht und einem breiten Lächeln erzählt. „Da habe ich ihm versprochen, dass ich extra zu Ihnen fahre, damit Sie die Geschenke nicht noch später bekommen."

Und jetzt lagen sie im Wohnwagen und sahen aus wie eine Laterne in einer dunklen, stürmischen Nacht. Dass sie nur unter ihrem kleinen geschenkten Bäumchen mit Papierketten lagen und nicht unter einem herrlich geschmückten großen Weihnachtsbaum, war nicht schlimm. Auch wenn durch die Geschenke der Baum zu schrumpfen schien, als ob der Stern von Bethlehem am Boden scheinen und nach oben deuten würde und nicht andersherum. Ein Päckchen war in leuchtendem Goldpapier eingepackt, ein anderes in den bunten Farben einer Zuckerstange, das dritte in klassischem Grün und Rot. Die größte Schachtel war eine Mischung aus Rot, Schwarz und Weiß.

Irgendetwas sagte Lynn, dass Rot, Schwarz und Weiß keine Zufallsfarben waren.

Jedenfalls hoffentlich nicht. Ich hoffe es!

Sie konnte es kaum erwarten, dass Tom nach Hause kam und sie auspackte.

„Na komm, mach sie auf!"

Tom schüttelte schweigend den Kopf. Es war fast acht und Tom machte keinerlei Anstalten.

„Packst du sie heute Abend überhaupt noch aus?", fragte Lynn.

„Nö."

Er war kurz nach sieben nach Hause gekommen, müde und verschwitzt. Gegessen hatte er schon bei Carlos. Als sie zu ihm meinte, er solle unter den Baum sehen, schien er verwirrt. Nach einer Dusche hatte er beschlossen, die Geschenke bis zum Morgen dort liegen zu lassen.

„Warum machst du sie denn nicht endlich auf?", fragte Sara. Sie schien aufgeregter zu sein als Tom.

„Weil ich … ich hab nun mal meine Gründe."

„Es sind deine Geschenke. Du kannst damit machen, was du willst."

Er nickte und betrachtete die Päckchen. „Sie gefallen mir da unter dem Baum. Als warteten sie darauf, dass jemand sie auspackt."

Lynn nickte und verstand immer noch nicht, warum er wartete. Für sie war es ein kleines Wunder, dass sie nach allem, was passiert war, überhaupt noch aufgetaucht waren.

Wenn ich dem Mann doch nur danken könnte! Ich würde mich bei seiner Frau bedanken und ihnen eine Kleinigkeit für ihren doppelten Zuwachs geben.

„Das hättest du nicht gedacht, dass die noch kommen, oder?", fragte sie Tom und wuschelte ihm durchs Haar.

„Ich habe ehrlich gesagt fest damit gerechnet", entgegnete er.

„Sieht aus, als würden wir dieses Jahr zwei Mal Weihnachten feiern."

„Stimmt", meinte Tom und lächelte verschmitzt.

Paper Angels

Im Chaos der vergangenen Tage übersah Kevin beinahe das Geschenk, das ihm Gott schon vor einigen Jahren gemacht hatte.

Warum beschwert man sich bei Gott immer über die Gebete, die er nicht erhört, und vergisst dabei, dass er schon so oft reagiert hat?

Kevin parkte ein und drehte sich zu seinem Sohn auf dem Rücksitz um. „Alles klar bei dir?"

„Mh-hm."

Sie hatten gerade auf dem Weg zu Tante Becky zu Countrymusik gesungen. Kevin fiel ein, wie aufgeregt Gregory gewesen war, als er endlich die Zwillinge sehen durfte. Es war früher Morgen und gemessen daran, dass Kevins Leben einmal komplett auf den Kopf gestellt worden war, ging es seinem Erstgeborenen erstaunlich gut.

Beschwingt stieg Kevin aus und schnallte seinen kleinen Helden ab. Gregory lief sofort auf die Haustür zu und klingelte mehrmals. Bevor die Tür aufging, nahm Kevin Gregory an der Hand.

„Weißt du was?"

Gregorys süße, fröhliche Augen sahen ihn an. „Was denn?"

„Ich hab dich lieb."

„Ich hab dich auch lieb, Daddy."

Der Kommentar war nicht gespielt. Gregory umschlang Kevins Beine.

Wir haben lange und hart um dich gebetet, mein Kleiner.

Kevins Schwester öffnete die Tür und er brachte sie auf den neusten Stand, was Jenny und die Zwillinge betraf. Gregory war längst drin und in den Startlöchern, um mit seiner Lieblingstante zu spielen.

„Danke, dass du auf ihn aufpasst."

„Ich bitte dich", sagte Becky. „Sag mir Bescheid, wann ich eure zwei süßen Babys wiedersehen kann!"

„Mach ich."

Er stieg wieder ins Auto. Draußen schien die Sonne und er war dankbar. Müde, überdreht, aber dankbar.

Mit dem ersten Geschenk in der Hand weckte Tom Sara. Er stand an ihrer Bettkante und stieß dagegen. Es brauchte einige Stöße, bis sie die Augen aufmachte.

„Was ist?"

„Ich hab was für dich."

Saras Weihnachtsgeschenke lagen neben ihrem Bett auf dem Boden: ein Brettspiel von *American Girls*, Klamotten, die alle irgendwie ähnlich aussahen – aber davon hatte er eh keine Ahnung –, und ein paar Jugendromane mit weißem Cover und gruseligen Bildern darauf. Irgendwo musste auch das Parfüm sein, mit dem er sie aufgezogen hatte.

Sara drehte sich weg.

„Das gefällt dir bestimmt", sagte Tom.

„Weihnachten war gestern."

Er legte die Karte neben ihr auf die dünne Decke.

Sara drehte sich wieder um und öffnete ein Auge. Als sie die rote Weihnachtskarte entdeckte, wurde sie neugierig.

„Was ist das?"

„Mach's doch auf."

„Und warum jetzt?"

„Weil ich noch was Wichtiges vorhabe", antwortete Tom.

„Und was?"

„Soll ich das Geschenk lieber behalten?"

Sara setzte sich im Bett auf und strich sich ein Hornissennest aus Haaren aus dem Gesicht.

„Das ist eins von deinen Geschenken!"

„Mach auf", sagte Tom. Das Ganze machte ihm Spaß, auch wenn ihre Fragen langsam nervten.

Wie alle anderen Mädchen, die er kannte, brauchte Sara eine ganze Weile, um sich zu entscheiden. Dann griff sie nach der Weihnachtskarte und klappte sie auf. Sie las, sah ihn überrascht an, las noch einmal.

Der Text in der Karte war kurz und herzlich.

An Sara:

Ich hoffe, Du kannst damit ein bisschen glücklicher sein. Auch wenn er nicht rechtzeitig da war, Du hast ihn verdient.

Dein großer Bruder

Sara zögerte und wickelte dann das Geschenk aus. Es war ein nagelneuer iPod.

„Tom! Hattest du dir den gewünscht?"

„Ist das wichtig?"

„Stand das wirklich auf deinem Papierengel? Kam der gestern mit den Geschenken?"

„Willst du ihn haben oder nicht?"

Sara schüttelte ungläubig den Kopf. Ihre Augen waren groß, ihr Gesicht fast bleich. „Aber du …"

„Hör mal, wenn du der nächste Superstar sein willst, dann musst du viele Songs kennen."

Ja, Sara war ab und zu nervig. Und ja, sie war jünger als er, sagte manchmal Dinge einfach nur so hin und war so ein richtiges *Mädchen*. Aber er hatte sie trotzdem lieb. Und er wollte nur – er wünschte sich, dass sie einmal …

„Danke", sagte Sara.

Und da war es.

Ihr Lächeln.

Das Lächeln, das er so lange vermisst hatte. Viel zu lange. Eigentlich war es ein sehr egoistisches Geschenk. Denn er wollte Sara lächeln sehen.

❄

„Ach, das habe ich fast vergessen."

Es war schon spät und Jenny versuchte sich inzwischen an ihren ersten Schritten nach dem Kaiserschnitt. Im Augenblick saß sie aber auf ihrem Bett und aß.

„Was ist das?", fragte sie.

„Ein Brief, den ich dir geschrieben habe und eigentlich schon vor Weihnachten geben wollte."

Sie nahm den Umschlag, aber er bat sie, mit dem Lesen zu warten.

„Lies ihn, wenn ich mal nicht da bin. Sonst ist mir das peinlich."

Jede andere hätte ihn gefragt, wieso, aber nicht Jenny. Sie lächelte nur wissend. „Okay."

„Wie geht es dir?"

„Ein bisschen besser", antwortete sie. „Die Dusche hat gutgetan."

„Du machst das toll. Wirklich."

„Weihnachten habe ich mir eigentlich anders vorgestellt."

„Ich find's okay so. Ich meine, jetzt, wo es allen gut geht."

„Du meinst, dir geht es gut", sagte Jenny.

Kevin lächelte. Er sah sie an und wusste, dass sie die Stärkere von ihnen beiden war und wohl auch immer sein würde.

Tom klopfte an der angelehnten Schlafzimmertür. Er hörte, wie seine Mutter „Ja?" sagte und trat ein. Sie hatte sich nach einem Tag voller mittelmäßiger Vorstellungsgespräche umgezogen und war in einen Jogginganzug geschlüpft.

„Du bist noch wach?", fragte Mom.

„Ich wollte, dass Sara uns nicht stört."

„Was ist los?"

„Ich hab was für dich."

„Tom …"

„Hier." Er gab ihr das Päckchen.

„Nein", sagte Mom.

„Was denn?"

„Wenn es das ist, was ich glaube, dann nein. Vergiss es."

„Mom."

„Sara hat mir erzählt, was du getan hast. Hast du ihr wirklich eins von deinen Weihnachtsgeschenken gegeben?"

„Pack es einfach aus."

Sie stand da und hielt das Päckchen unschlüssig in der Hand.

„Tom ... ich weiß nicht ..."

„Du weinst doch jetzt nicht, oder?"

Sie schüttelte den Kopf, lachte und wischte sich die Tränen aus den Augenwinkeln. „Ich verstehe dich einfach nicht."

„Wieso?"

„Ich ... sag mal, wo hast du das nur her? Kannst du mir das verraten?"

Tom sah sie verwirrt an. Dann wich er ihrem Blick aus und sah beschämt in die Ecke, in der auf Moms zusammengequetschtem Bettzeug eins ihrer Geschenke lag. Es war ihm peinlich und fühlte sich an, als hätte er etwas ausgefressen. „Was denn?"

„Wo hast du nur dein gutes Herz her? Ich ... also von deinem Vater bestimmt nicht. Und von mir auch nicht."

„Mach es einfach auf."

Sie schüttelte den Kopf, las aber dann die Karte, die am Päckchen hing. Und nun waren die Tränen nicht mehr aufzuhalten. „Tom", brachte sie mühsam hervor.

„Weiter."

Nachdem sie das Päckchen geöffnet und darin die Digitalkamera entdeckt hatte, legte sie Karte und Geschenk aufs Bett und umarmte ihn.

„Das stimmt wirklich", meinte er.

Mom umarmte ihn fester als je zuvor, ließ ihn nicht mehr los und fing an zu schluchzen. Er wusste nicht, ob sie traurig war oder glücklich.

„Ich wollte dich nicht traurig machen."

„Ich bin nicht traurig, Tom. Überhaupt nicht. Ich bin nur überwältigt."

Schließlich ließ sie ihn los und griff noch einmal nach der Karte. „Hattest du das die ganze Zeit schon vor? Als du dir diese ganzen Sachen gewünscht hast?"

„Nein. Am Anfang nicht. Aber dann … es kam mir einfach richtig vor."

Mom las den Text noch einmal, als hätte sie beim ersten Mal etwas übersehen. Wie auf Saras Karte war er kurz.

An Mom:
Fröhliche Weihnachten für die schönste Frau der Welt!
Hab dich lieb,
Tom

Es war schon spät, als Kevin am Krankenhaus ankam. Er war bei Becky gewesen, um zu sehen, ob Gregory schon schlief. Becky war gern bereit, noch einmal auf ihn aufzupassen, damit Kevin ein letztes Mal bei Jenny im Krankenhaus übernachten konnte. Er parkte den Wagen auf dem inzwischen vertrauten Besucherparkplatz. Der kalte Wind draußen ließ ihn seufzen. Er zögerte mit dem Griff der Autotür in der Hand und dachte an die Geschenke, die er gestern endlich bei der Heilsarmee abgegeben hatte. Sein Blick wanderte zum dunklen Himmel hinauf.

Manchmal lässt du uns auch warten, stimmt's?

Kevin stellte sich vor, wie die Geschenke an irgendeinen Jungen gingen, der wahrscheinlich dachte, er habe die ganze Sache verpennt. Dabei fiel ihm auf, dass er einiges mit dem Kind gemeinsam hatte.

Ich habe kein Vertrauen, Herr. Ich vertraue dir nicht. Und ich bin ungeduldig. Habe ständig Zweifel.

Er stieg aus dem Wagen, vergrub die Hände in den Hosentaschen und sah sich auf dem Parkplatz um. Da dämmerte es ihm. Er war so ein Papierengel wie Tom. Gott hatte schon vor langer Zeit seinen Namen gezogen und wusste genau, was auf seiner Wunschliste stand – Geschenke, die er ihm genau zum richtigen Zeitpunkt gab, immer wenn er sie am dringendsten brauchte. Das hieß nicht, dass die Wunschliste von oben bis unten erfüllt wurde. Aber Gott kannte jeden einzelnen Eintrag auf der Liste.

Und seinen Papierengel namens Tom hielt er auch in der Hand. *In seiner Hand.*

Kevin fröstelte, aber nicht wegen der Kälte. Er sprach ein kurzes Gebet mitten auf dem Parkplatz für den unbekannten Jungen und seine Familie. Dann lief er auf den Eingang zu, wo drei Viertel seiner Familie auf ihn wartete. Ihre unbekannten Namen hatte er einst auf seine Liste geschrieben, sie an den Baum gehängt und gehofft, er würde eines Tages das große Glück haben, sie kennenzulernen.

Kevin konnte es kaum erwarten, die zwei winzigen neuen Gesichter zu sehen. Ihr zufälliges Lächeln.

Ein Lächeln, fand Kevin, war auf dieser Welt etwas Einzigartiges. Ein Geschenk.

Die Schuhe

Noch zwanzig Minuten bis Mitternacht und Tom hat nur noch ein Ziel vor Augen: die Gastgeberin zu küssen. Aber zuerst muss er mit Vic fertig werden. Dieser ist gerade auf der Silvesterparty eingetroffen, hat eine Bierfahne und nur eins im Sinn: Rache. Rache für den Schulverweis und dafür, dass Tom einen Idioten aus ihm gemacht hat.

Tom schob den Gedanken amüsiert beiseite. Mochte sein, dass manche Geschichten so endeten, aber diese bestimmt nicht.

Es war noch nicht abends und er war noch nicht einmal auf der Party von Cass. Und so sehr er sich insgeheim auch wünschte, wenigstens in die Nähe der Gastgeberin zu kommen, war er dankbar, überhaupt irgendwo hingehen zu können. Und Freunde zu haben.

Aber bis zur Party waren noch ein paar Stunden. Und er hatte Wichtiges zu tun.

Das Quietschen und Ächzen in der Sporthalle klang für Tom wie der Himmel auf Erden. Im richtigen Himmel, so hoffte er, würde es jede Menge Spiele geben. Außer, dass nach dem Abpfiff Freundschaft herrschen würde und keine Missstimmung, kein Neid oder gegenseitiges Lächerlichmachen.

Er saß und wartete auf das Ende der Partie. Die Jungs spielten fünf gegen fünf auf einen Korb, auf der anderen Platzhälfte lief ein anderes Spiel. Hin und wieder rief ihm jemand zu, er solle die Schuhe in seiner Hand doch anziehen und mitmachen. Aber Tom reagierte nicht.

Als das Spiel vorüber war, lief er schnurstracks auf den Kerl zu, der ihm böse Blicke zuwarf. Er folgte ihm zum Trinkwasserspender, und als dieser zu den Taschen auf den Bänken gehen wollte, sagte er: „Hey, Vic."

Der andere ignorierte ihn, also rief Tom lauter.

Dieses Mal drehte sich Vic um. Sein Gesicht und die Körpersprache sagten deutlich, dass die Zeit reif war. Gleich würden hier die Fäuste fliegen.

„Ich habe hier was für dich", sagte Tom. Dann trat er auf Vic zu und hielt ihm die Nikes hin. Vic reagierte nicht, also drückte er sie ihm regelrecht auf.

„Da, nimm."

Vic sah auf die Schuhe. Mit Sicherheit wusste er, dass dies die aktuellsten und besten Basketballschuhe von Nike waren. Selbst wenn er sie sich nicht leisten konnte, hatte er sie garantiert schon in der Werbung oder im Schaufenster gesehen.

„Ist das eins von deinen Geschenken aus dem Spind?"

Tom hatte seinen Text vorher geübt, aber trotzdem merkte er, wie nervös er war.

„Hör zu, so sehe ich das", fing er an. „Wenn wir jemals Teamkameraden werden sollen, dann muss einer von uns ein Friedensangebot machen. Und ich dachte mir, das kann genauso gut auch von mir kommen."

Vic sah ihn verwirrt an.

„Nimm sie. Ich hatte gehofft … eigentlich wollte ich sie dir schon vor Weihnachten geben. Aber besser spät als nie, oder?"

„Du gibst mir echt die Schuhe?"

„Ja."

„Hast du sie geklaut oder was?"

Tom lachte. „Nein. Der Kassenzettel ist drin, falls die Größe nicht stimmt."

Vic sah sich um und starrte wieder auf die Schuhe. „Wo ist der Haken?"

„Es gibt keinen Haken. Außer vielleicht, dass du nicht jedes

Mal, wenn du mich siehst, so tun musst, als wolltest du mir eine verpassen."

„Du willst mich also bestechen?"

„Nein. Es ist nur ein … du kannst sie doch gebrauchen, oder nicht?"

Vic sah auf seine Schuhe und schien zu begreifen.

„Deine Treter sahen aber auch nicht gerade bombig aus."

Tom hatte weder die alten noch die neuen Basketballschuhe an.

„Ich habe welche geschenkt bekommen."

„Ich will keine Almosen, klar?"

„Almosen? Ich will nur, dass du mit mir mithalten kannst", sagte Tom und machte kehrt.

Dabei fragte er sich, ob Vic ihm die Schuhe nachwerfen oder sie in den Ofen schmeißen würde. Wer wusste schon, ob das hier etwas ändern würde? Aber Tom beschloss, daran zu glauben.

Ein Stück

Das Geschenk wartete auf ihn wie ein Kind auf dem Treppenabsatz. Er konnte es schon sehen, als er vom Fahrrad abstieg. Einen Augenblick blieb er stehen, lief dann aber weiter langsam darauf zu. Wegen der Nachmittagssonne musste er die Augen zusammenkneifen. Er wischte sich die Hände an den dreckigen Jeans ab, lief die altbekannten Stufen hinauf und stand vor dem Päckchen.

Es gab einen Punkt im Leben, da überraschte einen nichts mehr. Und wenn dieser Punkt an einem Ort zu finden war, dann hier: eine staubige Sackgasse, eine geleerte Bierdose, eine leere Zigarettenpackung, eine leere Hülle, in der *könnte* und *würde* um die Wette hallten.

Er machte das Geschenk ganz vorsichtig auf. Sein letztes Geschenk war schon eine Ewigkeit her. Es stand zwar sein Name drauf, aber trotzdem fühlte es sich an, als würden ihm die Jungs aus dem Betrieb eins auswischen oder die Männer aus dem *Larry's* einen Streich spielen. Mit dreckigen Fingern zog er am Geschenkpapier. Bis er den Inhalt sehen konnte, vergingen mehrere Minuten.

Er fand eine Schachtel. Ohne Aufdruck und zugeklebt. Auf der Schachtel klebte ein Brief. Mühsam faltete er ihn auf und las.

Wie Blut, das man in Wasser gießt, färbten die Worte seine Sicht und seine Gedanken. Eine Minute lang konnte er überhaupt nichts tun, weder atmen noch denken, noch sich bewegen oder sonst irgendetwas. Alles, wozu er fähig war, war die Augen zu schließen und den Schmerz auszuhalten.

Das durfte nicht passieren. So was nicht.

Langsam öffnete er die Augen und fragte sich, ob er wirklich weinte. Dass er wie ein Mädchen heulte, war nun schon sehr lange her. Aber irgendetwas in ihm war aufgebrochen und etwas anderes sprudelte aus den Rissen hervor.

Beim Versuch, die Schachtel zu öffnen, zitterten ihm die Hände. Er wollte und brauchte jetzt einen Drink, aber noch viel mehr wollte er diese Pappschachtel aufmachen. Das Zittern hatte seinen ganzen Körper erfasst. Er ließ das Päckchen los und versuchte, die Hände vor sich auszustrecken. Einen Augenblick lang fragte er sich, ob er beobachtet wurde. Aber hierher kam nie jemand. Nie.

Niemand außer jungen Besuchern, die sich selbst hereinlassen und dann enttäuscht werden.

Mit Kraft bekam er den Deckel abgezogen und sah hinein.

Die Farben waren unverwechselbar.

Die Nummer war eindeutig.

Er befühlte den Stoff und merkte sofort, dass er etwas Echtes in der Hand hatte. Das hier war keine Kopie oder ein Billigabklatsch. Das hier war das Original.

Da dachte er an die Worte aus dem Brief und der Groschen fiel. Den ganzen Zusammenhang begriff er nicht, weil er zu komplex war, aber er bekam eine Ahnung, was zwischen den Zeilen stehen sollte. Schnell griff er nach dem Zettel und las ihn noch einmal.

Die Worte waren noch wertvoller als das Trikot mit der großen 23 darauf.

> *Dad,*
> *Du hast mir beigebracht, dass Michael Jordan nicht nur ein Supertalent war, sondern dass er auch hart arbeiten musste für das, was er am meisten liebte. Genauso werde ich das auch machen.*
> *Und Du kannst das auch. Ich habe Dich nicht abgeschrieben. Und ich werde auch nicht nachtragend und immer sauer auf Dich sein. Das kann ich gar nicht. Vielleicht können wir eines Tages – wenn wir alle hart dran arbeiten – wieder eine Familie sein.*

Gott beschütze Dich, Dad.
Hab Dich lieb,
Tom

Daryl Brandt fiel jetzt erst auf, dass er auf den ausgetretenen Stufen der Veranda kniete. In der Schachtel lag nicht nur ein Chicago-Bulls-Trikot. Das war nicht nur ein signiertes Trikot von Michael Jordan. Das hier war ein Stück von seinem Sohn und ein Stück von ihm. Ein Stück Familiengeschichte, winzig klein und doch wunderbar.

Daryl schluckte und sah zum Himmel. Mit zitternder Hand wischte er sich die Tränen von der Wange. Er nickte nach oben. Zu mehr war er nicht fähig, aber das war schon besser als in den letzten Jahren. Oder Jahrzehnten.

Er fragte sich, ob die Geschichte zu Ende war. Ob alle ihre Geschichten vorbei waren.

Ihm blieb nur, auf eine Fortsetzung zu hoffen.

Epilog

Sieben Monate später

Es war kaum zu glauben, aber im Haus herrschte Stille.

Kevin saß mit Jenny auf der Veranda. Die Zwillinge schliefen in ihren Betten und Gregory war mit seiner Oma bei McDonald's. Die Stille war so einmalig wie der Himmel über ihnen.

„Bist du bereit?", fragte Jenny.

Er sah seine Frau an und lächelte unsicher. „Ich weiß nicht."

„Wieso?"

Kevin seufzte. „Meine letzte Dienstreise ist sieben Monate her."

„Du hattest eben viel zu tun."

„Du aber auch."

„Das wird schon. Du wirst das hervorragend meistern."

Kevin nickte und betrachtete die Bäume, die er zehn Jahre zuvor gepflanzt hatte. Unglaublich, dass die winzigen Setzlinge, die sie bei Depot gekauft hatten, jetzt so ausuferten und so dicht geworden waren.

„So hatte ich mir das ehrlich gesagt nicht vorgestellt", sagte er. „Ich dachte, die Zeit nach der Auflösung von Precision wird ein Albtraum."

„Wann hast du deine Firma denn aufgelöst?"

Jenny zog ihn damit öfters auf, aber sie hatte recht – er hatte Precision nicht offiziell abgewickelt. Das Büro war weg und alle Angestellten auch. Aber das letzte halbe Jahr hatte er sich über Wasser gehalten, indem er alle anfallenden Arbeiten selbst erledigt hatte. Trotz Schlafmangels, des Stapels Krankenhausrechnungen und der endlosen Suche nach Türklinken, die man putzen konnte, hatte er es geschafft, kontinuierlich Einnahmen zu haben.

Precision Design war noch nicht Geschichte.

„Ich habe immer das Schlimmste befürchtet", sagte er.

„Ja, so bist du."

Kevin beugte sich zu ihr hinüber und griff nach ihrer Hand. Es tat gut, sie zu berühren und einen Augenblick ungestörter Zweisamkeit zu haben.

„Weißt du", setzte er an, „ich bin schon so lange am Kämpfen. Ich kämpfe gegen den Rest der Welt. Immer geht es ums Wachstum, Aufbauen, Erhalten und so weiter. Und dabei ist das kompletter Unsinn."

„Quatsch. Du hattest … du hast eine gute Firma."

Da war sie wieder, Jennys Zuversicht. Ein echtes Geschenk.

„Aber man kommt nie an. Es ist eine ewige Reise. Und als ich aus dem Büro kam und dachte, das war's mit Precision, da fühlte ich mich … richtig erleichtert. Als hätte man mir eine riesige Last von den Schultern genommen."

Jenny zog die Augenbrauen hoch. „Also, einige dieser Lasten sind durchaus noch da."

„Ich sage ja nicht, dass ich plötzlich keine Verantwortung mehr habe. Aber ich …" Er überlegte. „Weißt du, was das Zweitbeste war, was mir letztes Jahr passiert ist? Gleich nach dem Tag, an dem ich die Zwillinge zum ersten Mal im Arm halten durfte?"

„Und?"

„Das hört sich vielleicht verrückt an, aber ich habe das Goldene Ticket gefunden."

Jenny wusste nicht, was er meinte. Konnte sie ja auch nicht.

Ich habe mir eins von Gott gewünscht und er hat mir wirklich eins geschenkt beziehungsweise uns.

„Ich habe über die Geschäftsreise nachgedacht und mir ist klar geworden, dass sie nur aus einem Grund überhaupt stattfindet. Und so bin ich ins Nachdenken gekommen. Erinnerst du dich noch an Januar, wo alles so chaotisch war und …"

„An die ersten drei Monate in diesem Jahr habe ich keine Erinnerungen", sagte Jenny mit einem wissenden Lächeln.

„Nein, ich weiß. Aber erinnerst du dich, als ich mich so schlecht gefühlt habe, weil wir nicht zu Kaylees Theaterstück gegangen sind? Dabei hatten wir eine Einladung bekommen und ich hatte Kaylee sogar noch getroffen."

„Aber wir sind allein im Frühling zu vier Aufführungen gegangen. Und das war *nach* der Geburt der Zwillinge. Deine Schwester sollte zufrieden sein."

„Das meine ich ja gerade. Ohne das Theaterstück hätte ich meine Schwester verpasst. Und dass ich wieder in die Kirche gehe, das liegt, glaube ich, zum großen Teil daran, dass ich Bruce getroffen habe und mit ihm wieder ab und zu etwas unternehme."

„Und was ist jetzt mit dem magischen Ticket?"

„Das Goldene Ticket", verbesserte er sie. „Das war der Moment, als ich den Papierengel für diesen Jungen, Tom, gezogen habe. Denn jedes Mal, wenn ich für ihn einkaufen war, habe ich irgendjemanden getroffen. Kaylee. Bruce. Sogar Amanda."

„Moment. So hast du also die Frau von *dem* Hotel kennengelernt? Die jetzt die neue Anzeigenkampagne starten will?"

Das Erstaunen in Jennys Stimme schickte ein wohliges Kribbeln über seinen Körper. Er nickte. „Ich wünschte, ich könnte diesem Tom danken."

„Er wünscht sich wahrscheinlich dasselbe."

„Wenn er es doch wenigstens erfahren würde."

„Dann war es ja doch gut, so einen Papierengel zu nehmen."

„Der Vorschlag kam ja von dir. Und außerdem, das war nicht nur ich. Das war eine Gebetserhörung. Überhaupt scheint Gott bei mir nicht auf die leise Tour zu arbeiten. Sondern mit Riesenplakaten."

„Und Megafon", sagte Jenny.

Kevin musste lachen. Der Augenblick hatte so etwas Friedliches an sich. Er dachte an die Fahrt nach Nashville und dass er Jenny und die Jungs eigentlich gar nicht allein lassen wollte.

„Ich will einfach keine Zeit mehr verschwenden", platzte es plötzlich aus ihm heraus.

„Du hast keine Zeit verschwendet. Du hattest ja auch keine zum Verschwenden."

Er griff ihre Hand fester. „Ich will, dass mein Leben etwas verändert. Dass unser Leben etwas verändert. Ich will nicht nur so dahinleben. Und abgesehen davon, dass wir beide für die Jungs sorgen und ich für dich, will ich einfach noch mehr."

„Aber was heißt das?"

Kevin seufzte und schüttelte den Kopf. Dann sah er gen Himmel. „Ich habe keine Ahnung. Wirklich. Aber eins weiß ich: Wenn Gott meine Gebete so erhört, dann ist da noch mehr drin. Ich will mich nicht mehr nur um mich drehen. Sondern an jedem Tag Chancen ergreifen."

Der kleine Bildschirm auf dem Tisch leuchtete auf und das Schreien eines Babys durchbrach die Stille.

„Da hast du deine Chance", meinte Jenny.

„Ist gut, ich kümmere mich um ihn, bevor ich fahre."

Kevin gab ihr einen Kuss auf die Wange, streichelte ihr über die Schulter und ging dann ins Haus. Auf dem Weg dachte er darüber nach, dass ihm immer noch genug Zeit im Leben blieb, um etwas Großes auf die Beine zu stellen. Etwas Weltbewegendes. Etwas, das die Welt veränderte.

Dann kam er ins Kinderzimmer, sah die zwei kleinen Wesen, die ihn anstarrten, und begriff, dass er das längst getan hatte.

Lynn war zu schlau, um an Happy Ends zu glauben. Zugleich schämte sie sich aber auch, ihren Glauben daran zu früh aufgegeben zu haben, wo doch Hoffnung der zweite Vorname ihres Sohnes zu sein schien.

Ihre Entscheidung war nicht nach einer Zeit des Gebets und Fastens gefallen. So war sie nun mal nicht. Gott sprach auch nicht in der Nacht zu ihr oder setzte einen Busch vor ihrem Fenster in Brand. Wenn er zu ihr sprach, dann auf einfache, aber verständliche Art.

Wie zum Beispiel durch einen Glückskeks.

In der Zeit nach Weihnachten hatte Daryl ein Dutzend Mal angerufen und geschrieben, dass er jetzt nüchtern sei, zu den Anonymen Alkoholikern gehe und sein Leben Stück für Stück wieder in Ordnung bringe. Er wolle beweisen, dass er sich wirklich veränderte. Aber sie war nun mal schlau und dickköpfig und ließ sich davon nicht ins Bockshorn jagen.

Aber dann hatte sie eines Tages Rindfleisch „Mongolei-Art" bestellt, und der Glückskeks, den sie dazu bekam, erinnerte sie an Weihnachten. Auf dem kleinen Papierstreifen stand: „Ein kleines Geschenk kann der ganzen Familie Freude machen."

Lynn wusste, dass mehr als nur ein Fünkchen Wahrheit darin steckte.

Die Geschenke, die Tom aus freien Stücken zu Weihnachten weitergegeben hatte, hatten etwas Wunderbares bewirkt. Sie hatten zum Beispiel das hübsche Lächeln ihrer Tochter wiedergebracht. Sie hatten Tom und seine Mitschüler zusammengeschweißt. Den aggressiven Basketballspieler, der neidisch auf den Neuen war, hatte er auf seine Seite gezogen. Die Geschenke hatten ihr geholfen, sich in einem anderen Licht zu sehen, wenn sie neue Familienfotos von sich und den Kindern anschaute.

Und das Wichtigste von allem: Ihr Mann war endlich aufgewacht. Das war Daryls allerletzter Weckruf gewesen. In Form eines Geschenks.

Und jetzt konnte sie dasselbe tun: ihr Geschenk nehmen und es weiterschenken. Anders und noch wertvoller.

Jeder bekommt eine zweite Chance. Jeder.

Der Glückskeks hatte recht.

Vor ihrem Entschluss hatte sie Gott gefragt und eine Weile nachgedacht. Nach dem Dickkopf kam nämlich die Dummheit, hatte sie begriffen. Beides war in Gottes Augen falsch, vor allem, wenn es um die Kinder ging. Und Lynn wollte endlich das Richtige tun.

Eines Abends weihte sie Sara und Tom beim Essen ein. Der letzte Schultag war gerade vorbei und die Sommerferien standen vor der Tür.

„Okay, also Folgendes", sagte sie mit einem Tonfall in der Stimme, der ihren Kindern sofort signalisierte, dass sie jetzt besser zuhören sollten. „Ich habe viel nachgedacht. Über unser Leben hier. Und über euren Vater."

Lynn presste die Lippen aufeinander und fragte sich, ob sie weiterreden konnte. Tom und Sara sahen sie mit einer Intensität an, die nur durch das Wort *Vater* ausgelöst worden sein konnte.

„Euer Vater bittet, ja bettelt jetzt schon eine ganze Weile darum, euch sehen zu dürfen. Er sagt, er hat sich verändert. Und er will wieder von vorn anfangen. Aber bisher habe ich das einfach ignoriert."

Lynn hielt eine Serviette in der Hand. Auf ihrem Teller dampften noch die gebratene Hühnerbrust und der Kartoffelbrei, aber sie hatte nicht viel Hunger.

„Eins werde ich nie ändern können: Er ist immer noch euer Vater. Und das wird er auch bleiben. Deswegen denke ich, dass es in Ordnung ist, wenn wir ihn sehen. Zumindest einmal in diesem Sommer. Um herauszufinden, wie die Dinge stehen. Und wie es mit uns läuft."

Sie wussten genau, was das hieß. Nach Details brauchten sie nicht zu fragen.

„Ich war mir nicht sicher, ob das der richtige Weg ist", fuhr Lynn fort. „Aber bei unserem letzten Gespräch hatte ich plötzlich eine Erkenntnis. Euer Vater meinte, er wolle die Scherben aufsammeln und noch mal von vorn anfangen. Und ich wurde wütend auf ihn. Hinterher habe ich lange darüber nachgedacht. Manche Scherben sollten nicht aufgesammelt und zusammengeklebt werden. Manche Scherben sollen Scherben bleiben."

„Mom …"

„Augenblick", unterbrach sie Tom, weil er sicher anderer Meinung war. „Ich bin noch nicht fertig. Manchmal, wie in unserem Fall, ist es unmöglich, einfach ‚von vorn' anzufangen. Das ist ein Märchen. Aber ich glaube, dass man neu anfangen kann, und zwar ohne das alte Gepäck. Man lässt die Verletzungen und den Schmerz am Straßenrand liegen, wie Scherben von einem Unfall. Weggeworfen werden sie nicht, denn man darf den Unfall nicht vergessen. Aber zugleich weiß man, dass man noch lebt und dass Gott einem die Chance gibt, weiter auf der Straße unterwegs zu sein. Also fährt man wieder los und findet heraus, wohin die Straße führt."

„Ziehen wir wieder bei ihm ein?", fragte Sara.

„Nein", erwiderte Lynn. „Ich werde eurem Vater nur eine einzige Sache versprechen: dass wir ihn diesen Sommer besuchen. Das ist der Anfang. Und dann … sehen wir weiter."

„Was sehen wir dann?", fragte Sara.

„Wir sehen einfach weiter."

Manche Straßen waren dreckig und staubig und bekamen nie einen Namen. Auf ihnen fuhren selten tolle Autos und sie wurden kaum benutzt. Aber sie waren trotzdem wertvoll, weil sie irgendwo hinführten.

Als der Wagen vor dem frisch angemalten Haus mitten im Nirgendwo hielt, drängte sich Tom sofort die Szene vor anderthalb Jahren auf, als sie von hier geflohen waren. Aber das war eine andere Geschichte und führte an ein ganz anderes Ziel.

Die neue Farbe passte gut zur neuen Geschichte.

Erst nach einer Weile bemerkte er, was alles auf der Veranda auf sie wartete. Dort stand ein Dutzend Geschenke in Silber und Gold und schmorte in der Sonne.

Der Anblick zauberte ein Lächeln auf sein Gesicht. Vor allem das neue, blinkende Fahrrad, das an der Hauswand lehnte und mit einer großen Schleife versehen war.

Tom sah gern auf das Gute. Ihm gefiel die Vorstellung, dass jede noch so staubige Straße an ein besonderes Ziel führen konnte. Und nicht nur an ein Ziel, sondern zu einer Erfahrung, die in eine neue Aufgabe mündete. Damit war das Ziel selbst eigentlich nicht mehr das Wichtigste.

Die ganze Zeit hatte er daran geglaubt, dass er – dass sie *gemeinsam* – aus nichts etwas machen würden, gleich hier an der dreckigen und staubigen Straße.

In dem Augenblick, als er ausstieg und das Gesicht des Mannes erblickte, der sich Dad nannte, wusste Tom: Jetzt kam die Gelegenheit, etwas Außergewöhnliches zu tun.

Ein Ass hatte ihm Gott nämlich noch in den Ärmel gesteckt.

Die Fähigkeit zu vergeben.

Zu vergeben und noch einmal anzufangen.

Ich danke:

Gott für das Geschenk zu leben.

Meiner Schwester Patricia. Sie war schon immer mein Sonnenschein.

Tenacity Management, vor allem Jenny Bohler.

O'Neil Hagaman.

William Morris.

Meiner Familie und meinen Freunden.

Allen Sponsoren, die damals einen Papierengel gezogen und dafür gesorgt haben, dass meine Schwester und ich als Kinder ein tolles Weihnachtsfest hatten. Ich werde euch das nie vergessen!

Meinen Fans: Ohne euch hätte ich das nie geschafft! Mit eurer Unterstützung widme ich mich gern der wertvollsten, aber auch verletzlichsten Ressource, die wir haben: unseren Kindern. Ich bin froh, dass es euch gibt!

Nachwort des Autors

Im März 2006 trat ich auf einer Benefizveranstaltung in meiner Heimatstadt in North Carolina auf. Beim Lied „Paper Angels" bat ich das Publikum mitzumachen. Verhalten stimmten die Leute ein. Aber plötzlich hielt einer nach dem anderen einen selbst gemachten Papierengel hoch. Irgendwann war die ganze Arena mit Engeln aus Papier gefüllt, die hin- und hergeschwenkt wurden. Dabei wurde der Gesang des Publikums immer lauter. Es war ein ergreifender Anblick. Nach dem Konzert gab mir ein Mädchen ihren selbst gemachten Engel und meinte: „Ich habe sehr lange gebraucht, um diesen hier zu basteln. Ich hoffe, er gefällt dir." Ich habe ihn hinten an meine Gitarre geklebt und dort ist er noch heute.

Mehr Informationen

über das Weihnachtsengelprogramm der Heilsarmee in d‹
unter: www.salvationarmyusa.org und unter dem Mott‹
Baum voller Wünsche" für Deutschland im Internet.

Jimmy Wayne ist Sprecher der CASA for children
Appointed Special Advocates), einer Organisation für ‹
lässigte und missbrauchte Kinder und Jugendliche. Meh
mationen unter: www.casaforchildren.org

Im Januar 2010 startete er die „Meet Me Halfway"-Ka‹
Damit wollte er die Aufmerksamkeit auf Jugendliche ler
aus der Unterbringung bei Pflegefamilien herauswach
dann vor massiven Problemen stehen, wie Obdachlosig
Armut. Mehr Informationen unter:

www.jimmywayne.com/project-meet-me-halfway.htm